Dark Blaze

다크 블레이즈

김현우 판타지 장편소설

FANTASY STORY & ADVENTURE

10

dream books
드림북스

다크 블레이즈 10 (완결)

초판 1쇄 인쇄 / 2011년 2월 15일
초판 1쇄 발행 / 2011년 2월 25일

지은이 / 김현우

발행인 / 오영배
편집장 / 허경란
편집 / 신동철, 문보람, 오미정, 윤상현
본문 디자인 / 신경선
펴낸 곳 / (주)삼양출판사 · 드림북스

주소 / 서울특별시 강북구 송천동 322-10호
대표 전화 / 02-980-2112 팩스 / 02-983-0660
편집부 전화 / 02-980-2116 팩스 / 02-983-8201
홈페이지 / blog.naver.com/dreambookss

등록번호 / 제9-00046호
등록일자 / 1999년 3월 11일

값 8,000원

ISBN 978-89-542-4055-0 04810
ISBN 978-89-542-3900-4 (세트)

* 지은이와 협의하에 인지는 생략합니다.
* 잘못된 책은 구입한 곳에서 바꾸어 드립니다.

Dark Blaze
다크 블레이즈
김현우 판타지 장편소설
FANTASY STORY & ADVENTURE
10
dream books
드림북스

다크블레이즈
10
Dark Blaze

Contents

제1화
안개의 기사

모두가 무모하다고 여기는 대결이었다.

제국의 제일 공적 슈미드!

이십대 초반의 나이로 제국을 향해 칼을 뽑아든 인물.

십 년 전쟁 이후 헬카드 제국을 최고로 긴장감에 몰아넣은 인물이 바로 그였다.

그의 손에 무려 두 명의 로드가 꺾였으니 더 이상 무슨 말이 필요한가.

그렇게 강한 인물을 가로막은 사람은 새로 데미안 공작의 자리에 오른 레이첼이다.

그 또한 슈미드와 비슷한 이십대 초반의 나이였지만 누구도 그가 막아낼 수 있을 것이라 생각하지 않았다.

이미 슈미드가 행한 일들은 전설에 가까울 정도로 대단한 것이기에.

'미쳤군, 미쳤어. 설마 저렇게 도전을 할 줄이야.'

'오대 공작 중 일원으로 가만히 있으면 예우라도 받을 수 있었을 텐데.'

성벽 위에 서 있던 사람들의 공통된 생각은 무모하다는 것이었다.

그만큼 레이첼의 행동은 제삼자가 보기에 무모한 행동이었다.

주변에서 수군거리는 것이 들렸지만 레이첼은 신경 쓰지 않았다.

황궁에 온 뒤 처음으로 집중을 하고 있는 상황이다.

차분하게 가라앉은 그는 마치 조각을 해놓은 듯한 모습을 하고 있었다.

살짝 앞을 가리고 있는 다크블루 머리 사이로 그의 눈이 예리하게 빛나고 있었다.

"결과가 나면 깔끔하게 승복하시길 바랍니다."

낮게 깔린 목소리를 통해 그가 전혀 긴장하지 않았다는 것을 알 수 있었다.

그의 목소리에 서린 강한 기세를 느낀 슈미드가 감히 경시하지 못한 채 고개를 끄덕인다.

"물론입니……."

슈미드가 살짝 고개를 끄덕이며 수긍하려던 순간이었다.

레이첼의 손이 번개같이 뻗어 나오더니, 옆에 있던 궁병의 활을 그대로 낚아챈다.

활을 낚아챈 레이첼이 곧장 슈미드에게 활시위를 당긴다.

티잉!

귓가를 울리는 소리와 함께 활시위에 흐릿한 무언가가 서리는가 싶더니 맹렬한 속도로 슈미드에게 쇄도하기 시작한다.

갑작스러운 그의 행동을 보고 눈에 이채를 발하던 슈미드는 자신을 향해 날아오는 활에 어떤 강렬한 기운이 응축되어 있음을 느꼈다.

검은 불꽃이 피어오르기 시작하더니, 슈미드의 손에 다크 블레이드가 생성된다.

익숙한 다크 블레이드를 움켜쥐는 순간, 슈미드는 망설임 없이 검을 휘둘렀다.

콰앙!

둔중한 충격음과 함께 슈미드가 한 걸음 뒤로 물러난다.

"이건……."

슈미드가 놀란 얼굴로 레이첼을 바라보고 있다.

오러 블레이드를 직접 막아낸 듯한 충격이 전신에 울려 퍼졌던 것이다.

타앗!

그가 물러나는 것을 본 레이첼이 그대로 성벽을 박찬다.

높이 뛰어오른 레이첼은 허공에서 슈미드를 겨냥하며 활시위를 튕기기 시작한다.

아무것도 자리하지 않고 있던 그의 활에 흐릿한 무언가가 서리는가 싶더니 강렬한 기운이 응축되어 눈부신 속도로 슈미드에게 쇄도했다.

감히 경시할 수 없는 그의 일격에 슈미드가 황급히 검을 들어 화살을 막아냈다.

콰광! 콰과광!

놀라울 정도로 강한 위력을 머금은 화살이 연이어 슈미드의 다크 블레이드를 강타했다.

하지만 너무나도 정직하게 슈미드의 정면으로 날아왔기 때문일까.

눈에 보이지 않을 정도로 빨랐지만 막아내는데 어려움은 없었다.

순간, 슈미드의 발 앞에 화살 하나가 박히며 흙먼지를 일으켰다.

이 때문에 시야가 가려졌고, 그 틈을 비집고 슈미드의 옆구리와 가슴을 향해 화살이 쏘아졌다.

"흡!"

완벽하게 방어할 자신이 없던 슈미드는 가볍게 숨을 들이쉬며 그대로 몸을 정령화한다.

화르르.

가슴과 복부를 시작으로 몸 전체가 검은 불꽃으로 흩어졌던 그가 조금 떨어진 곳에 빠른 속도로 응집되며 제 모습을 찾아간다.

레이첼은 슈미드와 약 이십여 미터 떨어진 곳에서 활시위를 겨냥한 채 서 있었다.

"……."

무거운 침묵이 공간을 지배해나갔다.

대결을 지켜보는 사람들은 경악을 감출 수 없었다.

조금 전 보았던 대결이 꿈인지 생시인지 분간이 가지 않을 정도로 고차원의 공방이 오갔던 것이다.

무엇보다 놀라운 것은 레이첼의 신위였다.

단 한 자루의 활을 가지고 슈미드로 하여금 정령화를 시전하게 만들었다는 점이다.

지켜보던 사람들은 정령화가 구체적으로 무엇인지는 잘 모르나 슈미드가 기이한 수법을 사용하게 만들 만큼 레이첼이 그를 몰아쳤다는 걸 알 수 있었다.

그만큼 레이첼의 실력이 대단하다는 뜻이리라.

그를 바라보던 사람들의 시선이 서서히 바뀌기 시작했다.

특히 그가 무모하다 여겼던 사람들은 부끄러움을 느껴야만 했다.

아무리 젊다 한들, 현 데미안 공작인 그를 은연중 무시하고 있었다니!

슈미드도 적잖게 놀라고 있었다.

손에 다크 블레이드를 움켜쥔 그가 레이첼을 바라보며 입을 열었다.

"정말 대단한 신위입니다."

"아직 많이 부족합니다."

모두가 놀랄 정도의 신위를 선보였지만 레이첼은 담담했다.

아직 자신이나 슈미드나 전력을 드러낸 것이 아니다.

운이 좋아 그를 정령화시키는 데 성공했지만 성과는 어디까지나 그것뿐, 두 번 다시 먹히지 않을 것이란 걸 그 스스로 느끼고 있었다.

'만만하지 않아. 소문이 거짓된 것이 아니었어.'

시야를 가리고 정직한 공격으로 그를 착각에 빠뜨린 뒤 교묘하게 빈틈을 공략하였다.

간단해 보이지만 고차원적인 심리전이 섞여 있는 일격이었기에 운이 좋다면 치명적인 일격을 먹일 수도 있을 거라 생각했다.

하지만 슈미드는 생각보다 더 노련했고, 자신의 공격을 능구렁이처럼 간단하게 빠져나갔다.

레이첼로서는 입맛이 쓸 수밖에 없는 순간이다.

"설마 활을 다룰 줄이야. 여태까지 상대해본 적이 없어 적잖게 당황했습니다."

활을 다루는 로드는 처음 상대하기에 슈미드의 말은 진심이었다.

설마 그가 쏘는 화살이 이렇게 까다로울 것이라 생각하지 못했으니까.

단발성 공격이라면 상관없겠지만 조금 전, 그의 공격을 통해 연사가 가능하다는 것을 본 슈미드로서는 더욱 조심스러울 수밖에 없다.

경계심 섞인 말에 레이첼이 피식 미소를 지으며 대답했다.

"잘 막아내 놓고는 그런 말씀을 하시는군요."

"그렇습니까? 하지만 이건 최선을 다했기에 피할 수 있던 것입니다."

"최선을 다하든 건성으로 하든 어쨌든 피한 것은 피한 것입니다. 과연 소문이 잘못된 게 아니라는 걸 깨닫게 해주시는군요."

"그걸 알려 드리기 위해서는 좀 더 부딪쳐봐야 하지 않겠습니까?"

화르르.

슈미드의 손에 쥐어진 다크 블레이드가 이글이글 타오르기 시작한다.

모든 것을 소멸시키는 검은 불꽃은 보는 사람으로 하여금 섬뜩함을 느끼게 할 정도로 강한 위력을 머금고 있었다.

그것을 보며 레이첼은 다크 블레이드의 위력에 한층 경계하는 마음을 가졌다.

저 불꽃이 모든 것을 소멸시킨다는 이야기를 귀에 딱지가 앉도록 들었으니까.

'거리를 내주면 안 된다.'

그런 생각과 함께 활시위를 쥔 그의 손에 힘이 꾹 들어갔다.

피잉!

활시위를 놓는 순간, 대결은 다시 시작되었다.

레이첼에게 쇄도하려던 슈미드의 타이밍을 절묘하게 끊은 공격이었다.

슈미드는 멈칫하며 화살을 막아낼 수밖에 없다.

안개의 기사라 불리는 레이첼은 안개의 정령을 다룰 수 있으며, 그 힘을 완벽하게 자신의 것으로 만든 최초의 데미안 공작이기도 하다.

북부의 신비라 불리는 데미안 공작가의 당대 계승자인 그는 역대 데미안 공작 중 최강이라 칭해지며 유일하게 가문의 천형을 극복한 인물이다.

그는 연신 활시위를 놓으며 슈미드를 향해 화살을 연사했다.

많은 양의 힘이 들지만 연사야말로 적을 궁지에 몰아넣을 수 있는 최고의 전법 중 하나였다.

콰앙! 콰과광!

안개 화살을 하나하나 부숴버리며 슈미드가 앞으로 나아가기 시작한다.

검은 불꽃의 위력은 모든 속성에서 최상위에 속한다.

그렇기에 안개의 힘을 어렵지 않게 부숴버리고 있지만 그것이 만만한 것은 아니었다.

레이첼의 공격 하나하나는 날카롭고 빠르며, 강력한 위력을 내포하고 있었으니까.

더군다나 정확하게 급소를 노리고 있기에 방어를 도외시하고 달려들기 무척 까다로웠다.

"큭!"

한 줄기 신음을 흘린 슈미드의 몸이 비틀거리기 시작하더니, 눈부신 속도로 쇄도했다.

조금씩 거리를 좀 먹는 방법으로는 어렵다고 여긴 것이다.

빠르게 쇄도하는 그를 보며 레이첼이 활시위를 정확하게 슈미드에게 겨누었다.

그와 동시에 수많은 안개 화살이 활시위에 걸리더니 빠른 속도로 쏘아지기 시작한다.

피비비빙!

무려 아홉 발의 안개 화살이 일제히 슈미드를 향해 날아갔다.

순간, 기다렸다는 듯 슈미드의 몸이 검은 불꽃으로 흩어지더니 그대로 레이첼을 덮쳐왔다.

아드리온 공작가 별동대를 단번에 전멸시킨 검은 해일이 펼쳐진 것이다.

하지만 레이첼의 대응이 더욱 빨랐다.

검은 불꽃이 자신을 덮치기 직전, 그의 몸 또한 새하얀 안개에 휩싸이더니 그대로 허공에 흩어진 것이다.

소수계 정령인 안개의 정령과 계약한 그가 가문의 비전인 안개화를 시전한 것이다.

정령화와 전혀 다를 바 없지만 장점은 정령화보다 훨씬 빠르게 형체를 갖추거나 움직이는 것이 가능하다는 점이다.

슈미드가 형체를 갖추고 있을 무렵, 허공에 솟구친 레이첼은 이미 몸 전체의 형태를 갖추고 연사하고 있었다.

콰광! 콰과광!

빠르게 쏘아진 화살이 그대로 슈미드를 압박해나간다.

아슬아슬하게 형태를 갖추는 데 성공한 슈미드가 다크 블레이드를 휘둘러 안개 화살을 막아낸다.

성공적으로 막아냈지만 어느 정도의 피해는 감수할 수밖에 없었다.

"크!"

신음을 흘렸지만 슈미드의 입가에는 오히려 환한 미소가 걸렸다.

'마음에 안 들어.'

현격하게 밀리고 있는데 어찌하여 웃음을 짓고 있단 말인가.

인상을 찌푸린 레이첼은 뒤쪽으로 이동해 슈미드를 향해 다시 시위를 당기기 시작한다.

지면에 착지함과 동시에 그에게 일격을 가할 생각이었다.

하지만 슈미드의 대응이 한발 빨랐다.

그가 착지하려는 지점을 포착한 슈미드의 신형이 눈부신 속도로 쇄도하여 그대로 검을 찔러 들어갔다.

대결 이후 처음으로 레이첼이 그의 사정권에 들어가는 순간이었다.

설마 자신의 공격을 모조리 받아낸 뒤 그대로 접근할 줄 몰랐기에 레이첼의 얼굴에 놀라움이 서린다.

"이건……"

곱상한 외모와 달리 터프한 슈미드의 공격에 레이첼이 황급히 안개화를 시전한다.

새하얀 안개에 휩싸인 그의 몸이 흩어졌지만, 정령화와 마찬가지로 안개화 또한 머리가 가장 마지막에 흩어진다는 단점을 극복하지 못했다.

쑤엑!

허공을 가른 슈미드의 다크 블레이드가 살짝 그의 볼을 스치고 지나간다.

완벽하게 피했지만 발산되는 예기만으로도 볼이 베여버린 것이다.

가슴이 서늘해지는 순간이 아닐 수 없다.

만약 다크 블레이드에 직접 적중당했더라면 자신은 검은 불꽃에 그대로 소멸되었을지도 모르는 일이다.

레이첼의 표정이 서늘하게 가라앉았다.

"설마 이 정도일 줄이야."

"……."

슈미드는 그 말에 대꾸하지 않은 채 뒤로 물러나는 레이첼과 거리를 좁혀나갔다.

그의 약점을 완전히 간파한 슈미드의 절묘한 타이밍 공격이었다.

활에 시위를 매기지 않은 레이첼은 그대로 활을 휘둘러 슈미드의 다크 블레이드에 맞섰다.

꽈앙!

격렬한 충돌음과 함께 슈미드의 몸이 흔들리고, 레이첼이 세 걸음 물러난다.

화르르.

충돌의 여파에 휩쓸린 활이 그대로 검은 불꽃에 휩싸여 사라진다.
순간 레이첼은 허리춤에 걸려 있던 검을 뽑아든다.
은은한 보랏빛이 감도는 검을 반쯤 뽑아들던 레이첼이 검을 그대로 안으로 밀어 넣고는 고개를 좌우로 젓더니 슈미드에게 말한다.
"제가 졌습니다."
"어째서?"
그가 검을 뽑으려는 것을 보았기에 슈미드가 착 가라앉은 눈으로 물어보았다.
그의 입가에는 살짝 미소가 걸려 있었는데 대결 내내 그것이 묘하게 신경을 거슬리게 만들었다.
밀리고 있는 상황에서도 미소를 짓고 있는 모습이라니.
그것을 볼 때마다 레이첼은 자신이 우위를 점하고 있는지 분간이 가지 않을 지경이었다.
레이첼은 승기를 붙잡지 못한 자신의 실책이라 생각하며 고개를 저었다.
"제가 졌다고 생각하니까요."
"검을 뽑다 만 것을 보았습니다."
"검술도 있지만 제 주 전공은 궁술입니다. 그것으로 슈미드 경을 제압하지 못했으니 저의 패배는 당연한 것. 그것을 우기고 싶지 않습니다."
"……."
담담한 어조로 자신의 패배를 인정하는 레이첼이었지만 슈미드는 개운하지 않았다.

그가 전력을 발휘하지 않았다는 것을 느끼고 있었던 것이다.

분명 그와 거리를 좁히고 일격을 가한 시점부터 자신에게 흐름이 넘어온 것을 느꼈지만, 그렇다고 하여 쉽게 이길 수 있을 것 같은 느낌이 들지 않았다.

아직 자신과 레이첼은 서로가 서로에게 어느 정도 힘을 아끼고 있었으니까.

각자 상대방을 죽일 생각이 없었기에 전력을 발휘한 것이 아니지만, 이렇게 먼저 순순히 패배를 시인하니 찜찜한 마음이 드는 것은 어쩔 수 없었다.

궁술이 주 전공이라 했지만 순간 검을 뽑아드는 모습을 보면서 검술 또한 범상치 않을 것이라 생각되었으니까.

'상관없겠지. 가장 중요한 것은 황궁 안으로 들어서는 것이니까.'

불필요한 희생을 피할 수 있어서 다행이라 생각하던 슈미드가 순간 멈칫했다.

레이첼이 굳이 대결을 고집하지 않은 채 한발 물러서려는 이유를 알아차린 것이다.

멈칫한 그가 레이첼을 바라보며 입을 열었다.

"그렇군요."

"무슨 말씀이십니까?"

"데미안 공작님의 의도를 알 수 있을 것 같아서 말입니다."

슈미드의 입에 묘한 미소가 걸린다.

마음에 들지 않는 미소를 다시 보게 되자 레이첼의 눈이 살짝 찌푸려진다.

자신의 속내를 알고 있는 듯한 그의 모습이 그리 유쾌하지 않았던 것이다.

아마도 자신의 의중을 파악했겠지만 순간적으로 오기가 치밀어 올랐다.

"의도 따위는 없습니다. 제 열세를 인정했을 뿐입니다."

"그렇게 인정해주시니 감사할 따름입니다. 하지만 아직 데미안 공작님이 전력을 발휘하지 않았다는 것을 알고 있습니다. 황궁에 들어선 뒤 본격적으로 판가름냈으면 좋겠군요."

자신이 부인해도 이미 슈미드는 확신하고 있는 상황이다.

여기서 굳이 설명을 덧붙이더라도 그것은 변명에 불과하다.

잠시 침묵하던 레이첼은 결국 고개를 끄덕이며 인정하는 수밖에 없었다.

"……저 역시 바라는 바입니다."

"그렇게 생각해주시니 감사합니다."

입가에 싱긋 미소를 짓는 슈미드였다.

그 모습을 보며 레이첼은 고개를 저었다.

"슈미드 경의 그 미소, 적의 입장에서 보기가 싫군요."

"그런 말을 종종 듣고는 합니다. 이제 안으로 들어갈 수 있도록 도와주시겠습니까?"

정중한 권유.

자신은 패자고 슈미드는 승자였다.

서로 약속을 했기에 그 말을 무를 수 없는 상황.

"그렇게 하도록 하지요."

애초에 이렇게 되길 바랐을지도 모른다는 생각과 함께 고개를 끄덕인 레이첼이 성으로 향했다.

그 모습을 보던 슈미드도 자신의 일행이 머무는 곳을 향해 걸음을 옮긴다.

*　　*　　*

"……."

성벽 위는 침묵에 빠져 있었다.

그들은 슈미드와 놀라울 정도로 팽팽한 접전을 벌인 레이첼에게 경외감을 느끼고 있었다.

대결은 시종일관 레이첼의 우위였다.

거리를 지배하며 슈미드에게 연사를 하던 레이첼의 신위는 대단한 것이었다.

점점 시간이 흐를수록 슈미드에게 흐름이 넘어갔지만 마지막까지 팽팽함 그 자체를 보여주었다.

슈미드의 다크 블레이드와 충돌하여 활이 검은 불꽃으로 화하는 순간, 보는 사람마다 자신도 모르게 탄성을 터뜨릴 정도였으니까.

만약 활이 좋은 것이었더라면 레이첼의 승리였을 것이라 생각하며 안타까움을 감추지 못했다.

몇 마디 이야기를 나누더니 다시 성으로 돌아오는 레이첼을 보며 병사들은 분분히 비켜서기 시작했다.

압도적인 무위를 선보인 병사들은 그의 한 걸음 한 걸음을 선망의 시선으로 바라보고 있었다.

오대 공작 중 한 명의 전설적인 무위를 지금 자신의 눈으로 직접 보고 있는 것이다.

성벽 위로 올라선 레이첼이 자신에게 시선을 주는 기사들을 보며 명령을 내린다.

"성문을 연다."

"예? 공작 전하! 하지만 이곳은……."

"약속은 약속. 애초에 내가 승리했더라면 저들이 물러났을 터."

"이곳은 황궁으로 통하는 관문입니다. 이곳을 내주면 적들은 황궁 안으로 들어설 것입니다."

기사의 항변에 레이첼이 그를 지그시 바라본다.

전이었더라면 코웃음을 쳤을 시선이지만 지금은 그 질 자체가 달랐다.

조용히 바라보고 있는 것임에도 불구하고 양어깨를 짓누르는 듯한 강한 충격이 느껴졌으니까.

"……큭!"

신음을 흘리며 가까스로 자신의 몸을 수습하는 그를 보며 레이첼이 입을 연다.

"내가 한 입으로 두말하는 사람이 되길 바라는 건가?"

"하지만 적들이 황궁으로 들어서게 할 수 없습니다."

기사의 입장도 이해할 수 있었다.

황궁으로 통하는 관문을 지키는 것이 그들 본연의 임무 아니었던가.

그 또한 우러나오는 충성심으로 하는 이야기이리라.

그 말에서 배어 나오는 충성심을 느낀 레이첼이 고개를 살짝 저으며 말한다.

"저들을 일부러 끌어들이는 것이다."

"예?"

"슈미드 한 사람도 막아내기 벅찬 것이 현실이다. 그런 상황에서 내가 다른 자들까지 막을 수 있을 것이라 생각하나?"

"그건……."

방금 전 압도적인 로드의 신위를 목격한 기사다.

지금 저곳에는 슈미드 말고도 로드의 경지에 비견되는 인물들이 여럿 존재한다.

그들 모두를 레이첼 혼자서 막아낸다?

한 사람도 막아내기 힘든 상황에 여러 명을 막아내는 것은 불가능한 일이다.

기사는 차마 자신들이 힘을 보탤 테니 막아보자는 말조차 꺼낼 수 없었다.

그것이 얼마나 무모한 발상인지 그들 또한 알고 있었으니까.

할 말을 잃은 기사에게 레이첼이 나직한 목소리로 말한다.

"저들을 황궁으로 끌어들인 다음 퇴로를 차단한다. 그것이 그대들의 임무다. 그 후 황궁에서 패퇴한 저들을 막아내면 된다."

"사전에 계획된 것입니까?"

"그렇다고 할 수 있지. 황제 폐하께서 직접 명령을 내리셨으니까."

그 말이 결정적이었다.

황제가 내린 명령을 감히 일개 기사가 불복할 수는 없는 것이다.

특히 압도적인 신위를 보인 레이첼의 말에는 상당한 설득력이 존재하고 있어, 기사는 자신도 모르게 고개를 끄덕이고 있었다.

적의 압도적인 전력을 자신들만으로 막으라는 명령에 처음부터 의문이 들었다.

"알겠습니다. 명대로 따르겠습니다."

"곧바로 성문을 열도록 하라."

"예!"

사실 황제의 명령이라는 것은 거짓말이다.

쉽게 납득하려 들지 않는 기사의 모습에 레이첼은 부득이하게 거짓말을 한 것이다.

오히려 황제는 백성들의 희생을 걱정하지 말고 자신의 능력을 증명해보라 하였다.

레이첼은 슈미드와 접전을 벌인 것만으로도 충분히 자신의 실력을 보여주었다고 생각했다.

'패배를 시인했지만 전력을 발휘했다면 결과는 달라졌을 것이다.'

그것이 레이첼의 솔직한 마음이었다.

슈미드의 실력은 예상을 뛰어넘을 정도로 고강했지만, 제대로 전력을 발휘했더라면 좀 더 팽팽한 접전이 이루어졌을 것이다.

그 정도로 자신의 실력에 자신이 있는 레이첼이었다.

하지만 자신과 신기할 정도로 코드가 맞는 슈미드였기에 그를 상대로 목숨을 건 대결을 벌이기가 싫었다.

설령 전력을 다해 필사의 대결을 펼친다고 해도 지금 이 자리는 아니다.

이번 전투는 어디까지나 자신이 데미안 공작에 걸맞음을 증명하는 선에서 멈춰야 한다는 것이 레이첼의 생각이었다.

더욱이 오대 공작 중 하나인 데미안 공작이 약속을 안 지킨다면 실력과는 무관하게 세간의 평이 바닥으로 곤두박질칠 것이 아닌가.

아무리 제국의 적이라고 해도 약속은 약속.

자미에르 대제 역시 처음부터 자신이 저들을 막을 수 있을 것이라고는 생각하지 않았을 것이다.

그만큼 저들의 전력은 대단했으니까.

결국 저들이 황궁 안으로 들어가는 것은 필연적인 일이었다.

짧은 시간이지만 여러 복합적인 계산을 마친 레이첼이었기에 순순히 그들을 들이라 명령을 내린 것이고.

"성문을 열어라."

기사의 명령이 떨어지자 성문을 관리하던 병사들이 성문을 열기 시작한다.

스무 명이 넘는 병사들이 안간힘을 쓰자 굳게 닫혀 있던 성문이 바닥이 긁히는 소리와 함께 서서히 열리기 시작했다.

그긍! 그그그긍!

요란한 소리가 멈췄다.

마침내, 성문이 활짝 열렸다.

누구의 침공도 허락하지 않던 황도가 처음으로 적을 맞이하는 순간이었다.

"놀라운 실력자더군."

대결을 끝마친 슈미드가 다가오자 첸이 나직한 목소리로 말했다.

슈미드 또한 비슷한 심정이었기에 살짝 고개를 끄덕여 자신의 심정을 털어놓는다.

"예, 간담이 서늘할 정도였습니다."

"설마 활로 그런 신위를 발휘할 줄이야. 전혀 새로운 형태의 힘이었어."

"저 또한 놀랐습니다. 오대 공작 중 데미안 공작은 안개의 기사로 불리는 인물인데 설마 활을 활용할 줄이야. 전대 데미안 공작은 검을 사용한다 들었는데 의외여서 한순간 제대로 대응하지 못했습니다."

"그것을 의도한 것일 테지. 그만큼 활을 다루는 실력이 대단하기도 하였고. 그 부분에 대해서는 나 또한 놀랐으니까."

설마 슈미드와 비슷한 나이대의 청년이 그렇게 강한 신위를 발휘할 줄 예상치 못한 첸이었다.

"활뿐만 아니라 검도 다룰 줄 알더군요."

"마지막에 검을 뽑은 것을 보고 그러는 겐가?"

"그렇습니다. 자연스러운 발검 자세로 미루어 볼 때 검술 또한 상당 수준에 이르렀다는 것을 알 수 있었습니다. 만약 끝까지 대결을 고집했다면 좀 더 골치 아파졌을 것입니다."

그렇게 말하지만 자신이 패배할 것이라고는 전혀 생각하지 않는 슈미드였다.

그의 궁술에 일순간이나마 당황하는 모습을 보였던 것은 경험해보지 못한 새로운 형태의 공격에 적응하지 못해서 그런 것이지 실력에서 밀린 것이 아니었다.

오히려 익숙했다면 초반부터 그를 제압하는 것이 가능할 것이라 생각했으니까.

"음, 검술 또한 익힌 것 같더군. 하지만 그것보다는 그의 의지가 굳지 못했어. 그는 처음부터 전력을 다할 생각이 없어 보이더군."

"예, 외성에서 전투가 일어나 백성들이 다칠 것을 염려하더군요."

그것을 꿰뚫어 본 슈미드였기에 그가 더 싸울 수 있음에도 불구하고 왜 순순히 패배를 인정했는지 알아차릴 수 있었다.

적이지만 그는 백성을 생각하는 사람이었던 것이다.

"그 의지가 승패를 빠르게 갈랐다 할 수 있군. 만약 그가 전력을 다할 생각이었다면 좀 더 재미있는 대결이 벌어졌을 텐데."

"그것은 동감하는 바입니다. 그만큼 데미안 공작의 실력은 대단했으니까요. 안 그렇습니까, 공작 전하?"

슈미드가 셰드로 공작에게 고개를 돌리며 묻자, 다른 생각에 잠겨 있던 그가 고개를 끄덕였다.

"음! 상당 수준의 검술을 터득했더군. 만만치 않은 느낌이 들었어."

담담한 어조로 대답하는 셰드로 공작이었지만 속으로 경악을 금치 못하고 있었다.

이십대 초반의 청년 중에서 슈미드를 제외하고 그렇게 강한 신위를 지닌 인물이 있으리라고는 생각지도 못했던 것이다.

몸 전체가 안개처럼 흩어지던 청년은 틀림없는 로드의 경지에 도달해 있었다.

제국의 저력을 몸으로 느끼는 순간이 아닐 수 없다.

'이십대 나이에 로드의 경지에 올라서다니. 앞으로 저런 인재들이 계속해서 나온다면 라이오스 왕국의 미래는 어찌한단 말인가.'

이십대 나이에 궁극의 경지에 올라선 그들은 젊음의 힘으로 끊임없이 발전에 발전을 거듭할 것이 분명했다.

그에 반해 라이오스 왕국의 기사들은 어딘가 맥이 빠진 면이 있다.
마스터를 숭상하지만 뚜렷한 목표 의식이 없고 편견에 사로잡혀 있다.
아무리 꾸준히 수련하더라도 마스터의 경지는 사십이 넘어서야 열린다는 그런 편견.
미리부터 자신의 한계를 그어놓는 그들의 발상은 발전을 방해하는 요소로 자리매김하고 있었고, 결과적으로 라이오스 왕국의 국력은 몇 년째 그대로였다.
레이첼을 본 셰드로 공작이 느낀 것은 위기감이었다.
앞으로 준비를 소홀히 하다가는 정말 제국에 먹혀버릴 수도 있다는 위기감.
젊은 공작은 셰드로 공작에게 그런 위기감을 심어다 주었다.
"저들이 약속을 지킬 것 같은가?"
첸의 물음에 슈미드가 힐끗 성벽을 바라본다.
무언가 이야기를 나누는 모습이 눈에 들어왔고, 연신 고개를 끄덕이는 기사들의 모습을 보니 약속은 지켜질 것 같았다.
"신용 있는 인물인 것 같으니 약속은 지킬 듯싶습니다."
"그럼 저들을 말려야 할 듯싶은데? 허허!"
금방이라도 진격할 듯한 암흑 기사단을 바라보며 첸이 말하자 그것을 목격한 슈미드가 인상을 찌푸린다.
저들에게 자세한 사정을 설명하지 않으니 곧장 성문으로 진격하려는 모양새였다.
"제가 말하고 오도록 하겠습니다."

그렇게 말한 슈미드가 훌쩍 몸을 날려 암흑 기사단이 있는 곳으로 향한다.

선두에 선 채 진격하려던 그렉스는 슈미드가 앞을 가로막자 눈썹을 꿈틀거리며 입을 열었다.

"또 무슨 짓이지?"

"조금만 기다리면 성문이 열릴 것입니다."

"그런 허무맹랑한 말을 믿으란 말인가?"

그렉스는 웃음 짓고 있는 이 녀석을 믿지 않았으니까.

다만, 그가 화를 내는 건 흐름을 끊어버리는 슈미드의 행동 때문이었다.

"약속을 했으니 조만간 성문이 열릴 것입니다."

"그것은 중요하지 않다."

"중요하건 중요하지 않건, 그대의 여제가 약속한 바이니만큼 순순히 물러났으면 좋겠습니다만?"

"큭!"

클로라이네가 언급되자 입을 다무는 그렉스였다.

그에게 있어 클로라이네는 절대적인 의미를 담고 있기에 슈미드가 이렇게 언급하면 약해질 수밖에 없다.

그렉스가 한 걸음 물러나자, 슈미드가 마차 안을 향해 말한다.

"조금만 기다려주시기 바랍니다."

"많은 시간을 줬다고 생각하는데?"

눈앞에 종착지인 황궁이 자리하고 있다.

저들이 발산하는 달콤한 마이너스 에너지를 당장에라도 흡수하고 싶었기에 클로라이네의 목소리에는 날이 서 있었다.

"조만간 협의를 마치고 성문을 열 것입니다. 그러니 조금만 참으시길."

"아주 잠시, 아주 잠시만 기다리도록 하겠어. 그래도 열지 않는다면 성을 모조리 피바다로 만들 거야."

조건을 걸어둠으로써 자신의 제약에 벗어나려는 클로라이네였다.

"……."

클로라이네의 말투에서 협상의 여지가 없다는 것을 깨달은 슈미드가 조용히 성문을 바라본다.

지금까지 붙잡아두는 데 성공했지만 더 이상 클로라이네를 붙잡기 힘들다는 것을 본능적으로 느끼고 있었다.

이제는 저들이 빠르게 결정 내리길 바라고 있을 뿐이었다.

얼마나 시간이 흘렀을까.

마침내 참지 못한 클로라이네가 암흑 기사들에게 명령을 내린다.

"곧장 성으로 진격한다. 가로막는 모든 적들을 죽이고 저들에게 아득한 절망을 느끼게 하도록."

"명을 받듭니다, 여제시여."

힘차게 대답한 그렉스가 강렬한 기세가 일렁이는 눈으로 슈미드를 바라본다.

"여제께서 충분한 시간을 주셨다. 어서 비켜라."

"물러설 수 없다면?"

이대로 가다가는 수많은 사람들이 죽임을 당할 것이다.

자신은 영웅도, 위선자도 아니었지만 적어도 개인적인 복수에 저들이 직접적으로 피해 입는 것은 바라지 않았다.

그렉스는 슈미드가 앞을 가로막자 오히려 기다렸다는 듯 진한 살기가 감도는 목소리로 말한다.

"물러설 수 없다면 베어야겠지. 그래도 막을 텐가?"

뭉클뭉클 뿜어져 나오는 살기가 슈미드의 전신을 감싸기 시작한다.

기분 나쁜 살기였지만 슈미드는 오히려 입가에 진한 미소를 짓는다.

그와 함께 그의 몸을 속박하던 살기가 서서히 흩어지기 시작한다.

자신의 기세를 흩어버리는 모습에 그렉스가 눈썹을 꿈틀할 무렵, 슈미드가 입을 연다.

"여기에서 합의가 깨진다면 상대해주는 수밖에. 하지만 이번에는 존재 자체가 소멸될 것이라는 것을 명심해주면 좋겠군."

"애송이 녀석이……."

콰콰콰콰!

싸늘하게 가라앉은 목소리와 함께 마검에서 폭사되는 광폭한 살기.

이번만큼은 결코 그냥 넘길 수 없다는 기세가 슈미드에게 그대로 전달되고 있었다.

하지만 하늘은 그들의 대결을 허락하지 않는 것일까.

대치하고 있는 그들의 뒤로 성문이 열리는 소리가 들려오기 시작하였다.

그긍! 그그그긍!

슈미드와 그렉스의 시선이 자연스럽게 성문으로 향한다.

굳게 닫혀 있던 성문이 병사들에 의해 서서히 열리기 시작하더니, 이내 활짝 열린다.

제시간에 맞춰 성문이 열린 것이다.

속으로 안도의 한숨을 푹 내쉬며 슈미드가 마차 안을 향해 말한다.

"성문이 열렸는데, 아직도 살육을 할 계획입니까?"

"……성문이 열렸으니 굳이 그럴 필요가 없지. 곧장 황궁으로 진입할 테니 쓸데없는 충돌은 삼가도록."

당장에라도 성에 돌진할 듯한 그렉스가 기세를 풀며 힘차게 외쳤다.

"명을 받듭니다, 여제시여. 안으로 진입한다!"

그의 명령이 떨어지자 암흑 기사들이 움직이기 시작한다.

그렉스가 슈미드의 옆을 스치고 지나가며 작은 목소리로 말한다.

"너의 운은 오래가지 않을 것이다. 지금은 여제의 관심을 받아 연명하고 있지만, 그 관심이 사라지는 순간, 네 질긴 목숨을 곧바로 거둬줄 것이다."

그러면서 그대로 지나쳐가는 그렉스다.

그의 말에 서려 있던 살기가 슈미드를 그대로 휩쓸고 지나간다.

그건 기습적인 공격과도 같아 예리한 살기가 전신을 난도질하고 있었다.

따끔따끔한 느낌이 드는 것을 느끼며 슈미드가 입가에 묘한 미소를 지어 보였다.

"재미있군."

당당하게 자신을 죽이겠다고 선언하는 그렉스의 뒷모습을 바라보며 슈미드는 더욱 진한 미소를 지었다.

그 웃음은 평소와 달리 비틀린 웃음이었다.

"날 죽인다라. 죽일 수 있을까 과연……."

앞서 나가는 암흑 기사단의 모습을 좇으며 슈미드는 미소를 거두지 않았다.

그러나 그의 눈은 죽은 물고기처럼 공허한 느낌을 주고 있었다.

암흑 기사단의 뒤를 이어 슈미드 일행 또한 성 안으로 진입하기 시작했다.

제2화
거짓된 사실

Dark Blaze

자미에르 대제가 세 공작을 불러들여 슈미드를 비롯한 암흑 기사단을 맞이할 채비를 할 무렵, 율리센 왕자는 플로리데를 만나기 위해 그녀의 궁에 들른 상태였다.

최근 들어 플로리데는 건강이 조금씩 회복되는 기미를 보이고 있었다.

하루 종일 침대에 누워 있던 것에 비해 지금은 어느 정도 거동이 가능할 정도로 몸이 회복되었다.

덕분에 이야기를 나누는 데에도 큰 불편함이 존재하지 않을 정도였다.

"고맙다, 플로리데. 너의 말이 큰 도움이 되었어."

율리센의 말에 순간 고개를 갸웃하던 플로리데.

그러다 이내 그 말이 무엇을 의미하는지 깨닫고는 눈을 동그랗게 뜨며 왕자를 바라보았다.

"제 말이라면……? 정말 그걸 그대로 실천에 옮긴 건가요?"

플로리데는 율리센이 연애 사업에 애를 먹고 있다는 이야기를 전해 듣고는 착실하게 쌓아온 자신의 지식을 그에게 전수해주었다.

이론과 경험이 완벽하게 일체화된 플로리데의 조언은 율리센에게 큰 도움을 주었다.

제대로 진도를 빼지 못하고 있던 그는 플로리데의 조언에 힘입어 입맞춤에 성공하고 연인 관계를 맺는 것이 가능했던 것이다.

그로 인해 권력은 더더욱 율리센에게 멀어졌지만 그는 자신의 선택을 후회하지 않았다.

아니, 오히려 권력이 멀어지고 비올라가 자신에게 더욱 가까워진 것을 환영하는 모습이었다.

그는 처음부터 권력에 큰 욕심이 없었으니까.

"그래, 그대로 실천에 옮겼다만?"

"어머나! 그걸 정말 오빠가 실천에 옮겼단 이야기인가요?"

율리센은 무척 현명한 인물로 사람의 말을 잘 가려듣는 것으로 유명한 인물이었다.

그렇기에 충신의 간언과 간신의 아첨을 잘 구분해서 들을 수 있다고 칭해질 정도였다.

그런 그가 자신의 조언을 아무런 가감 없이 그대로 실천에 옮겼을 줄은 플로리데도 예상하지 못한 바다.

왕자에게 그런 조언을 했던 것은 힘내라는 의미 정도였는데.

"뭐가 잘못됐나?"

"아뇨, 그런 건 아니에요."

고개를 젓는 플로리데.

자신이 장난삼아 이야기한 것이라고 절대 이야기할 수 없었다.

그걸 듣게 되면 율리센의 표정이 어떨지 상상도 가지 않았으니까.

결과가 좋아 다행이라 생각하며 플로리데는 표정 관리를 하였다.

"잘돼서 다행이에요. 그래, 새언니 되실 분하고 사이는 어떠세요?"

시침 뚝 떼고 묻는 플로리데의 말에 율리센이 표정을 살짝 굳힌다.

그녀의 조언이 비올라에게 주효하는 순간, 율리센에게 있어 플로리데는 단 하나뿐인 연애 코치였다.

"사실…… 여의치가 않아."

"저런, 제 말이 주효했다 하지 않았어요? 그런데 여의치 않다니요?"

조금 전까지만 해도 자신에게 감사를 표하다가 어두워지다니?

이해를 못 하고 있는 플로리데를 보며 율리센이 한숨을 푹 내쉰 뒤 이야기한다.

"후! 아니, 사이는 예전보다 더 좋아졌어. 하지만 그다음이 문제더라고. 그다음으로 넘어가려니 비올라가 완강하게 거절을 하곤 해."

"설마 제가 말한 것처럼 그대로 하는 건 아닐 테죠?"

플로리데가 율리센에게 알려준 방법은 초강세로 나가는 것이다.

다른 사람에게는 적절하게 완급을 주며 대하지만 좋아하는 여성에게는 한없이 약한 모습을 보이는 율리센이다.

그 이야기를 전해 들은 플로리데는 기존의 약한 모습을 탈피하여 강하게 나갈 것을 조언해주었다.

율리센은 그 조언을 받아들였고 그대로 행동한 끝에 비올라와 한 단계 발전을 하는 데 성공했다.

하지만 문제는 플로리데의 조언을 너무 철석같이 믿은 나머지 연인관계가 된 후에도 시종일관 초강세로만 나갔다는 것이다.

사랑에도 완급 조절이라는 게 있어야 하는데 계속 밀어붙이기만 하니 마찰이 생길 수밖에.

고지식하고 완고한 율리센의 성격이 그대로 드러나는 대목이었다.

"맞는데……?"

혹시나 하는 어조로 묻는 플로리데의 모습에 율리센이 작은 목소리로 답하자, 그녀는 한숨을 푹 내쉴 수밖에 없었다.

혹시나 했건만 자신의 예상이 들어맞은 것이다.

그녀로서는 한숨이 나올 수밖에 없는 순간이었다.

"후우! 오빠, 그렇게 하시면 안 되죠. 설마 연애 관련 책을 하나도 안 읽어보신 거예요?"

"내가 언제 그런 걸 읽어보겠어."

어렸을 때부터 황태자의 자리에 오르기 위해 제왕학을 배운 율리센이다.

당연히 연애 관련 서적을 읽어볼 시간은 존재하지 않았다.

아니, 공부에 공부를 거듭하느라 사교 파티에도 제대로 참여한 적이 없었다.

그만큼 많은 사람들의 기대를 받던 인물이었던 것이다.

"그것도 그러네요. 후! 연애 서적에서 보면 밀고 당기기라는 것이 있어요."

"밀고 당기기?"

의아한 표정을 지은 율리센이 묻자 플로리데가 자세히 풀어서 설명을 해준다.

"다른 관계도 마찬가지지만 특히 연애를 할 때는 완급조절이 필요해요. 그러니까 오빠가 그동안 새언니에게 쉽게 다가가지 않았던 것은 일종의 밀어내기라고 할 수 있어요. 너무 가까워지지 않게, 오빠도 모르는 새에 거리감을 둔 거죠. 적극적으로 나서지 않는 오빠를 보며 아마 새언니도 애 좀 탔을 걸요? 그런데 계속 밀어내기만 하면, 아니 거리를 둔 채 끝끝내 다가가지 않으면 어떻게 되겠어요. 결국 연애고 뭐고 아무것도 아닌 게 되는 거죠. 서로 속마음을 털어놓지도 못한 채 그냥 멀어지기만 하는 거예요. 그래서 제가 오빠에게 조언을 했던 거구요."

"그럼 네가 조언했던 게 당기기란 말이니?"

"예. 맞아요. 둘 다 멀리 떨어져서 주뼛거리고만 있다가는 어느 시절에 연애를 해보겠어요. 그렇다고 여자인 새언니가 먼저 나서서 속마음을 털어놓는 것도 좀 그렇지 않겠어요?"

"그래. 비올라가 그런 성격도 아니고."

"서로의 마음을 알고는 있는 상태로 꽤 오랜 시간이 지난 시점에서 오빠가 남자답게, 평소에 보여주지 않았던 적극적인 자세로 밀어붙이니 새언니로서는 놀랍기도 하고, 또 오빠의 새로운 매력을 발견한 느낌일 테고 그랬을 거예요. 쉽게 말해서 오빠도 모르게 계속 밀어만 내고 있다가 한번 확 당기게 되니 그 효과가 아주 커진 거죠. 근데 그것까진 좋은데 오빤 여전히 강하게 밀어붙이기만 하고 있다면서요. 아무리 남자다운 남자가 여자에게 인기가 있다지만 계속 그런 모습만 보여주다 보면 여자 입장에서는 뭐랄까, 강압적인 느낌을 받는다고 할까요? 아마 새언니 역시 오빠의 그런 남자다운 면이 좋긴 하지만 너무 지나치다 싶어 서로 간에 오해가 생기는 것 같네요."

"그렇구나. 밀고 당기기라…… 확실히 맞는 말이야."

연애에 있어 문외한인 율리센이었지만 비슷한 논리를 알고 있었기에 이해하는 것은 어렵지 않았다.

밀고 당기기. 언제나 잘해줄 수 없는 노릇이고, 언제나 야단칠 수 없는 노릇이다. 당근과 채찍이 적절하게 조화되어야 이상적인 결과가 나타난다는 것을 알고 있었기에 플로리데의 말을 확실히 이해할 수 있었다.

"이 부분만 깨달으면 벌써 절반 이상은 먹고 들어간다 할 수 있어요."

"그래? 그럼 어떻게 하는 게 좋을까?"

"강하게 당겼으니 이번에는 살짝 밀어줘야 할 때죠. 연애하기 전처럼 거리를 둬 보세요. 단 상대방의 기분이 상하지 않을 정도 조금만요. 그렇게 하면 새언니는 오빠와 멀어지는 느낌을 받고 우물쭈물하는 모습을 보일 거예요. 그때가 기회인 셈이죠. 그 기회를 살려 다시 한번 강한 모습으로 확 당기는 거예요. 그리고……."

제일 중요한 부분에서 말끝을 흐리는 플로리데.

율리센은 자신도 모르게 그녀의 말에 몰입하며 그녀의 말을 따라 한다.

"그리고……?"

"확실하게 도장을 찍어놓는 것이죠!"

강한 어조로 말하는 플로리데였다.

그 말을 들은 율리센은 남자답지 않게 얼굴을 붉히며 묻는다.

"도, 도장이라고?"

대놓고 부끄러운 표정을 짓는 그의 모습이 너무나 귀여워 플로리데가 웃음을 터뜨렸다.

"호호호! 그런 걸 가지고 부끄러워하세요. 그만큼 확실하게 오빠 것으로 만들라는 이야기에요. 어차피 은연중 자신이 모자라다 생각하는 사람은 새언니지, 오빠가 아니에요. 오빠가 새언니에게 확신을 심어준다면 새언니도 순순히 오빠를 따를 것이라 생각해요."

"그래."

플로리데의 말은 자신감을 가지란 이야기였다.

그 이야기를 들으며 율리센은 자신이 자신감을 갖지 않고 있다는 것을 깨달을 수 있었다.

황태자 자리에서 밀려나서 그런 걸까?

권력의 중심에서 밀려난 것이 은연중 자신에게 그런 영향을 끼치고 있었나 보다.

서로를 좋아한다는 걸 알고 있다면 그것만으로도 충분할 텐데 무엇을 그렇게 어려워하는 것인지.

그녀가 말해준 밀고 당기기라는 것도 결국 연애의 묘미를 살려주기 위한 것이란 걸 율리센은 알고 있었다.

중요한 건 자신감, 그리고 서로에 대한 믿음이다.

다만, 자신도 그렇고 비올라도 적극적인 성격이 되지 못하기에 누군가 한 명이 적극적으로 나서줘야 할 뿐. 그런 역할을 여자인 비올라에게 떠넘길 수는 없는 노릇이다.

"그렇게 하도록 해야겠네."

"오빠라면 해낼 수 있을 거예요. 힘내세요."

"고맙다. 황궁의 소란이 가라앉으면 본격적으로 힘을 내봐야겠어."

"소란이라니요? 황궁이 소란스럽나요?"

전혀 듣지 못했던 바였기에 플로리데가 고개를 갸웃하며 묻는다.

그녀가 느끼기에 딱히 황궁에 별다른 일이 닥친 것 같지 않은데 율리센이 소란스럽다고 하자 의아함을 느낀 것이다.

고개를 갸웃하는 플로리데의 모습에 율리센은 그녀가 소식을 접하지 못했을 수도 있다 생각하며 말한다.

"아직 모르고 있었니? 암흑 왕국의 종자들이 지금 황도를 향해 진격하고 있어. 그것 때문에 황궁이 제법 소란스러운 상태지."

"암흑 왕국이요? 위험하지 않을까요?"

대륙에 전혀 알려진 것이 없는 암흑 왕국은 가장 경계해야 할 적 중 하나였다.

특히 그들에게 레카르밀 공작가가 무너졌다는 소식을 전해 들었기에 플로리데는 걱정스러운 표정을 지었다.

"걱정하지 않아도 돼. 황도에 주둔하고 있는 전력은 막강하니까. 아마 네가 이렇게 걱정할 걸 알고 계셔서 아바마마가 알려주지 않은 듯하다."

여린 동생이 알기에는 암흑 왕국이 가져다주는 상징적인 의미가 너무나 컸다.

자신을 어린아이 취급하는 율리센의 행동에 플로리데가 눈썹을 꿈틀하며 말한다.

"저도 다 커서 그 정도는 끄떡없다고요. 어린아이 취급하지 마세요."

"하하! 미안하다, 미안해. 내가 어찌 널 어린아이 취급하겠어? 플로리데가 조언을 해줘서 비올라와 잘 되고 있는데, 어림도 없는 소리지. 다만, 아바마마께선 네가 걱정하는 모습을 보고 싶지 않아 그 소식을 전하지 않은 것 같다는 이야기야."

"그럴 수도 있겠죠."

그녀 또한 바보가 아니었기에 잘 알고 있다.

외부소식을 접해 가출한 전력이 있는 만큼 의도적으로 자신에게 정보를 차단하고 있다는 것을.

자신의 전과를 인정하기에 플로리데는 내색하지 않을 뿐, 알 것은 다 알고 있었다.

"사실 암흑 왕국의 전력은 강하지. 대륙 최강이라 불리는 암흑 기사단이 함께 하고 있거든. 게다가 로드에 비해 부족하지 않다는 마왕의 기사도 있고…… 무엇보다 마왕의 존재가 가장 큰 변수지만."

"그럼 위험한 거 아닌가요?"

마왕이란 존재는 인간에게 두려움을 심어주기에 부족함이 없는 존재다.

그 마왕이 자신들을 노리고 있다는 사실이 두려운 것은 당연했다.

"그래서 아바마마께서는 작은아버지를 불러들이셨다 하더라고."

"하긴. 작은아버지가 계시면 든든하죠."

테베로즈 후작은 그들에게 있어 작은아버지가 된다.

로드의 일인인 그라면 충분히 믿음직하다.

다만, 마왕의 악명이 워낙 자자해서 불안할 뿐이다.

잠시 생각에 잠겨 있던 플로리데가 율리센에게 묻는다.

"그럼 마왕만 막으면 암흑 왕국의 침공을 막을 수 있는 건가요?"

그 물음에 율리센은 멈칫하더니 고개를 좌우로 젓는다.

"마왕도 문제지만 또 다른 문제도 있어."

"또 다른 문제라고요?"

도대체 무슨 문제점이 있단 말인가.

궁금한 듯 플로리데가 바라보자, 율리센이 입을 열었다.

"마왕도 문제긴 하지만 더욱 문제가 되는 점이 있어."

설마 제국을 노리는 적들 중 드래곤이라도 있는 걸까.

아니, 드래곤이라 하더라도 마왕보다 문제가 될 리 없다.

무엇인지 궁금한 눈으로 플로리데가 바라보자 율리센이 말한다.

"그는 제국에 있어 엄청난 피해를 입혔지. 아마 제국의 역사를 통틀어 개인이 이렇게 큰 피해를 입힌 적은 없을 것이야."

"도대체 무엇이기에……."

어떤 존재이기에 율리센이 이렇게 말하는 것일까.

플로리데의 궁금증이 증폭되는 것을 느낀 율리센이 설명한다.

"오대 공작 중 두 사람이 그에게 패했을 정도니까."

그 말을 듣는 순간 플로리데의 눈이 거세게 흔들리기 시작했다.

율리센이 위험하다고 하는 존재가 누구인지 그 말을 듣는 순간적으로 짐작이 갔던 것이다.

"서, 설마……."

"그래, 네 예상대로다. 현재 황도로 진격하고 있는 존재는 바로 아드리온 공작의 반역자, 슈미드다."

"……."

너무나 충격적인 말에 할 말을 잃은 플로리데였다.

그녀가 자미에르 대제를 순순히 따라나선 것이 왜 였던가.

바로 슈미드를 용서해주겠다는 말을 들었기 때문이 아닌가.

그런데 그가 왜 황도로 진격한단 말인가.

합의가 되지 않았단 말인가? 자신보다 복수가 더 중요해서? 아니면 아버지가 자신을 감언이설로 속이기라도 했단 말인가?

복잡한 생각들이 그녀의 머릿속을 뒤죽박죽으로 만들기 시작했다.

"플로리데?"

의아한 시선으로 그녀를 바라던 율리센이 이름을 부르자 플로리데가 자리에서 벌떡 일어나며 말한다.

"아바마마를 뵈어야겠어요."

"갑자기 아바마마는 왜?"

"아바마마께 드릴 말씀이 있어서요. 저는 이만 일어나도록 할게요."

여러 가지 쓸데없는 생각이 꼬리를 물고 이어지는 통에 그녀는 머리가 터져버릴 듯한 두통을 느꼈다.

슈미드를 다시 만날 날만 기다리며 건강에 각별히 주의를 기울이고 있었는데.

그녀가 비틀거리며 자리에서 일어나자, 율리센이 그녀에게 손을 뻗다가 멈칫한다.

"플로리……."

이름을 부르려던 율리센은 더 이상 말을 잇지 못했다.

이미 플로리데는 빠른 걸음으로 궁을 나선 것이다.

몸도 좋지 않아 무리한 거동은 삼가라며 각별한 주의를 받았는데 저렇게 움직이는 모습이라니.

고개를 절레절레 저은 율리센이 자리에서 일어나 그녀의 뒤를 따랐다.

"무슨 내막인지 알아두는 것이 좋겠군."

그의 얼굴에는 동생에 대한 걱정이 자리하고 있었다.

*　　*　　*

돈이 많은 국가는 마법이 발달되어 있기 마련이다.

라이오스 왕국같이 유별나게 기사를 우대하는 인식이 박혀 있지 않은 이상, 재물을 축적한 국가라면 마법이 발달하는 것은 필연적이다.

귀족들은 좀 더 편한 생활을 추구하고, 그 욕심을 채워줄 수 있는 것이 바로 마법이었으니까.

헬카드 제국은 왕국 시절부터 교통의 요지에 자리하여 상당한 부를 축적하고 있었고, 기사층은 두텁지 않지만 마법은 꾸준한 발전에 발전을 이뤄왔다.

그리고 지금에 이르러 제국의 마법은 카늘 마법왕국과 비교해도 부족하지 않을 정도로 발달한 상태였다.

마법의 발달 척도는 텔레포트 마법에서 나뉠 정도니까.

여전히 텔레포트 마법에 있어 상당한 애를 먹는 라이오스 왕국과 달리 헬카드 제국은 마음만 먹으면 자유자재로 텔레포트를 할 수 있을 정도로 마법이 발달했다.

텔레포트만 있으면 먼 거리에 떨어져 있는 아드리온 공작령과의 거리도 무색할 정도였다.

"형님 폐하를 뵈옵니다."

암흑 왕국의 공격에 대비하기 위해 아드리온 공작령으로 파견되었던 테베로즈 후작이 자미에르 대제에게 예를 취해 보였다.

"어서 와라, 테베로즈 후작. 먼 곳에서 수고가 많았다."

"제가 한 건 아무것도 없습니다. 오히려 편안하게 휴식을 취하고 왔으니 폐하께 감사드리는 바입니다."

입가에 빙긋 미소 짓는 테베로즈 후작의 모습은 여유 그 자체였다.

아드리온 공작가에서 극진한 대접을 받았다고 하더니 얼굴에서 바로 그런 티가 나고 있었다.

"아드리온 공작의 대접이 나쁘지 않았나 보군."

"아직 어린 친구였지만 상당히 명민한 사고방식을 지닌 인물이었습니다. 십 년 정도만 흐른다면 능히 전 아드리온 공작의 몫을 하고도 남을 정도였습니다."

테베로즈 후작이 아드리온 공작가로 파견된 것에는 여러 가지 내막이 존재한다.

암흑 왕국의 공격을 막아주기 위한 것도 있지만 더욱 큰 이유는 공작의 작위를 이을 코란드를 평가하기 위함이었다.

오대 공작은 제국에 있어 우상과도 같은 존재이자, 영웅이다.

그 자리를 이어받기 위해서는 능력을 갖춰야 하는 것이 당연한 사실.

직접 언급하지 않았지만 자미에르 대제는 테베로즈 후작을 파견하여 코란드의 자질을 시험해본 것이다.

결과는 합격이었다.

아마 눈치 빠른 공작가 인물들은 황제의 이런 판단을 눈치 챘으리라.

"능력이 있다니 다행이로군. 그래도 아드리온 공작이 후계자를 잘 키웠어."

"저도 그렇게 생각합니다. 아직 어린 것이 똘똘하더군요. 하하!"

자미에르 대제의 유일한 동생이어서 그럴까.

그에게 말을 하는 테베로즈 후작은 다른 신하들과 달리 편하게 하는 구석이 있었다.

그러나 그것은 황제를 깔보거나 하는 것이 아닌 어디까지나 테베로즈 후작의 성격일 뿐이다.

그가 왕위 다툼에서 살아남을 수 있던 것도 필요 이상으로 격식을 차려야 하는 왕의 자리를 일찌감치 포기했기 때문이니까.

"그렇다면 아드리온 공작가는 안심할 수 있겠어."

"예, 가신들이 물심양면 협조하고 있으니 옛 영광을 되찾을 겁니다."

오대 공작가 중 은연중 맹주 노릇을 하던 아드리온 공작이 죽임을 당하자 권력 구도에 큰 변화가 생기는 것은 당연한 일.

자미에르 대제가 발 빠르게 대처하여 권력의 공백을 자신이 흡수였지만 인물이 사라졌다는 것은 제국에 있어서 애석한 일이었다.

"옛 영광이라. 벌써 그렇게 되었군."

"상당히 어수선한 분위기였으니까요. 확실히 예전과 다른 느낌이 들었습니다."

아드리온 공작가가 그렇게 되었다는 것은 결코 좋게 들리지 않았지만 어쩔 수 없는 노릇. 모든 건 이번 대 아드리온 공작인 코란드의 손에 달려 있다.

그간에 보였던 것을 떠올리면 섭섭하지 않게 대우하는 것이 최선이리라.

"그나저나 충분한 휴식을 취했으니 이제 본격적으로 일을 시켜도 되겠군."

"어차피 그러실 생각이시지 않습니까? 절 소환하는 순간, 모든 것을 짐작하고 있었습니다."

한숨을 푹 내쉬며 현실을 받아들이는 테베로즈 후작이다.

그 모습을 바라보며 피식 웃음을 짓는 자미에르 대제.

후작은 상당히 가벼운 성격을 가지고 있어 여기저기 놀러다니는 것을 좋아한다는 것으로 상당히 유명하다.

오죽하면 근위기사단의 부단장인 웜스 백작이 그의 뒤처리를 하기 위해 쫓아다니다가 오히려 그를 닮아 부대장들을 애먹이고 있지 않은가. 그래도 일을 처리할 때는 확실하게 처리한다는 점에서 후작보다 낫긴 하지만.

"해야 할 일은 간단하다. 예전처럼 황궁을 수호하는 것이다."

"그거라면 제가 하던 일과 다를 바 없지 않습니까?"

더 귀찮은 일을 맡으리라 생각하던 테베로즈 후작은 그리 어려운 일을 맡지 않게 되자 얼굴에 화색이 감돌기 시작한다.

그러나 이어진 자미에르 대제의 말에 어이없는 표정을 짓는다.

"암흑 왕국의 종자들이 진격하고 있지. 그들의 최종 목표는 짐의 목일 터. 그런 만큼 짐을 호위해야 하는 막중한 임무를 맡아야 하지."

"그렇습니까? 제가 형님 폐하를 호위한다니…… 뭔가 어울리지 않는 듯하군요."

맥 빠진 표정을 지으며 말하는 테베로즈 후작이다.

대륙에 제대로 알려지지 않았지만 황제의 실력이 얼마나 대단한지 알고 있기에 하는 말이다.

강한 사람이 약한 사람을 지키는 것이 호위하는 것이지만 강한 사람이 더 강한 사람을 호위하다니.

뭔가 어울리지 않는 현상이 아닐 수 없다.

"마왕은 짐도 쉽게 생각할 수 없는 존재지. 또한 그녀를 호위하는 암흑 기사단은 대륙 최강이라 불리는 전투 집단. 당연히 도움이 필요하지."

"예, 명을 받들겠나이다."

마왕과의 전투라!

하긴 황제의 곁에 있다 보면 분명 마왕과도 한 번쯤 싸워 볼 기회가 생길 것이다.

내심 기대하던 일이었기에 테베로즈 후작은 흔쾌히 대답한다.

그때, 대전 바깥에서 시종장의 목소리가 들려왔다.

"폐하! 율리센 황자 전하와 플로리데 공주 마마께서 방문하셨사옵니다."

"율리센과 플로리데가?"

플로리데는 거동이 어려울 텐데 이곳까지 방문하다니.

최후의 순간을 위해 마지막 숨 고르기를 하고 있는데 벌써 움직일 정도가 되었단 말인가?

자미에르 대제의 얼굴에 놀라움이 살짝 번져나가더니 고개를 끄덕이며 대답한다.

"들라 해라."

허락이 떨어지자 대전의 문이 열리며 잘생긴 청년과 푸른색 머리를 지닌 아름다운 여인이 모습을 드러낸다.

얼굴에 핏기 한 점 존재하지 않는 것이 마치 인형이 걷고 있는 것처럼 느껴질 정도였다.

율리센과 플로리데는 자미에르 대제 앞에 서서 공손히 예를 올렸다.

"아바마마를 뵈옵니다."

"어서 오라. 갑자기 무슨 일로 찾아온 것이지? 특히 플로리데는 몸 상태가 좋지 않은데."

"그것이……."

율리센은 할 말이 궁색했다.

애초에 그가 이곳에 온 것은 플로리데의 뒤를 따라온 것이었으니까.

그가 자세한 영문을 알고자 플로리데에게 거듭 질문을 했지만 그녀는 끝까지 대답을 해주지 않았다.

그러다 보니 영문도 모른 채로 이곳까지 오게 된 것이다.

순간 꿀 먹은 벙어리가 되어버린 율리센을 구원해준 것은 테베로즈 후작이다.

그는 양팔을 활짝 벌리며 두 사람에게 인사를 했다.

"오랜만이다, 조카들아."

두 사람이 테베로즈 후작에게 인사를 한다. 자미에르 대제의 동생인 그는 그들에게 있어 작은아버지였다.

"오랜만에 뵙니다, 작은아버지."

"오랜만에 뵈어요, 작은아버지."

"아직 혼인을 하지 않았으니 작은아버지라기보다는 삼촌이 아니더냐?"

섭섭한 표정을 짓는 테베로즈 후작을 향해 율리센이 차분하게 대답한다.

“어차피 비슷한 호칭 아닙니까?”

“그래도 나이가 들어 보이니 삼촌이 더 좋다.”

그 부분에 있어서는 단호한 모습을 보이는 테베로즈 후작.

유쾌한 그의 말투에 율리센이 피식 미소를 지으려던 것을 간신히 참았다.

플로리데는 그 말에 반응하지 않은 채 조용히 자미에르 대제를 바라본다.

그녀의 눈에 서린 의도를 읽었기 때문일까.

자미에르 대제는 살짝 고개를 끄덕이더니 테베로즈 후작에게 축객령을 내린다.

“테베로즈 후작, 그 건에 대해서는 차후에 상세히 알려주도록 할 테니 나가 있으라.”

플로리데의 표정이 심상치 않았기에 자신이 낄 자리가 아니라는 것을 느낀 테베로즈 후작은 그 명령을 받아들였다.

“예, 형님 폐하. 아, 그리고 이야기가 끝나면 내게 방문하도록 하여라. 오랜만에 조카들과 식사라도 하고 싶으니까.”

그렇게 말한 테베로즈 후작이 고개를 숙이며 대전을 나선다.

그가 나가자 대전에는 자미에르 대제와 율리센, 플로리데만 남게 되었다.

“할 이야기가 있는 듯한데 율리센이 있어도 되나?”

율리센에게도 축객령을 내릴 듯 그를 바라보며 자미에르 대제가 묻자, 플로리데가 고개를 좌우로 저으며 말한다.

"오빠는 괜찮아요. 황궁에 온 이후로 제게 가장 큰 힘이 되어준 분이니까요."

사실 이 부분에 대해서 플로리데는 제법 고민해야만 했다.

자신이 자미에르 대제에게 말할 사실을 그가 알아도 될지 염려가 되었으니까.

그러나 그 고민도 한순간이었다.

자신에게 모든 것을 털어놓던 율리센의 모습을 떠올리자 그에게 숨기는 것은 옳지 못하다는 생각이 들었던 것이다.

물론 이야기를 듣게 되면 율리센이 제법 충격을 받을 듯싶었지만.

"그렇군. 그럼 할 이야기가 있는 듯하니 말해보라."

"암흑 왕국이 황궁으로 진격하고 있다는 이야기를 전해 들었어요."

"흐음!"

플로리데의 말에 자미에르 대제가 낮게 소리를 흘리며 율리센에게 시선을 준다.

그 정보를 전해준 것이 누구인지 단번에 짐작이 갔던 것이다.

그 시선을 받은 율리센이 살짝 고개를 숙인다.

"죄송합니다, 아바마마. 하지만 플로리데에게 굳이 숨겨야 할 사실은 아니라 여겼습니다."

슈미드와 플로리데의 사이를 모르기에 그런 이야기를 꺼낼 수 있었으리라.

'그래서 찾아온 것이로군.'

그녀가 무슨 이유로 찾아온 것인지 짐작할 수 있었다.

자미에르 대제는 살짝 고개를 끄덕이며 말을 재촉한다.

"그래, 암흑 왕국이 황도를 향해 오고 있다는 건 사실이다. 그게 어찌하여?"

일단은 모른 척을 한다.

그 말에 플로리데가 미간을 살짝 모으더니 그에게 말한다.

"거기에 슈미드 경도 함께하고 있다는 것을 들었어요."

본격적으로 이야기를 시작하는 플로리데.

그 이야기를 듣고 있던 율리센은 그제야 그녀가 무엇을 이야기하고자 하는지 알아차릴 수 있었다.

왠지 슈미드가 언급될 때 그녀의 안색이 심상치 않더니 역시 그와 관련된 일이었던 것이다.

문득 율리센의 머릿속을 스치고 지나가는 사실 하나가 있었다.

'아아, 그러고 보니 클라레스 공국의 마수에서 플로리데를 구해준 것이 슈미드로군. 플로리데에게 있어서는 생명의 은인이니 충분히 그럴 수 있다. 하지만 슈미드는 그 공보다 더욱 큰 죄를 범했으니 용서받을 수 없어. 그것을 플로리데가 모를 리 없는데.'

일단은 자신이 모르는 이야기였기에 율리센은 침묵을 지킨 채 이야기에 집중한다.

그 사이 두 사람의 대화는 진행되고 있다.

"그래, 암흑 왕국과 함께 손을 잡고 황도로 진격하고 있더군. 그의 최종 목표는 바로 짐의 목을 베는 것일 테니."

자신의 목숨을 노리는 자를 언급하는데도 아무렇지도 않아 보인다.

두 명의 공작을 꺾은 슈미드라는 존재가 그에게는 아무런 감흥도 주지 못하나 보다.

황궁을 지키고 있는 전력이 사상 최강이라 하나 그들 연합의 전력 또한 만만치 않은데.

"이건…… 약속이 틀리잖아요."

'약속? 무슨 약속이 있단 말인가?'

두 사람의 숨은 내막이 서서히 드러나는 듯하자 율리센이 주의를 기울이기 시작한다.

"약속이라, 분명 약속을 하였지."

담담하게 대답하는 자미에르 대제.

그 말을 들은 플로리데가 눈썹을 찌푸리며 그에게 묻는다.

"그런데 어찌하여 그분이 황궁으로 오는 것이죠? 아바마마께서 모든 분쟁을 끝내고, 예전 관계를 회복하겠다고 말씀하지 않으셨나요?"

라이오스 왕국에 머물고 있던 플로리데를 데려가기 위해 자미에르 대제는 그녀가 혹할 법한 미끼를 풀어놓았다.

그것은 바로 슈미드의 죄를 모두 용서해줄 수 있다는 이야기였다.

안 그래도 가족과 연인 사이에서 방황하던 플로리데였다.

고민을 거듭하던 그녀는 서로가 좋아질 수 있는 방향이라는 생각에 그 제안을 받아들였다.

그리고 지금 그 제안을 들먹이며 자미에르 대제에게 지키라고 요구하고 있는 것이다.

"그것은 그 녀석이 짐의 제안을 거절했기 때문이다."

얼굴 하나 변하지 않은 채 거짓말을 하는 자미에르 대제.

애초에 그는 슈미드를 용서해줄 생각 따위는 눈곱만큼도 없었다.

그 부분은 플로리데가 순진해도 너무 순진하다 할 수 있다.

제국의 황제인 자신이 신하들의 체면을 뭉개고 목숨을 취한 슈미드를 용서해줄 수 있겠는가?

귀족의 충성을 받는 황제는 응당 그들을 보호해줄 의무가 있는 법이다.

사적인 욕심을 위해 그를 용서한다면 귀족들은 그에게 충성을 바치려 하지 않을 것이다.

그의 목을 베어 효시를 해놓고 제국의 무서움을 널리 알려야만 더욱 굳건한 권력을 굳히게 되는 것이다.

처음부터 지킬 생각이 없던 약속이었다.

자미에르 대제의 말을 들은 플로리데의 몸이 순간 휘청한다.

혹시나 하던 생각이 그대로 현실로 반영되었던 것이다.

그녀는 자미에르 대제가 거짓말을 하고 있다는 것을 전혀 짐작하지 못하고 있었다.

비틀거리는 그녀의 몸을 율리센이 화들짝 놀라 부축해주었다.

"플로리데, 플로리데!"

"어찌하여……."

그럴 수도 있다는 생각이 들었지만 현실이 되어버리자 플로리데는 가슴 속을 지배해나가는 배신감에 어쩔 줄 몰라했다.

슈미드가 황제의 제안을 거절했다고 하자, 그가 자신을 버렸다는 생각이 가슴을 지배하고 있던 것이다.

그것이 플로리데에게 큰 충격을 준 것은 두 말이 필요 없다.

플로리데가 힘없는 시선으로 자미에르 대제를 바라보며 묻는다.

"그럼…… 그를 어떻게 하실 생각이시죠?"

이미 돌이킬 수 없는 강을 건너왔다는 것을 알고 있었지만 일말의 기대를 걸고 조심스럽게 묻는다.

그러나 뒤이어 나온 자미에르 대제의 대답은 플로리데의 희망을 산산조각내는 것이었다.

"짐의 제안을 거절한 그를 더 이상 용서해줄 수 없다. 그를 제국의 제일 공적으로 선포하여 모든 힘을 동원하는 한이 있어도 목을 벨 것이다. 그의 목을 베어 아드리온 공작가에 보냄으로써 제국에 적대하는 자의 종말을 대륙에 널리 알릴 것이다."

"아아……."

다시 한 번 큰 충격을 받는 플로리데였다.

제국을 용서할 생각이 없는 슈미드와, 자신의 제안을 거절한 슈미드를 살려둘 생각이 없는 자미에르 대제였다.

결국 둘은 서로가 서로를 죽일 때까지 물어뜯을 것임이 분명했다.

그녀에게 있어 최악의 결과가 그대로 드러나는 것이다.

플로리데는 애처로운 시선으로 자미에르 대제를 바라보며 애원한다.

"그를…… 그를 용서해주실 수는 없는 건가요?"

자미에르 대제는 짐짓 무거운 표정을 지으며 고개를 좌우로 젓는다.

"그럴 수 없는 이 아비를 원망하여라. 이미 서로를 죽여야 모든 앙금이 풀리는 지경에 이르렀다."

"……."

너무나 큰 충격에 할 말을 잃어버린 플로리데.

그 모습을 본 자미에르 대제의 표정이 살짝 찌푸려진다.

처음부터 자신의 불멸체를 위한 재료로 선택된 아이였다.

그럼에도 불구하고 가슴에 일어나는 이 감정은 무엇일까.

'인간의 한계를 벗어난 내가 아직도 이런 감정을 가지고 있단 말인가.'

왠지 모를 불쾌한 감정이 들었다.

영원한 생명을 얻어 대륙을 통치하겠다는 자신이 이런 약한 종류의 감정을 가지다니.

역사상 대륙에 널리 이름을 알린 패왕들이 끝내 패망했던 이유는 여자 문제와 더불어 끝까지 끊어내지 못한 잔정 때문이 아니었던가.

그것을 너무나 잘 알고 있는 자미에르 대제였기에 표정을 찌푸렸다.

그는 넋을 놓아버린 플로리데를 바라보다 율리센에게 시선을 옮기며 말한다.

"플로리데를 데려가라."

"예……."

그녀의 상태가 좋지 않다는 걸 깨달았기에 고개를 끄덕인 율리센이 플로리데를 데려간다.

대전을 벗어나는 그들의 모습을 바라보던 자미에르 대제가 나직한 목소리로 중얼거렸다.

"좋지 않군. 빨리 완전체로 가는 수밖에 없는가."

그의 어조에는 복잡한 심사가 그대로 묻어나오고 있었다.

*　　*　　*

대전을 나선 율리센은 시녀들의 도움을 받아 플로리데를 궁으로 옮겼다.

침대에 그녀의 몸을 눕힌 그는 걱정스러운 얼굴로 그녀의 이름을 애타게 불렀다.

"플로리데! 플로리데!"

간절한 율리센의 부름에 답한 것일까.

멍하게 풀려 있던 플로리데의 눈에 차츰 초점이 돌아오더니 율리센을 바라본다.

그녀의 눈에는 진한 슬픔이 일렁이고 있었다.

"오빠…… 전 어떻게 해야 하죠?"

"도대체 왜 그러는 것이냐. 무엇이 너를 그렇게 슬프게 만드는 것이야?"

"……."

율리센의 물음에 침묵하던 플로리데.

그러다 자신이 직접 말하지 않아도 그가 알고 있을 것이란 생각이 들자, 플로리데가 말을 꺼낸다.

"슈미드…… 그는 제가 사랑하는 사람이에요."

"그게 사실이야? 정말?"

"네……."

혹시나 하는 의심은 있었다.

그렇지 않다면 플로리데가 이런 반응을 보일 리 없으니까.

하지만 막상 그녀에게 이야기를 들으니 그것은 사뭇 충격적이었다.

제국의 제일 공적과 제국의 보물이 서로 사랑하는 사이라니?

본인에게 직접 들었지만 믿기 힘든 이야기가 아닐 수 없다.

"설마 했지만 사실일 줄이야. 어찌하여……."

왜 그를 좋아하게 되었냐고 물어보려던 율리센이 말끝을 흐렸다.

그와 같은 논리로 묻는다면 자신 또한 자유로울 수 없었으니까.

제국의 제일 공적을 사랑한 자신의 여동생이나, 일개 시녀를 사랑한 자신이나 특별히 다를 것도 없다는 생각이 들었다.

그녀가 좋아했을 때 슈미드는 아직 반역자가 아니었을 테니까.

"하하! 남매가 아주 아바마마의 속을 제대로 썩이는구나. 하하하……."

참으로 기구한 운명이라 생각하며 웃음을 짓는 율리센이다.

어쩜 남매가 이렇게 곤란한 상대를 선택하는 것인지.

자조적인 웃음을 짓는 그에게 플로리데가 말한다.

"부탁이 있어요, 오빠……."

"무슨 부탁이냐, 플로리데?"

"저를 황궁 밖으로 데려가 줄 수 없나요?"

"……."

그녀의 부탁에 입을 다무는 율리센이다.

외부에 소문나지 않았지만 그녀가 한차례 황궁을 탈출한 적 있다는 것을 그는 잘 알고 있다.

그리고 자미에르 대제가 직접 나서 그녀를 데려온 것도 알고 있고.

그런 만큼 그녀를 데리고 나가는 것은 어려운 일이다.

한 번 그랬다면 또다시 그럴 수 있다는 것을 잘 알고 있는 자미에르 대제가 철저한 대비를 하고 있었으니까.

"부탁드려요, 오빠. 힘들겠지만 제발……."

"후우! 알겠다. 힘을 써보도록 하마."

촉촉하게 젖은 여동생의 눈빛에 율리센은 더 이상 버티고 있을 수 없었다.

그의 수락에 플로리데가 입가에 빙그레 미소를 지었다.
"고마워요."
"내가 잘하는 건지 모르겠다."
그러면서 고개를 젓는 율리센이었다.

제3화
황궁대전

Dark Blaze

패배 선언 이후 순순히 성문을 연 레이첼은 암흑 기사단을 맞이했다.

그의 눈에 들어온 것은 암흑 기사단 선두에 서 있는 위풍당당한 체구를 지닌 사람이었다.

어둠의 마나를 뭉클 뿜어내고 있는 그는 보는 것만으로도 오금이 저리게 만드는 강한 기세를 발산하고 있었다.

레이첼은 그가 누구인지 단번에 알아보았다.

'선두에 선 자가 마왕의 기사.'

마왕을 가장 가까이서 보필하는 자로서 그 무위가 로드의 경지에 도달한 인물과 비교하여 밀리지 않는다는 것을 알고 있다.

그리고 그의 뒤를 이어 마차 한 대가 진입하는 것이 보였다.

일국의 황제가 탑승할 법한 마차는 화려함의 극치였다.

다양한 문화가 공존하는 헬카드 제국에서도 볼 수 없는 암흑 왕국만의 독특한 양식의 마차였다.

'저기 안에 있는 것이 마왕!'

인간에게 있어 두려움의 상징과도 같은 존재가 타고 있다는 사실은 레이첼로 하여금 호승심을 느끼게 하였다.

자신의 힘이 마왕에게 어느 정도 통할지 당장 시험해보고 싶은 마음이 들었던 것.

뒤이어 슈미드 일행이 안으로 들어서는 것이 보였다.

레이첼이 암흑 기사단의 앞을 가로막고 나섰다.

그러자 자연스럽게 암흑 기사들이 살기를 뿜어내며 레이첼을 속박해나갔다.

그 기세에 맞서 레이첼 또한 자신의 기세를 풀어 맞서기 시작하였다.

콰콰콰콰!

암흑 기사들의 살기와 레이첼의 기세가 허공에서 충돌했다.

기세가 충돌할 때마다 마치 대기가 어그러지는 듯한 충격파를 만들어내고 있었다.

"어째서 앞을 가로막는 거지?"

살기가 묻어나오는 그렉스의 목소리에 레이첼은 물러서지 않은 채 답한다.

"이곳을 지키는 책임자는 바로 저니까요."

"애송이에게 패하면 비켜서기로 한 거 아닌가?"

이미 대결을 똑똑히 지켜보았기에 그렉스는 레이첼이 한 약속을 걸고넘어졌다.

그 말에 레이첼은 피식 웃음을 지으며 대답한다.

"성문을 열어주겠다고 했지, 순순히 황궁으로 들여보내 주겠다 한 적은 없소만?"

"애송이가……."

이 녀석이나 저 녀석이나 모두 마음에 들지 않았다.

당장 목을 꺾어버리고 싶은 충동을 느끼며 그렉스가 마검을 움켜잡았다가 놓는다.

그 모습을 보던 레이첼은 어깨를 으쓱하며 말한다.

"약속은 지킬 테니 조금은 고분고분하시길. 이곳은 당신이 날뛸 만큼 만만한 곳이 아닙니다."

"날 막을 수 있을 것이라 생각하는가 보군."

으르렁거리는 그렉스의 말에 레이첼은 미소를 지우며 한 손에 쥔 검을 빙빙 돌린다.

"못할 것도 없는데."

사뭇 도전적인 그 말투에 그렉스의 눈썹이 꿈틀한다.

당장에라도 폭발할 듯한 모습이었다.

하지만 레이첼도 순순히 뒤로 물러나지 않았다.

어느덧 자존심 싸움으로 변하여 누구도 물러설 수 없는 상황에 직면하게 된 것이다.

그 대치를 깨버린 것은 슈미드의 목소리였다.

"분명 황궁으로 안내해주겠다고 한 것 같은데, 약속을 번복하실 생각이십니까?"

"……."

강렬한 기세가 충돌하는 지점을 정확하게 흩어버리는 목소리에 레이첼이 슈미드에게 시선을 둔다.

그러자 슈미드가 미소를 짓고 있었다.

모르는 사람이 보기에 여유만만한 모습이 아닐 수 없다.

그것이 그가 강한 이유라 생각하며 레이첼은 고개를 끄덕였다.

"알겠습니다. 안내하도록 하지요."

그러면서 먼저 물러서는 레이첼이었다.

그 행동에 그렉스는 못마땅한 듯 인상을 찌푸리더니 마찬가지로 한 걸음 물러선다.

상대가 전의를 풀어버리니 자신만 열을 내고 있기가 그렇다.

어차피 안으로 들어서면 마음껏 전투를 벌일 수 있을 테니 걱정하지 않았다.

"저를 따라오십시오."

그 말과 함께 레이첼이 몸을 돌려 걸음을 옮기기 시작한다.

망설임 없이 등을 보이고 걸어가는 그의 모습에 암흑 기사단이 순간 멈칫하다가 천천히 그의 뒤를 따라 들어갔다.

"가도록 하지요."

걸음을 옮기는 레이첼을 지켜보던 슈미드가 말하자 첸이 나직이 감탄사를 흘린다.

"적을 앞에 두고 등을 보이다니. 정말 대담하군."

무모하다고도 할 수 있지만 저런 행동을 보이는 것은 칭찬할 만하였다.

동감이라는 듯 세드로 공작도 고개를 끄덕였다.

"대륙 최강이라 불리는 암흑 기사단을 앞에 두고 저런 행동을 하다니. 허어……."

정말 대륙은 넓고 인물은 많다는 생각이 들게 만드는 인물이었다.

"……."

나렌샤는 아무 말도 하지 않은 채 살짝 고개를 끄덕일 뿐이었다.

슈미드 일행도 레이첼의 뒤를 따라 황궁으로 향하기 시작했다.

성에서 황궁까지는 무척 먼 거리였다.

레이첼의 걸음이 느린 편은 아니었지만 다크 스티드에 탑승한 암흑 기사단이 보기에는 터무니없을 정도로 느렸다.

"큭! 시간을 끄는 건가."

그렉스는 레이첼이 느릿하게 움직이는 것이 마음에 들지 않는 듯 표정을 찌푸리며 말한다.

외성에서 내성으로 진입하고, 내성에서 황궁으로 가는 것은 그만큼 복잡하고 오랜 시간이 걸리는 일이었다.

내성으로 진입하고 약 한 시간여를 이동했을 무렵, 마침내 전방에 황궁이 눈에 들어오기 시작하였다.

황궁 정문에 다가간 레이첼은 근위병에게 자신의 존재를 알렸다.

"데미안 공작이다. 문을 열어라."

"알겠습니다."

미리 명령을 받고 기다린 듯, 한 치의 망설임도 없이 정문을 여는 근위병이었다.

그렉스의 말처럼 레이첼은 적당하게 시간을 끌고 있었다.

성문을 열면서 그는 황궁에 기별을 넣어 적들을 맞이할 준비를 해달라는 요청을 보냈다.

처음부터 그가 외성에서 적들을 격퇴할 것이라 생각하는 사람은 없었다.

적의 전력이 워낙 강하다 보니 자연스럽게 그의 역량을 시험해보는 장소가 되었을 뿐, 최종 결전은 황궁에서 준비하고 있었다.

레이첼의 말을 들은 황궁 측은 본격적으로 적들을 맞이할 준비를 했고, 그가 적절하게 시간을 끈 덕에 완벽하게 준비를 마친 상태였다.

기이이이잉.

황궁 정문이 서서히 열리기 시작했다.

"안으로 들어오시지요."

정문이 완벽하게 열리자, 레이첼이 성큼 안으로 발을 내딛는다. 그러자 암흑 기사단이 뒤를 따라 안으로 들어섰으며, 슈미드 일행 또한 안으로 들어갔다.

황궁 안으로 들어선 그들을 맞이한 것은 최소 삼백 명은 넘어 보이는 기사들이었다.

근위기사단 제복을 입고 있는 그들은 대륙 최강 기사단의 아성에 도전하고 있는 헬카드 제국의 근위기사단이었다.

삼백여 명인 그들은 세 조로 나뉘어 각각 좌우, 중앙에 포진해 있었다.

앞장서서 걸어가던 레이첼은 비어 있는 좌측 선두에 선다.

그리고 중앙에 서 있는 아르칼 공작을 보며 정중하게 고개를 숙였다.

"죄송합니다. 제 능력으로 더 이상 시간을 버는 것은 무리였습니다."

그 말을 들은 아르칼 공작이 고개를 가로저었다.

"아니, 훌륭했네. 외성에서 적들을 맞이하여 아군의 희생을 최소화하였다지? 그 정도만으로도 충분히 대단하다 생각하네. 폐하께서도 자네의 역량을 시험해보기 위해 명령을 내린 것이지, 정말 저들을 막아내라 한 것은 아닐세."

"아닙니다. 제가 좀 더 노력했으면 보다 효과적인 방어를 할 수 있었을 텐데 사전에 준비가 부족했습니다."

"그렇게 생각한다면 어쩔 수 없지. 지금 이 자리에서 적들을 무찌름으로써 잘못을 없애는 수밖에."

"그렇게 하도록 하겠습니다."

고개를 끄덕인 레이첼이 앞을 바라봤다.

그들을 앞에 둔 암흑 기사단은 이상한 움직임을 보이기 시작했다.

그렉스가 마차에 다가가 무언가 이야기를 듣는가 싶더니, 암흑 기사단에게 곧장 명령을 내린 것이다.

"우회하여 곧장 황제를 제거한다."

처음부터 이렇게 할 계획이었다.

슈미드 일행이 황궁의 전력을 상대하고 적이 분산된 틈을 노려 암흑 왕국 측은 황제를 제거하기로.

나름대로 계산이 있었던 슈미드는 그 제안을 수락했다.

그들은 모르지만 이미 황제의 막강한 신위를 알고 있던 슈미드는, 마왕이 그를 상대하게 하여 서로의 힘을 빼놓을 계획이었다.

근위기사단을 앞에 그대로 두고 옆으로 돌아가려는 그들의 모습에 레이첼이 눈썹을 꿈틀하였다.

"어딜……."

불편한 심기를 드러낸 그는 어느새 활을 꺼내 들어 활시위를 당기고 있었다.

그를 제지한 것은 아르칼 공작이었다.

"아니, 그대로 보내도록 하게."

"예?"

황제를 습격하기 위해 향하는 적들을 그대로 보내주라니. 도대체 무슨 뜻이란 말인가.

의아한 표정을 짓는 레이첼에게 아르칼 공작이 자초지종을 설명한다.

"폐하의 명일세. 이미 안쪽에는 테베로즈 후작을 비롯한 근위기사들이 포진해 있으니 걱정하지 말라는 명이 내려졌네."

"하지만……."

상대는 다름 아닌 마왕이다.

결코 상대하기 쉬운 자들이 아닌데 저 전력만으로는 상대하기 힘들다는 것이 레이첼의 판단이다.

그 걱정의 정체가 무엇인지 알아차린 아르칼 공작이 설명을 덧붙인다.

"트루덴 백작도 나설 테니 너무 걱정하지 말도록. 여차하면 이쪽에서 빨리 저들을 정리한 뒤 도우면 되니까."

트루덴 백작이 언급되자 레이첼은 고개를 끄덕인다. 두 명의 로드가 황제를 호위하고 있다면 충분히 마왕을 막아낼 수 있을 것 같기도 하였다.

"알겠습니다."

"말을 잘 들어주어서 좋군. 우선 우리가 집중해야 할 적이 있으니 저들을 상대하도록 하지."

"예."

고개를 끄덕인 레이첼이 눈앞의 적에 집중하기 시작하였다.

*　　*　　*

"오늘을 얼마나 기다렸는지 모를 것이다."

글레이드 공작은 황궁 안으로 들어서는 인물을 보는 순간 눈이 뒤집히기 시작하였다.

그의 눈에 들어온 것은 오로지 슈미드뿐이었다.

감히 빈틈을 파고들어 자신을 꺾은 오만방자한 녀석!

자신이 그의 명성을 높여주는 제물이 되었다는 것을 깨닫는 순간 글레이드 공작은 분기를 참아낼 수 없었다.

그에게 입었던 상처가 욱신거리는 것을 느낀 글레이드 공작의 눈이 날카로워지기 시작했다.

'반드시 죽인다.'

슈미드는 글레이드 공작의 모든 것을 앗아간 인물이다.

그로 인해 전쟁에서 패하였으며, 드높던 자신의 명예는 땅바닥으로 곤두박질쳤다.

하나로 응집되던 동부 귀족들은 그대로 와해되었으며, 자신의 세력은 예전보다 더욱 약해지게 되었다.

이것이 모두 슈미드에게 패하면서 일어난 일이었다.

그렇기에 글레이드 공작은 그를 그냥 봐줄 수 없다.

그간 슈미드는 아드리온 공작을 꺾으며 자신의 이름을 더욱 드높였다.

그에게 설욕을 한다면 자연스럽게 자신이 아드리온 공작보다 강하다는 것을 증명하게 된다.

그것은 어찌 보면 글레이드 공작의 평생 숙원과도 같은 것.

이미 죽어버린 그를 뛰어넘을 수 있는 마지막 기회이기도

했다.

'반드시 죽인다. 명예를 회복하고, 내가 아드리온 공작보다 위에 있음을 알려주겠다.'

마음을 굳힌 글레이드 공작이 성큼 한 걸음 앞으로 나섰다.

그는 이글거리는 시선으로 슈미드를 바라보며 입을 열었다.

"나와라, 그때의 빚을 갚아주겠다."

"……."

글레이드 공작이 나서자 슈미드가 입가에 빙긋 미소를 지었다.

어찌 보면 그는 불쌍한 사람이었다.

아드리온 공작에게 패한 이후, 실추된 명예를 회복하기 위해 안간힘을 썼지만 자신에게도 패함으로써 오히려 슈미드라는 이름을 전 대륙에 널리 각인시켜주는 데 공헌한 안쓰러운 인물이었다.

그렇기에 굳이 그를 죽이고 싶은 마음도 들지 않았다.

자신이 황궁에서 상대해야할 자는 이곳에 넘치고도 넘치니까.

입가에 미소를 지은 슈미드가 차분한 목소리로 말한다.

"당신은 제 상대가 되지 못합니다."

"누가 정한 사실이지?"

"제가 정한 사실입니다. 당신은 저를 이기지 못합니다. 로드 최하위, 글레이드 공작."

"감히……."

그의 목소리가 싸늘하게 가라앉음과 동시에 매서운 바람이 휘몰아치기 시작했다.

휘이이잉!

휩쓸리는 모든 것을 멸망시킨다 하여 멸망의 바람이라 불리는 것이 바로 그였다.

누구보다 날카로운 예기를 머금은 바람을 다루는 만큼 그를 얕볼 수 있는 자는 없다.

그의 기세가 날카롭다는 것을 슈미드는 느낄 수 있었다.

당연하지만 전보다 훨씬 강해졌다는 것이 피부로 느껴졌다.

예나 지금이나 만만하게 볼 수 있는 수준이 아니었다.

"어쩔 수 없군요."

그와는 확실하게 매듭을 지어야 할 듯싶었다.

슈미드가 막 앞으로 나서려 할 때, 그를 가로막는 한 사람이 있었다.

의아한 표정을 지으며 앞을 바라보니, 그곳에는 셰드로 공작이 서 있었다.

"왜……."

"저 녀석은 내가 상대하도록 하지."

"제가 상대할 수 있습니다."

"조금 전 대결을 하지 않았더냐? 그러니 어느 정도 힘을 회복할 시간이 필요할 터."

레이첼과 대결했던 것을 가리키는 것이리라.

그 대결에서 힘을 많이 쓰지 않았지만 로드 간의 대결은 때때로 작은 요소 하나가 대결의 승패를 가르는 만큼 충분히 대비를 해둬야 하는 법이다.

허나, 글레이드 공작정도는 무리하지 않고도 꺾을 자신이 있었다.

상대도 상대 나름이다. 충분히 자신이 있었기에 슈미드가 말한다.

“저는 괜찮습니다.”

“허허, 이거 눈치가 없어도 너무 없구나.”

“예?”

무슨 뜻인지 몰라 되묻던 슈미드는 옆에 들려온 목소리에 고개를 돌렸다.

“물러서는 게 좋겠다.”

첸이 슈미드에게 권유하고 있었다.

갑자기 셰드로 공작이 나서고 첸마저 자신이 물러날 것을 종용하자 슈미드가 의아한 표정을 짓다 이내 고개를 끄덕인다.

셰드로 공작이 글레이드 공작을 맡아준다면 자신 또한 편했으니까.

“그럼 부탁드리겠습니다.”

“그렇게 하도록 하지. 로드라…… 편법으로 힘을 얻은 자들이 얼마나 강할지 궁금하군.”

미소를 지은 셰드로 공작이 앞으로 나섰다.

뒤로 한 걸음 물러난 슈미드가 첸을 바라보며 물었다.

“갑자기 왜 그러신 겁니까?”

"이럴 땐 눈치가 무디군. 자세히 살펴보면 이유를 알 수 있을 것이다."

첸의 말에 슈미드의 시선이 셰드로 공작을 살피기 시작한다.

앞으로 나서는 셰드로 공작의 입가에는 미소가 걸려 있었다.

그것은 마치 몸이 근질근질하던 차에 앞으로 나서는 듯한 느낌을 주었다.

순간 슈미드의 머릿속을 스치고 지나가는 무언가가 있었다.

'몸이 근질근질하다? 그럼?'

"저와 데미안 공작님의 대결 때문입니까?"

"그렇다 할 수 있지. 몸이 근질근질할 법한 대결이었으니까."

"그렇군요."

셰드로 공작은 슈미드와 레이첼의 대결을 보고 자극을 받았던 것이다. 그래서 자신도 강자와 대결해보고 싶은 마음에 앞으로 나선 것이다.

그것을 눈치채지 못한 것은 자신이 앞장서서 모든 것을 해결하려 했기에 그렇다.

나름대로 배려를 가지고 한 행동인데 그것이 오히려 역효과를 불러일으킨 것이다.

"이런 실수를 할 줄이야."

"실수라기보다는 갑작스러운 변덕 때문이라 할 수 있겠지."

담담한 어조로 말하던 첸이 눈을 빛냈다.

두 사람이 대치하며 강렬한 기세가 피어오르기 시작한 것이다.

슈미드가 앞으로 나서려다 초로의 늙은이가 앞으로 나서자 글레이드 공작이 눈살을 찌푸렸다.

그러면서 묘하게 마음에 걸리는 것은 앞으로 나서는 이에게서 느껴지는 기세가 만만치 않다는 점이다.

"넌 누구지?"

"그게 중요한가?"

묘한 미소를 지으며 입을 여는 셰드로 공작.

그 모습이 마음에 들지 않는 듯 글레이드 공작은 찌푸린 표정을 풀지 않은 채 답한다.

"내게는 중요하다. 너 따위가 나설 자리가 아니니 뒤로 물러나서 구경이나 해라, 늙은이."

그와 함께 강렬한 기세가 셰드로 공작에게 집중되기 시작한다.

자신에게 쇄도하는 기세에 위축되기는커녕 셰드로 공작은 오히려 미소를 지어 보였다.

"허허허, 늙은이라…… 확실히 늙기는 했지. 이런 대우를 받는 건 참으로 오랜만이야."

"……."

자신의 기세가 셰드로 공작 앞에 도달하기도 전에 흩어지는 것을 본 글레이드 공작이 눈을 번뜩였다.

아무렇지도 않게 자신의 힘을 받아내는 그의 실력이 예상을 초월한다는 것을 깨달은 것이다.

"늙은이, 정체는?"

"라이오스 왕국의 셰드로 공작이라 한다."

"셰드로 공작이라…… 이거 거물이 납시셨군. 슈미드 놈이 라이오스 왕국에 머물고 있다 하더니 함께 따라온 건가?"

그의 소개를 듣자, 글레이드의 눈에 공작에 안광이 스쳐 지나갔다.

뿐만 아니라 아르칼 공작과 레이첼은 물론 근위기사들의 얼굴에도 놀라움이 번져나간다.

셰드로 공작은 라이오스 왕국의 영웅이자, 마스터로, 대륙 최강의 기사 중 한 사람으로 거론되는 인물이었다.

설마 그가 이곳에 모습을 드러낼 줄이야.

"오랫동안 검을 쓰지 않으니 녹이 슬어버릴 것 같아서 말일세. 오랜만에 검을 휘두르기 위해 왔다고 하면 믿어줄 텐가?"

"믿지 못할 이유도 없지. 하지만 장소를 잘못 택했고, 상대 또한 잘못 택했다 할 수 있지."

눈앞에 있는 인물이 셰드로 공작이라는 사실을 알게 되자 글레이드 공작은 더 이상 슈미드가 자신의 상대가 되지 않은 것에 대해 따지지 않았다.

명성만으로 따지면 셰드로 공작은 슈미드보다 위에 서 있는 인물이었으니까.

"쉽게 믿어주는군. 뭐 상관은 없지만."

그렇게 말한 셰드로 공작의 눈이 가늘게 변한다.

글레이드 공작은 입가에 미소를 지으며 말한다.

"오늘 멸망의 바람에 늙은 마스터 하나가 소멸될 것이다."

그 말과 동시에 글레이드 공작의 손이 허공을 가른다.

슈아아악!

팔이 움직인 궤적을 따라 날카로운 바람이 일어나더니 그대로 셰드로 공작을 할퀴어 나가기 시작했다.

인간의 육체를 날카롭게 할퀴고 지나가는 멸망의 바람.

암암리에 준비한 기습적인 공격이었다.

그 공격을 맞이하는 셰드로 공작은 검조차 뽑지 않은 상황이었다.

바람의 속도는 너무나 빨라 미처 대비할 틈도 없어 보였다.

아니나 다를까, 셰드로 공작은 검을 뽑으며 그의 공격을 막아낼 수 없을 것이라 판단하고 그대로 검집째로 검을 들어 공격을 막아나갔다.

콰지직!

날카로운 바람에 적중당한 검집에 균열이 일어나더니 그대로 부서진다.

드워프가 제작한 보검의 검집의 강도는 대단하나 수준인데 맥없이 부서져 버린 것이다.

그것을 본 셰드로 공작이 혀를 찼다.

"쯧! 국왕 전하께서 하사하신 검집이거늘."

아무렇지도 않게 입을 열었지만 그의 얼굴에 긴장감이 서리기 시작했다.

자신이 반응하지 못할 정도로 빠른 일격이라니.

이제부터가 진짜다. 조금이라도 방심하는 순간, 저 바람에 산산조각 찢겨나갈 것이리라.

상황을 지켜보던 슈미드의 얼굴에 걱정이 생겨난다.

"아무래도 걱정이 되는데……."

"걱정하지 않아도 될 것 같다."

"예? 하지만 방금 전 기습공격도 간신히 막아냈습니다만."

슈미드의 말에 첸은 피식 미소를 지으며 고개를 저었다.

이천 년에 가까운 세월을 살아온 그는 수많은 인간들을 보아왔다. 그렇기에 셰드로 공작이 어떤 상태인지 파악하는 것도 어렵지 않았다.

그와 비슷한 속성의 인간들도 제법 있었으니까.

"나름대로 긴장감을 끌어올리고 있는 것이다. 위협을 받아야 자신이 목숨을 걸고 대결하고 있다는 걸 깨닫는 사람도 있으니까. 제법 재미있는 대결이 벌어질 듯하군."

"그렇군요."

첸의 말을 듣고 슈미드가 고개를 끄덕일 무렵, 그들의 대결은 본격적으로 시작되었다.

셰드로 공작의 여유가 마음에 들지 않았던지 인상을 찌푸린 글레이드 공작이 양손을 들어 본격적으로 바람을 일으키기 시작했다.

"사라져라."

슈아아악!

대기를 가르는 바람은 공간을 어그러뜨리며 강력한 파괴력을 담은 채 셰드로 공작에게 쇄도하였다.

자신에게 쇄도하는 바람을 지켜보던 셰드로 공작은 차분하게 가라앉은 동작으로 검을 움켜쥔다.

그 모습은 마치 작은 인간이 거대한 태풍에 맞서는 듯한 착각을 심어주었다.

츠츠츠.

푸른색 오러가 검을 뒤덮는가 싶더니, 셰드로 공작의 검이 그대로 허공을 가른다.

콰광! 콰과광!

바람과 오러의 충돌.

엘리멘탈 프로젝트 이후 정령의 힘은 기존의 오러를 완벽하게 압도하는 모습을 보여주었지만 지금은 그러지 못했다.

능력자와 대결 경험이 풍부한 셰드로 공작은 오러를 단단히 응축하여 응수했던 것이다.

"이건……."

자신의 공격이 완벽하게 막혀버리자 글레이드 공작의 얼굴에 경련이 일어난다.

일개 오러 정도에 자신의 바람이 막힐 줄은 상상도 못했다.

"능력자들은 오만하단 말이지. 약간 강한 힘을 지녔다 하여 월등하게 강한 줄 알고 있으니."

그 말과 함께 셰드로 공작의 신형이 느릿하게 기울기 시작하더니 한순간 흐릿하게 변하며 눈부신 속도로 글레이드 공작에게 쇄도하였다.

느린 움직임이 어우러져 그의 몸놀림이 상상도 할 수 없을 정도로 빠르게 느껴졌다.

단숨에 글레이드 공작과 거리를 좁힌 셰드로 공작의 검이 그의 머리를 쪼개기 위해 휘둘러졌다.

간결하지만 반응 속도를 앗아가 버리는 일격이었다.

"큭!"

상상을 초월하는 셰드로 공작의 공세에 글레이드 공작이 신음을 흘리며 몸을 최대한 비틀었다.

그의 머리를 쪼개던 검이 어느새 어깨를 향하고 있었다.

머리가 쪼개지는 것보다는 낫지만 어깨가 쪼개지는 것 또한 전투불능에 가까운 타격이다.

셰드로 공작의 검이 막 어깨를 가르려는 순간, 그의 어깨가 흩어지기 시작하더니 몸 전체가 허공으로 흩어지기 시작한다.

어깨를 내준 뒤 그 부분을 정령화 시킨 것이다.

순간적인 판단이 빛나는 순간이었다.

정령화된 글레이드 공작의 신형이 허공을 자유로이 움직이더니, 그대로 셰드로 공작을 덮쳐나간다.

바람 그 자체가 되어버린 글레이드 공작의 몸은 폭풍과도 같았다.

"요상한 수법을 쓰는군."

자신에게 덮쳐오는 바람을 본 셰드로 공작이 인상을 살짝 찌푸리고는 그대로 검을 치켜든다.

쓰쓰쓰!

푸른색 오러 블레이드가 서서히 솟아오르기 시작했다.

마스터만이 시전할 수 있는 오러 블레이드가 생성된 것이다.

푸른색 투명한 오러 블레이드는 단숨에 글레이드 공작의 바람을 갈랐다.

쑤아악!

대기가 어그러지는 듯한 충격파와 함께 셰드로 공작의 오러 블레이드가 글레이드 공작의 바람을 가른다.

단숨에 반으로 갈라진 바람.

그것은 셰드로 공작과 약 십 미터 떨어진 곳에 멈춰 서더니, 이내 하나의 신형을 이루기 시작한다.

다리부터 서서히 몸을 구축하기 시작한 바람은 그대로 글레이드 공작의 모습을 이루어냈다.

"크으으!"

신음을 흘린 글레이드 공작의 모습은 정상이 아니었다.

갑옷을 착용하고 있던 어깨가 한 움큼 베여 피가 뭉클뭉클 흘러나오고 있던 것이다.

정령화를 하더라도 오러 블레이드에 완전히 자유로울 수 없다는 것을 보여준 셈이다.

한 수 이득을 보았음에도 불구하고 셰드로 공작의 표정은 담담했다.
상대의 숨통을 끊어놓지 않은 이상, 그에게 방심은 허용된 것이 아니다.
"편법으로 얻은 힘의 한계다. 무너져라."
담담한 목소리와 함께 오러 블레이드가 솟아난 검을 그대로 휘두르는 셰드로 공작.
그 모습을 지켜보던 글레이드 공작은 표정을 와락 일그러뜨리더니 양손을 뻗는다.
"죽어라! 지옥의 폭풍!"
우웅! 우우웅!
글레이드 공작의 외침에 대기에 바람이 불어오기 시작하더니 이내 거대한 바람을 일으키기 시작했다.
정면 대결로 수세에 몰리기 시작하자, 마침내 메모라이즈해놓은 마법까지 총동원하여 셰드로 공작에게 맞서기 시작한 것이다.
그가 시전한 마법은 지옥의 폭풍이라 불리는 것으로, 클라레스 공국과의 전쟁에서 국경을 단숨에 무너뜨린 8단계 마법이었다.
거대한 바람의 폭풍은 모든 것을 찢어발기는 어마어마한 힘을 담아 그대로 셰드로 공작을 휩쓸기 시작한다.
로드의 일인이지만 같은 로드에게 로드라기보다 세이지 취급을 당하는 글레이드 공작이었다.
그만큼 그의 마법은 헬카드 제국 내에서 손에 꼽힐 정도로 대단한 수준에 이른 것이다.

콰콰콰콰!

주변의 모든 것을 쓸어버리는 거대한 폭풍은 단숨에 셰드로 공작을 덮친다.

직격할 경우 수천 명에 달하는 인명을 살상할 수 있는 것이 바로 8단계 마법이다.

그 정도로 대단한 위력을 지닌 마법이었지만 정작 그 마법을 바라보는 셰드로 공작의 시선은 담담하였다.

아니, 오히려 그의 입에는 한 줄기 조소가 걸려 있었다.

"이제는 마법까지 동원하는군."

가소롭다는 생각이 들었다.

분명 8단계 마법은 대단한 것이지만 마스터와 세이지의 대결은 예전부터 결과가 정해져 있다 해도 과언이 아니었다.

근접 거리에서 강력한 힘을 발휘하지 못하는 세이지는 가디언이라 불리는 나이트 골렘이나 소환수가 없다면 마스터를 상대하는 것조차 불가능하다.

글레이드 공작은 로드였지만 정령화하는 것만 겨우 가능한 세이지에 불과했다.

왜 그가 로드 중 최약체라 불리는지 알 수 있었다.

"마법의 장점은 한 번에 많은 적들을 사살할 수 있다는 점이지만 단점은 그 위력이 집중되지 않는다는 것."

지옥의 폭풍은 주변 전체를 범위에 놓을 정도로 강렬한 위력을 지니고 있다.

휩쓸리면 단숨에 목숨을 잃을 정도로.

하지만 그것은 어디까지나 범인의 범주에서 그렇다는 것.

셰드로 공작에게 있어 지옥의 폭풍은 위협적인 마법이 아니었다.

"힘을 집중하여 단숨에 갈라버리면 마법은 더 이상 힘을 발휘하지 못하기 마련이지."

그 말과 함께 오러 블레이드가 솟아난 검을 길게 내리긋는다.

푸른색 오러 블레이드가 솟아나더니 그믐달 모양을 띤 채 그대로 글레이드 공작에게 쏘아진다.

슈아아아아!

지옥의 폭풍과 오러 블레이드가 충돌하는 장면은 그야말로 장관이었다.

모든 것을 갈가리 찢어버리는 듯한 지옥의 폭풍이 오러 블레이드에 의해 절단되는가 싶더니, 그 힘이 한데로 집중되지 못한 채 그대로 허공에서 흩어진 것이다.

지옥의 폭풍 중심을 단숨에 베어버린 셰드로 공작의 신위였다.

8단계 마법은 간단한 칼질 한 번에 의해 와해되고 말았다.

분위기 반전을 꾀하던 글레이드 공작으로서는 허탈한 순간이었다.

"이럴 수가."

넋을 놓아버린 듯한 그를 향해 셰드로 공작의 검이 쇄도하기 시작한다.

검을 둥글게 휘두르자 오러 블레이드가 둥글게 뭉치며 오러 서클을 이룬다.

"가랏!"

오러 서클은 눈부신 속도로 글레이드 공작에게 쇄도하기 시작한다.

단숨에 공간을 격하고 짓쳐들어오는 오러 서클을 보며 글레이드 공작이 정령화를 시전했다.

휘이이잉!

한 줄기 바람이 되어 흩어지던 글레이드 공작의 신형이 오러 서클의 범위를 벗어나며 피해낸다.

하지만 오러 서클은 처음부터 미끼였다.

그가 피하는 곳을 향해 서서히 몸을 기울이던 셰드로 공작의 신형이 단숨에 그를 향해 접근해 들어왔던 것이다.

정령화가 끝날 때, 즉 형체를 갖추는 순간이 약점이라는 것을 그는 꿰뚫어보고 있었다.

지척에 접근한 셰드로 공작이 오러 블레이드가 넘실거리는 검을 그대로 내리그었다.

"헉!"

몸의 형체를 갖추고 있던 글레이드 공작은 셰드로 공작이 검을 휘두르자 다급한 소리와 함께 황급히 몸을 뒤틀었다.

그러자 오러 블레이드를 머금은 그의 검이 글레이드 공작의 어깨를 가르고 지나간다.

푸숫!

"크으으!"

핏줄기가 뿜어져 나오며 글레이드 공작이 신음을 흘리곤 뒤로 주춤주춤 물러선다.

하마터면 목이 베일 뻔한 순간이 아닐 수 없다.

셰드로 공작은 아쉬운 표정을 드러내지 않으며 그대로 글레이드 공작을 몰아치기 시작한다.

오러 블레이드가 서린 검이 정령화한 로드의 몸에 타격을 입힐 수 있다는 걸 알게 된 글레이드 공작은 함부로 정령화를 시전하지 못한 채 검을 막아내기 시작한다.

그러나 현란한 셰드로 공작의 검술에 차츰 휘말리더니 이내 수세에 몰렸다.

"공작 전하!"

그 모습을 지켜보고 있던 근위기사들은 당장 앞으로 나설 준비를 하였다.

글레이드 공작이 이끄는 근위기사들로서 자신들을 지휘하는 수장이 위기에 처하자 도움을 주고자 나서려 하는 것이다.

백여 명에 달하는 근위기사들이 대형을 갖추며 조금씩 움직이기 시작한다.

그때, 바닥에서 꾸물거리는 기척이 느껴지더니 거대한 나무가 솟아나기 시작하였다.

푸슈슈! 파바밧!

지면을 뚫고 등장한 것은 넝쿨이라 부를 수 있는 종류의 식물이었는데, 그것은 순식간에 근위기사들의 진로를 가로막는다.

"이, 이게 뭐냐!"

당황한 근위기사들이 넝쿨을 보고는 검을 휘두른다.

카강! 카앙!

검을 휘둘렀지만 넝쿨은 마치 강철 같은 견고함을 자랑하고 있었다.

그 모습을 조용히 지켜보고 있던 나렌샤가 나직한 목소리로 말한다.

"가만히 있어주시길. 대결은 아직 끝나지 않았답니다."

넝쿨을 소환한 것은 바로 그녀였다.

하이엘프인 그녀는 모든 동식물과 대화를 나눌 수 있는 존재였다.

뿐만 아니라 사물에 깃든 정령과도 소통할 수 있으며, 생명의 기운을 응집하여 식물의 급성장 또한 가능하게 하였다.

근위기사들이 대결에 난입하려는 모습을 보이자 그녀가 직접 나서 제지를 한 것이다.

그 말과 함께 앞으로 나선 그녀의 얼굴을 가린 후드가 걷히자 찬란한 그녀의 외모가 드러난다.

그녀의 환상적인 미모에 넋을 빼앗긴 근위기사들은 그녀의 귀를 보고는 혼란에 빠져들었다.

"에, 엘프?"

"엘프가 이곳에 어찌……."

"엘프는 동맹 아니었던가?"

이종족 연합국과 헬카드 제국은 혈맹이라 해도 과언이 아닐 정도로 가까운 관계를 맺고 있다.

엘프 또한 이종족 연합국의 일원으로서 헬카드 제국과 교류를 가진 상태.

그런데 엘프가 황궁에 침공한 일행 중 하나라는 것이 믿기지 않았다.

"……."

당황한 근위기사들의 목소리가 들렸지만 나렌샤는 아무 말도 하지 않은 채 침묵을 지킨다.

그 사이 셰드로 공작은 글레이드 공작을 매섭게 몰아치고 있었다.

정령과 계약한 그는 오러보다 강한 힘을 발휘할 수 있지만 검술과 경험 면에서 셰드로 공작이 그를 압도하고 있는 상황이었다.

기사인 셰드로 공작은 거리를 좁히며 단숨에 글레이드 공작을 베어버리려 하고 있었고, 글레이드 공작은 마법을 시전하기 위해 어떻게든 거리를 벌려 놓으려 하고 있었다.

푸캉!

푸른색 오러가 허공에서 폭발하며 글레이드 공작의 신형이 주르륵 밀려난다.

오러 블레이드가 서린 그의 검을 막아낸 글레이드 공작의 양손은 피범벅이 되어 있었다.

바람의 힘으로도 오러 블레이드를 완벽하게 막아내지 못한 것이다.

"크으으……."

억눌린 신음이 입에서 절로 흘러나온다.

피가 뚝뚝 떨어지는 양손은 더 이상 전투를 수행할 수 없을 정도로 걸레처럼 망가져 있었다.

"나의 승리로군."

빠르지도 느리지도 않은 걸음으로 글레이드 공작에게 다가온 셰드로 공작은 그대로 검을 위로 치켜든다.

그 순간, 글레이드 공작의 눈이 예리하게 빛나더니, 양손을 뻗어 그대로 바람의 힘을 발출한다.

콰과광!

빈틈을 노린 글레이드 공작의 공격이 그대로 셰드로 공작에게 적중한다.

"한방 먹였…… 큭!"

기쁨이 담긴 어조로 말을 하던 글레이드 공작의 표정이 와락 일그러졌다.

정확하게 적중했다 생각했던 공격이 셰드로 공작에게 먹히지 않았던 것이다.

방심할 수 있는 순간이었음에도 불구하고 긴장을 풀지 않고 글레이드 공작의 공격을 완벽하게 막아낸 상태였다.

간단하게 공격 여파를 해소한 셰드로 공작이 곧장 검을 휘둘렀다.

푸른색 오러 서클이 순식간에 거리를 좁히며 글레이드 공작에게 쇄도하였다.

글레이드 공작은 황급히 양손을 교차하며 다가오는 오러 서클을 막아냈다.

콰앙!

거센 폭음과 함께 글레이드 공작의 신형이 뒤로 주르륵 밀려난다.

붉은 핏줄기가 뿜어져 나오며 글레이드 공작이 비틀거리다가 간신히 균형을 잡는다.

충격 여파를 해소하기 위해 거리를 벌리게 되자 그는 망설임 없이 마법을 시전하려 한다.

하지만 마법사의 심리 정도는 이미 정확하게 꿰고 있는 것이 바로 셰드로 공작이었다.

마법을 캐스팅하려던 순간, 셰드로 공작의 검이 그의 손을 벗어나고 있었다.

"가라!"

그의 외침과 함께 손을 떠난 검이 허공에 떠오르더니, 푸른 오러에 휩싸이기 시작했던 것이다.

"오러 파이어(Aura Fire)!"

마치 오러가 불꽃처럼 타오르며 시전자의 의지대로 움직인다 하여 붙여진 것이 바로 오러 파이어였다.

시전자의 눈짓에 따라 움직이는 오러 파이어는 마스터 중에서도 최상위에 속하는 존재만 시전할 수 있다 알려진 전설의 경지였다.

지금 셰드로 공작의 손에서 마스터의 전설적인 기교가 펼쳐진 것이다.

오러 파이어는 그대로 글레이드 공작을 덮쳐나간다.

"……."

빨라도 너무 빨랐기에 글레이드 공작은 멍한 시선으로 그것을 바라보고만 있었다.

지금 이 순간, 자신의 공간이 오러 파이어에 의해 모조리 점거당한 듯한 기분이었다.

'이대로 죽는 건가? 안 된다! 아직 나의 실력을 증명하지 못했다. 죽을 수 없다!'

죽음이 다가오자 온갖 생각이 스쳐 지나가며 이대로 죽을 수 없다는 생각을 하게 된다.

자신이 죽으면 아드리온 공작이 죽은 후 겨우겨우 끌어모은 권력은 어떻게 되겠는가?

게다가 글레이드 공작가의 운명은?

더군다나 아직 자신은 아드리온 공작보다 뛰어나다는 것을 증명하지도 못했다.

이대로 죽는다면 로드 중 최하위로 손가락질 받으며 불명예스러운 죽임을 당했다 알려질 것이다.

죽을 수 없다. 죽기 싫었다. 아직 자신은 해야 할 일이 너무나 많았다.

그렇게 글레이드 공작의 뇌리에 수많은 생각이 스쳐 지나갈 동안, 어느새 공간을 선점한 오러 파이어는 정확하게 그의 목을 노리고 짓쳐들어오고 있었다.

누구도 막을 수 없을 것이라 생각되는 순간이었다.

마침내 모든 것을 포기하려던 글레이드 공작에게 한 줄기 광명이 깃들었다.

그것은 푸른 오러에 휩싸인 검을 단숨에 튕겨냈다.

콰앙! 콰과과과과광!

"읏! 제법 강력하군."

오러 파이어를 튕겨낸 주인공은 나직한 신음 소리와 함께 몸이 흔들렸지만 물러서지 않았다.

"……."

죽음의 위기에서 벗어나게 된 글레이드 공작은 자신을 살려준 사람을 바라보았다.

그곳에는 입가에 묘한 미소를 짓고 있는 아르칼 공작이 검을 움켜쥔 채 서 있었다.

죽을 위기에 처한 글레이드 공작을 구하기 위해 마침내 앞으로 나선 것이다.

제4화
그를 대신할 수 있는 자

Dark Blaze

셰드로 공작의 눈에 이채가 감돌았다.

자신의 오러 파이어를 막아낼 수 있는 인물이 있을 줄 몰랐던 것이다.

'오러 파이어를 막아내다니.'

다잡은 글레이드 공작을 놓치게 되었지만 분하거나 그런 마음은 들지 않았다.

대결을 시작할 때부터 글레이드 공작을 자신의 상대라 여기지 않았으니까.

숨겨두었던 실력을 발휘하자 예상대로 글레이드 공작은 제대로 된 상대가 아니라는 것을 깨달을 수 있었다.

로드라 불리며 추앙받던 것에 비하면 너무나 약한 실력이었다.

오히려 눈앞의 상대에게 더욱 관심이 가기 시작했다.

오러 파이어를 튕겨낸 인물은 다름 아닌 아르칼 공작.

오대 공작 중 제대로 된 정통 검술을 익힌 그는 제국 사람들이 인정한 대륙 제일 검호라 칭해지는 인물이었다.

기사의 왕국 라이오스 왕국의 제일 마스터로서 반드시 한 번쯤 대결해보고 싶은 상대라 할 수 있다.

휘리릭.

아르칼 공작이 튕겨낸 검은 그대로 허공을 유영하다 셰드로 공작의 손에 끌려오듯 쥐어진다.

이채가 서린 눈으로 그 광경을 지켜보던 아르칼 공작이 입을 열었다.

"이미 승부는 판가름난 듯싶습니다."

"승부가 났다 하여 함부로 끼어드는 것은 옳지 못한 일이라 생각하네만?"

목숨이 걸린 대결이었다.

대결의 승패에 목숨이 걸려 있는 것은 당연한 일.

어떤 대결이든 승패가 갈리는 것은 실력의 고하가 가려질 때가 아닌, 목숨이 사라질 때였다.

질책 어린 말이었지만 아르칼 공작은 대수롭지 않은 듯 답한다.

"글레이드 공작은 제국에 있어 귀중한 인재입니다. 그가 죽는 것을 그대로 보고 있을 수 없지 않습니까?"

"……."

대결에 끼어든 건 불쾌했지만 그 말도 사실이었기에 셰드로 공작은 다른 말을 하지 않았다.

셰드로 공작의 시선이 글레이드 공작에게 향했다.

그의 전신은 이미 피로 얼룩져 있었다.

양쪽 어깨에서는 피가 끊임없이 흘러나오고 있었고, 몸 곳곳도 자잘한 상처를 입어 피범벅이 되어 있었다.

그에 비해 셰드로 공작의 복장은 방금 전까지 치열한 접전을 벌였는지 알 수 없을 정도로 깔끔했다.

지옥의 폭풍을 정면으로 갈라버릴 때의 여파에 휩쓸려 살짝 구겨진 갑옷 테두리를 제외하면 전혀 이상이 없었다.

"뭐, 이유는 가져다 붙이기 나름이지."

"이해해주시니 감사합니다."

"어차피 이해를 하지 않아도 나섰을 것 아닌가."

대결 중 끼어든 아르칼 공작이 마음에 들지 않는지 날카로운 목소리로 말하는 셰드로 공작이었다.

그 말에 아르칼 공작이 피식 웃음을 지으며 말한다.

"그래도 경우가 경우 아니겠습니까? 무엇보다 셰드로 공작님을 뵙게 되어 영광이라 생각합니다. 아르칼 공작이라고 합니다."

검을 들고 정중하게 예를 취하는 아르칼 공작.

국가가 달라 예를 취하는 방법도 달랐지만 그가 진심으로 인사를 하는 것을 알 수 있었다.

예에는 예로 답하는 법.

셰드로 공작도 불쾌한 기색을 날려버린 뒤 정중한 어조로 예를 취했다.

"제국의 제일 검호 아르칼 공작을 만나게 되어 영광이라 생각하오."

"부족하지만 그렇게 불리고 있습니다."

"실력이 뒷받침될지 모르겠군."

대륙 제일 검사의 이름은 무겁다.

그것은 달리 말하면 대륙에서 제일 강하다는 뜻이기도 했으니까.

날 선 셰드로 공작의 말에 아르칼 공작이 빙그레 미소를 지으며 대답했다.

"실력을 봐주시면 감사하겠습니다. 그럴 자격이 있는지 없는지. 저 또한 오래전부터 라이오스 왕국의 제일 마스터 셰드로 공작님과 검을 나눠보고 싶었습니다."

십 년 전쟁에 두 사람 모두 참전하였지만 전장이 달라 맞붙은 적이 없다.

하지만 셰드로 공작은 편법에 힘을 빌린 자들답지 않게 정통 검술을 구사한다는 아르칼 공작을 만나보고 싶어 했고, 아르칼 공작은 로드에게 밀리지 않는 마스터 셰드로 공작의 검술을 견식하고 싶어 했다.

그렇게 서로를 만나보고 싶어 하던 두 사람이 약 이십 년이 넘는 시간 만에 만나게 된 것이다.

어느 쪽이 이기던 두 사람 중 승자는 대륙 제일 검사로서 그 이름을 드높이게 되리라.

"나이를 먹어서 그런지 이제 조금만 검을 휘둘러도 힘이 빠지고는 하는데, 제국의 검호를 이길 수 있을지 모르겠군."

"그런 말씀치고는 오러 파이어에 담긴 기세가 사뭇 강렬하였습니다."

여유롭게 대답하는 아르칼 공작의 모습이 마음에 들지 않는지 셰드로 공작이 표정을 살짝 찌푸린 채 말한다.

"그렇게 강하다 칭하는 오러 파이어를 검집으로 막아낸 사람이 말이 많군."

마스터가 발휘하는 최고 수준의 기교가 바로 오러 파이어다.

그것을 아르칼 공작은 검을 뽑지도 않은 채 막아낸 것이다.

"내색하지 않았지만 상당히 힘들었습니다."

엄살떠는 그 모습이 곱게 보이지 않았다.

별로 힘들어하지 않는 것이 눈에 훤히 보이고 있었으니까.

"그럼 검을 나눠보도록 할까."

셰드로 공작이 서서히 검을 치켜들기 시작하자, 아르칼 공작도 감히 경시하지 못하고 검을 뽑아든다.

스르릉!

일반 바스타드 소드보다 검신이 좀 더 얇고 긴 아르칼 공작의 검이 모습을 드러낸다.

두 검사가 각자 편한 자세를 취한 채 대치하기 시작한다.

살짝 검을 늘어뜨린 셰드로 공작과 검을 움켜쥐고 있는 아르칼 공작은 얼핏 보기에 아무런 자세도 취하고 있지 않은 것처럼 느껴졌지만 실제 두 사람은 언제라도 상대를 벨 준비를 하고 있었다.

두 사람 사이에 숨 막히는 기세가 팽배해지기 시작한다.

당장에라도 달려들 듯한 두 검사의 대치 상태를 깨버린 것은 다름 아닌 슈미드였다.

앞으로 성큼 나선 그는 두 사람 사이에 끼어들며 대치 상황을 무너뜨렸다.

"잠시만 기다려주십시오."

치열한 수 싸움을 벌이던 셰드로 공작과 아르칼 공작의 대치가 깨졌다.

검을 늘어뜨리고 있던 셰드로 공작은 인상을 찌푸렸고, 아르칼 공작은 검 끝을 바닥에 떨어뜨리며 조용히 슈미드를 바라본다.

"무슨 일이지."

오랫동안 기다려왔던 대결이 성사되기 직전이건만 방해라니.

날 선 셰드로 공작의 목소리에 슈미드가 말한다.

"이 대결은 제게 맡겨주십시오."

"어째서?"

그 말에 슈미드는 망설임 없이 과거의 원한에 대해 털어놓는다.

"저자는 제 아버지의 원수이기 때문입니다."

"……!"

슈미드의 말에 아르칼 공작의 얼굴에 놀라움이 번져나갔고 사태를 주시하던 레이첼과 글레이드 공작, 근위기사들도 놀란 표정을 짓는다.

그의 아버지라면 십 년 전쟁 당시 혁혁한 전공을 세운 알파드가 아닌가.

아르칼 공작이 원수라는 말은 알파드의 죽음에 무언가 연관이 있다는 뜻.

알파드는 십 년 전쟁 당시 전쟁터에서 적들과 싸우다 전사한 것으로 알려져 있다.

셰드로 공작은 슈미드가 왜 중간에 끼어들었는지 알 수 있었다.

아버지의 원수를 눈앞에 두고 평정을 유지할 수 있는 사람은 없으리라.

당장 앞으로 나서 아르칼 공작에게 달려들지 않은 것만으로도 다행이라 생각할 정도였으니까.

한 번쯤 맞붙어보고 싶은 생각이 있었지만 아버지의 원수인 슈미드가 아르칼 공작을 맡는 것이 옳았다.

"크흠! 아버지의 원수라…… 그렇다면 어쩔 수 없지."

인연이 아닌 듯하니 더 이상 억지로 물고 늘어질 수 없는 법.

깨끗하게 단념하고 물러서는 셰드로 공작에게 슈미드가 고개를 정중하게 숙인다.

"감사합니다."

그렇게 인사를 끝낸 슈미드가 아르칼 공작을 바라본다.

그는 여전히 놀라움이 담긴 시선으로 슈미드를 바라보고 있었다.

"제가 어떻게 알고 있는지 궁금한 것입니까?"

그 물음에 아르칼 공작은 고개를 좌우로 저으며 담담한 어조로 말한다.

"대충 짐작이 가는군. 아드리온 공작에게 들은 것인가?"

당시 알파드를 제거하기 위해 동원된 로드는 총 세 명이다.

아드리온 공작, 아르칼 공작, 테베로즈 후작.

그중에서 슈미드와 접점을 가지고 있는 인물은 아드리온 공작뿐이다.

아르칼 공작은 그가 죽기 직전 슈미드에게 모든 진실을 알려주었다 생각했다.

그리고 그 예상은 정확하게 들어맞는 것이었다.

슈미드가 고개를 끄덕이며 수긍하였다.

"그렇습니다. 아드리온 공작 전하께서 모든 것을 말씀해주셨습니다. 무슨 이유로 아버지를 제거하였는지. 하지만 당신 같은 고명한 검호가 대체 왜 그런 비열한 행위에 가담했는지는 여전히 알 수가 없군요. 도대체 무슨 이유에서였습니까!"

강한 어조로 말을 하는 슈미드의 기세가 심상치 않았다.

"후후! 무슨 이유라…… 사실 그때 알파드를 합공하던 세 사람은 각기 다른 목적을 가지고 있었다."

"……."

슈미드는 조용히 침묵하였다.

그러자 아르칼 공작이 자세히 설명하기 시작하였다.

"아드리온 공작의 이유에 대해선 들었겠지만, 그는 알파드의 전공을 부담스러워 했지. 그는 사적으로 사촌지간이기도 했기에 그가 죽으면 그의 공을 일부나마 아드리온 공작가가 독식할 수 있었고. 그래서 아드리온 공작은 알파드를 죽이는 것에 찬성하였다."

이미 이 사실을 알고 있었던 슈미드와 몇몇을 제외한 그 자리에 있던 모든 사람들은 자신의 귀를 의심할 수밖에 없었다.

그만큼 충격적인 사실이 아르칼 공작의 입에서 흘러나오고 있었다.

알파드는 십 년 전쟁의 영웅으로 아직도 많은 사람이 기억하고 있는 인물이었다.

그 인물이 전쟁터에서 죽임을 당한 것이 아닌 제국 내부의 알력 다툼 때문에 죽었다니.

특히나 듣고 있는 근위기사들에게 있어 충격적인, 아니 믿고 싶지 않은 이야기였다.

그럼에도 불구하고 아르칼 공작은 말을 이어나갔다.

"테베로즈 후작, 그 친구는 전적으로 황제 폐하를 위해서 나섰다 할 수 있지. 아드리온 공작이 무어라 말을 했는지 모르나 당시 그는 황제 폐하와 의견 충돌이 상당하였고, 실제로 반역을 저지를 기미를 보였으니까. 그의 입장에서 반역의 싹을 보이는 알파드가 더 이상 클 수 있게 놔둘 수 없었을 것이다."

근위기사단장으로서 황제를 적대하는 모든 존재를 말살할 의무를 지녔기에 나섰다는 이야기였다.

마지막으로 남는 것은 말을 하고 있는 당사자, 아르칼 공작 본인이었다.

잠시 숨을 고른 그는 자신이 알파드 제거에 동참했던 이유를 설명한다.

"내가 참여했던 이유는 간단하지. 알파드! 그는 진정한 천재였으니까. 당시 나는 제국의 제일 검호로서 인정받고 있었지만 그의 검술이 나에 비해 부족하지 않다는 것을 알고 있었다. 그래, 나는 그와 검술을 겨뤄보기 위해 참여했다 할 수 있다. 그래서 내부적으로 제거하기로 결정된 상황에 동조하였지."

"……"

아무 말도 하지 않은 채 슈미드는 입술을 지그시 깨물고 있었다.

아드리온 공작은 황제의 명령에 순순히 따랐다고 하지만 각각의 입장이 있을 줄 몰랐으니까.

그렇다고 하여 정당화되는 것이 아니지만 충격적인 사실이라는 것은 분명했다.

"그럼…… 누가 더 강했습니까?"

"나와 알파드의 검술을 말하는 것인가?"

"그렇습니다."

그토록 고하를 가리고 싶어 하던 검술.

슈미드는 아르칼 공작이 어떤 대답을 얻었는지 궁금하였다.

그 물음에 아르칼 공작은 그때를 회상하는 듯 하늘을 바라보더니 입을 연다.

"당시 나와 알파드의 검술 대결은 무승부로 끝이 났다. 하지만 실력 자체는 내가 밀렸지. 그는 진정한 천재였으니까. 나에 비견되는 검술과 테베로즈 후작의 여유, 트루덴 백작의 은밀함과 아드리온 공작의 냉정함을 겸비한 인물이 바로 알파드였다. 당시 세 명의 로드가 합공해서 간신히 그를 꺾을 수 있었으니까."

그 말을 듣는 순간 사람들은 자신도 모르게 알파드의 모습을 상상하고 만다.

저 말이 사실이라면 알파드는 그야말로 괴물 그 자체이리라.

한 인간이 그 모든 요소를 동시에 지니고 있다는 것은 상상도 하기 힘든 일이었으니까.

"그렇군요. 결국 승부를 내지 못했다라……."

"그는 죽었지만 내 안에 그는 언제나 살아 있다. 그리고 그를 꺾기 위해 매일같이 검술을 수련하고는 하지."

"그럴 필요 없습니다."

"……?"

냉정하게 말을 끊어내는 슈미드의 모습에 의아한 표정을 지으며 그를 바라보는 아르칼 공작.

화르르.

슈미드의 손에 검은 불꽃이 일렁이기 시작하더니 그대로 한 자루의 검으로 바뀐다.

검은 불꽃으로 이루어진 다크 블레이드였다.

다크 블레이드를 아르칼 공작에게 겨누며 슈미드가 말한다.

"알파드 아르미드의 아들, 저 슈미드 아르미드가 결판을 내 줄 테니까요."

그 말과 함께 슈미드의 전신에서 피어오르는 검은 불꽃!

그것은 아르칼 공작으로 하여금 예전 알파드의 모습이 투영되게 했다.

암흑 속성을 지녔던 헬카드 제국의 최강자!

"재미있군. 과연 네가 알파드를 대신할 수 있을 것이라 생각하나?"

아르칼 공작의 말에 슈미드는 예전 그와 처음 만났던 순간을 떠올렸다.

산적 소탕을 위해 파른 산에 갔다가 그와 마주쳤으니까.

그때는 형편없이 깨졌다.

가히 혁명적이던 아르칼 공작의 검술이 지금도 생생히 떠오르고는 하니까.

하지만 지금은 다르다.

검은 불꽃도, 제대로 된 성숙을 이루지도 못했던 자신은 이제 없으니까.

친구 엔드류의 죽음으로 오로지 제국에게 복수를 하기 위해 태어난 복수의 화신, 제국의 제일 공적 슈미드가 바로 자신이다.

"대신할 수 있을지 없을지, 그것은 그쪽이 판단할 문제가 아닙니다. 지금 이것은 대결이 아닌, 과거의 원한을 갚는 심판입니다."

"하하하! 심판이라? 재미있군. 어디 한 번 그 심판을 견식해 볼까?"

웃음과 함께 아르칼 공작의 검에서 서늘한 예기가 뿜어져 나오기 시작했다.

그 모습을 보며 슈미드는 입가에 미소를 지었다.

저릿저릿한 이 느낌, 아르칼 공작은 실망을 안겨다 주지 않는다.

* * *

황궁 안으로 진입한 암흑 기사단은 거침없이 안으로 들어서기 시작하였다.

대륙에서 가장 큰 영토를 보유한 국가답게 헬카드 제국의 황궁은 끝이 보이지 않을 정도로 넓고 화려했다.

클로라이네는 마차 안에서 황궁을 조용히 관람하고 있었다.

마계에 자리한 자신의 마왕성에 비견되는 규모에 그녀는 나직이 감탄사를 흘린다.

"인간의 문명은 대단할 정도로 발전했군."

대륙에 종종 강림하던 그녀는 인간이 지닌 한계를 잘 알고 있다고 생각했다.

그렇기에 지금 헬카드 제국의 황궁 규모는 충격적이었다.

암흑 왕국에 자리한 궁도 이 정도 규모는 되지 않을 거란 생각이 들 정도였으니까.

"여제시여, 적들이 등장했습니다."

밖에서 그렉스의 목소리가 들려온다.

다혈질에 충성심으로 똘똘 뭉친 그렉스는 이용하기 편리하지만 그 다혈질적인 성격 탓에 종종 손이 가는 귀찮은 인물이었다.

하지만 달리 대체할 인물이 없기에 클로라이네는 그를 중용하고 있었다.

그녀는 그렉스의 말에 곧장 대답한다.

"우리의 목표는 황궁이다. 황제를 잡기 위해 나선 만큼 그를 발견할 때까지 전진을 멈추지 않는다."

"지금 앞을 가로막고 있는 인물은 황제를 보필하는 근위기사단장입니다."

그 말을 들은 클로라이네가 눈을 빛낸다.

"근위기사단장이라? 그렇다면 황제가 근처에 있겠군."

그리고 곧장 마차에서 내리는 클로라이네.

마차에서 내린 그녀의 눈에 들어온 것은 약 이백 명의 기사들이 암흑 기사단을 가로막고 있는 광경이었다.

당장에라도 전투가 벌어질 듯 두 집단은 흉흉한 살기를 내뿜고 있었다.

그 중 선두에 서 있는 중년 기사가 클로라이네를 발견하고 눈에 이채를 발하더니 입가에 부드러운 미소를 띠며 입을 연다.

"아름다우신 분이군요. 당신이 바로 암흑 왕국의 여제이십니까?"

선두에 서 있는 기사는 다름 아닌 테베로즈 후작이다.

마왕이 곧장 황제가 있는 곳으로 향한다는 소식에 근위기사들을 이끌고 그들을 막아선 것이다.

그는 클로라이네를 보고 흉측할 것이란 예상과 달리 플로리데와 맞먹는 아름다운 외모에 놀라야만 했다.

그러면서 한편으로는 묘하게 익숙한 외모에 고개를 갸웃하였다.

클로라이네는 마왕인 자신에게 능청스럽게 말을 건네는 테베로즈 후작을 보며 눈을 빛냈다.

한눈에 그가 인간 중에서 범상치 않은 무위를 보유한 인물이란 걸 알아차릴 수 있었으니까.

그녀는 고혹적인 미소를 지으며 고개를 살짝 끄덕였다.

"그렇다."

"뵙게 되어 영광입니다. 부족하지만 근위기사단장을 맡고 있는 테베로즈 후작입니다."

"근위기사단장이 이곳에 있다는 건 황제 또한 근처에 있다는 뜻이로군?"

그 물음에 테베로즈 후작이 묘한 미소를 지으며 말한다.

"글쎄요? 그것은 업무상 비밀인지라."

"황제를 가장 가까운 곳에서 호위하는 근위기사단장이 이곳에 있다는 건 황제가 근처에 있다는 뜻이겠지. 모두 죽이고 황제를 찾으면 그만이다. 그렉스."

냉랭한 어조로 테베로즈 후작의 말을 끊은 클로라이네가 그렉스의 이름을 부르자, 그는 우렁찬 대답과 함께 한쪽 무릎을 꿇고 예를 취한다.

"하명하십시오, 여제시여!"

"지금 당장 헬카드 제국의 근위기사단장을 베라! 그를 넘고 제국의 황제를 끌고 와라."

"명을 받들겠나이다, 여제시여."

큰 목소리로 대답한 그렉스가 흉흉한 안광으로 테베로즈 후작을 노려본다.

오금이 저릴 정도로 강렬한 그의 시선에 위축되기는커녕 테베로즈 후작은 오히려 미소를 지으며 말한다.

"이런, 마치 선불 맞은 돼지 같은 눈빛이로군."

"여제 폐하의 명령대로 네놈을 죽이도록 하겠다. 살려 달라 애원하지 말도록."

스르릉!

어둠을 머금은 검은색 검신이 미끈한 자태를 드러내며 서늘한 예기를 동반한다.

가슴이 서늘해지는 듯한 그의 기세에 테베로즈 후작은 몸을 부르르 떨며 말한다.

"저게 마검이라는 건가? 대단하군."

"네 목을 벨 검이기도 하지."

"이거, 암흑삼공의 위명이 헛된 게 아니로군. 대충 상대하다가는 팔 하나쯤은 버릴 각오를 해야 하겠군. 진심으로 할 수밖에 없는 건가?"

그렇게 말한 테베로즈 후작이 주먹을 몇 번 움켜쥐자 새하얀 얼음이 서리기 시작하더니, 한 자루 검이 생성된다.

그의 얼음 속성을 이용한 검이었다.

의지에 따라 언제든지 소멸시킬 수 있고 생성할 수도 있는 그만의 검.

웃음을 지운 테베로즈 후작의 전신에서 싸늘한 기세가 흘러나오기 시작한다.

쩌적! 쩌저적!

그를 중심으로 주변의 대기가 얼어붙기 시작했다.

보기만 해도 가슴이 서늘해지는 강렬한 기세였다.

쉽지 않은 상대란 생각에 그렉스가 미소를 지어 보인다.

"시시하지는 않겠어."

"시시한 수준이 아닐 텐데, 일단 몸으로 겪어보면 알게 되려나?"

그렉스의 말이 가소롭다는 듯 피식 미소를 지은 테베로즈 후작이 근위기사들을 바라보며 명령을 내린다.

"지금부터 마왕의 기사를 사냥할 것이다. 뒤로 물러서서 암흑 기사단이 앞으로 나오지 못하게 견제하라."

테베로즈 후작의 명령이 떨어지자 근위기사단이 뒤로 물러서며 경계망을 구축하기 시작했다.

암흑 기사단이 더 이상 앞으로 나올 수 없게 견제하는 것이다.

그 광경을 지켜보고 있던 클로라이네가 명령을 내린다.

"뒤로 물러난다. 그렉스가 처리할 테니."

그녀의 명령에 암흑 기사단 또한 뒤로 물러난다.

그러자 그렉스와 테베로즈 후작을 중심으로 커다란 공간이 생겨난다.

두 사람이 대결할 수 있는 공간이었다.

"무대도 만들어졌고 관객도 있으니 심심하지는 않겠군."

"피를 보기 좋은 날이다."

마검을 치켜들며 스산한 기운을 발산하는 그렉스.

어둠의 마나가 뭉클 뿜어져 나오며 음산한 기운이 주변에 퍼져 나간다.

"누구의 피일지 궁금한데. 우선 당사자의 피를 보도록 할까."

입가에 미소를 지은 테베로즈 후작의 신형이 흔들리는 순간, 어느새 거리를 좁힌 그가 그렉스의 어깨를 향해 검을 휘두르고 있었다.

치이이!

새하얀 얼음으로 이루어진 검은 극도의 한기를 발산하며 단숨에 어깨를 쪼개왔다.

"흥! 하찮은 수작을!"

코웃음을 친 그렉스가 마검을 휘둘렀다.

어둠의 마나가 응집된 그의 검이 단숨에 테베로즈 후작의 몸을 양단했다.

콰직! 콰지직!

얼음으로 이루어진 검이 단숨에 박살이 나고 테베로즈 후작의 몸 또한 절반으로 갈라지며 그대로 얼음 조각이 되어 흩어졌다.

하지만 그것은 테베로즈 후작이 의도한 바였다.

얼음 조각으로 잘게 부서진 파편 그대로 그렉스에게 쇄도하기 시작한 것이다.

하나하나가 날카로운 예기를 품고 있었다.

상식을 초월하는 공격에 그렉스는 표정을 찌푸리더니 빠른 속도로 검을 휘두르기 시작한다.

눈부신 속도로 움직이는 그의 검이 얼음 조각을 튕겨내기 시작한다.

티딩! 티디디딩!

그렉스는 신속한 동작으로 얼음 조각을 튕겨내고 있지만 그것만으로는 역부족이었다.

찰나의 순간, 놓치고만 얼음 조각 하나가 기어코 그렉스의 어깨를 스치고 지나간다.

그러자 한기가 올라오기 시작하더니 어깨 갑옷 부분에 서리가 끼기 시작한다.

제대로 맞았더라면 엄청난 피해를 입었으리라.

표정을 찌푸린 그렉스가 어둠의 마나를 길게 뿜어내며 얼음 조각을 향해 내리그었다.

"사라져라!"

단숨에 얼음 조각을 소멸시킬 듯 달려드는 어둠의 마나 때문인지 얼음 조각들이 하나로 뭉치더니 그대로 몸을 구성하기 시작한다.

모습을 드러낸 테베로즈 후작이 그대로 어둠의 마나를 튕겨낸다.

콰아앙!

하지만 워낙 강한 힘을 지니고 있는 어둠의 마나였기에 테베로즈 후작의 신형이 뒤로 밀려난다.

"흥, 제법 거친 기운이로군."

"기괴한 힘을 사용하는 애송이가 말이 많군."

마검을 연신 내리긋는 그렉스의 검에서는 어둠의 마나가 폭포수처럼 쏟아져 나오고 있었다.

검을 휘두르며 그것을 받아내고 있는 테베로즈 후작이었지만 워낙 사납게 휘두르는 그렉스에게 압도되는 면이 없지 않아 있었다.

콰광! 콰과광!

연신 폭음이 울려 퍼지며 테베로즈 후작의 얼음검이 부서지기 일쑤였다.

그럴 때마다 새로 생성된 검이 자리를 대신하였지만 보는 사람은 테베로즈 후작이 밀리고 있다는 것을 한눈에 알 수 있을 정도였다.

순식간에 백여 번의 공방을 나눈 그들이 잠시 호흡을 가다듬기 위해 떨어진다.

테베로즈 후작은 균열이 가 있는 자신의 얼음검을 보더니 그대로 부숴버린다.

파스스.

"마왕의 기사는 강하군."

그렉스의 신위가 상상을 초월한다는 것을 깨달은 테베로즈 후작.

그도 그럴 것이 암흑 왕국의 인물들은 자국의 영토가 아니면 본래 힘의 절반 정도만 발휘할 수 있다고 알려져 있는데 그렉스의 신위는 자신과 거의 대등했던 것이다.

만약 암흑 왕국 내에서 전투를 했다면 틀림없이 자신이 밀렸으리라.

"여제 폐하의 앞을 가로막은 죄는 크다. 목숨으로 그 죄를 사하라."

싸늘하게 가라앉은 그렉스의 어조는 듣는 사람으로 하여금 소름을 돋게 만들었다.

"그렇게 하기는 싫군. 아직 보여줄 것이 많은데 포기할 순 없지 않소?"

웃음을 지어 보인 테베로즈 후작이 손을 번쩍 든다.

그와 함께 새하얀 얼음창이 허공에 생겨나기 시작한다.

허공에 생성된 얼음창은 한 자루가 아니었다.

차츰 하나둘씩 숫자를 늘려나가더니, 이내 수십 개가 넘는 얼음창이 허공에 생성되었다.

"제법 많은 힘을 소모하지만 로드에 도달한 적을 상대하기 위해 개발한 수법이지. 영광으로 알라고."

위로 치켜들었던 손을 서서히 내리며 그렉스를 가리킨다.

그러자 허공에 꼿꼿하게 서 있던 얼음창의 각도가 기울어지더니, 그대로 그렉스에게 쏟아지기 시작한다.

콰광! 콰과과과과!

수십 개에 달하는 얼음창의 폭격이었다.

그 위력 하나하나가 마스터의 오러 블레이드에 견줄 수 있을 만큼 강한 파괴력을 지니고 있는 얼음창, 그것도 무려 수십 개가 그렉스를 향해 집중적으로 쏟아지고 있었다.

"큭! 이런 잔 수작을."

검을 맞대는 것이 아닌, 전혀 예측하지 못한 수법을 사용하자 그렉스가 이를 악물며 마검을 움켜쥔다.

어둠의 마나를 응집한 그는 곧장 검을 휘둘러 얼음창을 쳐낸다.

파츠! 파스스.

얼음창 하나를 부숴버리는 데 성공했지만 그가 입은 피해는 막대했다.

손아귀가 저릿해지는 충격과 함께 입에서 흘러나올 뻔한 신음을 간신히 집어삼킬 수 있었다.

"허공에서 떨어지는 얼음창의 위력은 강력하지. 후후!"

그가 웃음을 짓고 있는 동안에도 얼음창은 끊임없이 떨어지고 있었다.

그렉스가 끊임없이 마검을 휘두르고 있지만 얼음창을 모조리 막아내는 것은 불가능했다.

가까스로 직격은 피하고 있지만 얼음창은 그의 주변 전체를 감싸듯 둘러싸고 있었다.

마침내 모든 얼음창이 지면에 박혔을 때는, 얼마나 촘촘하게 박혔는지 그렉스의 모습이 아예 보이지 않을 정도였다.

그 모습을 보며 피식 웃음을 지은 테베로즈 후작이 서서히 다가가 얼음창에 손을 가져다 대며 말한다.

"이 정도로 타격을 입지 않았다는 것을 잘 알고 있지."

쿠과광!

그의 중얼거림이 흘러나오기 무섭게 얼음창이 부서지며 그렉스의 신형이 모습을 드러내려 한다.

그때를 기다렸다는 듯 테베로즈 후작이 자신의 힘을 끌어올리며 외친다.

"하지만 이게 밑밥이라는 걸 모르는 듯하군. 모든 것을 얼려버릴 것이다. 빙원(Ice Field)!"

파아아앗!

테베로즈 후작의 외침과 함께 그의 손이 닿은 부분을 시작으로 주변 일대가 꽁꽁 얼어붙기 시작한다.

얼음창 공격은 단지 그렉스의 공간적 자유를 빼앗기 위한 덫에 지나지 않았다.

처음부터 모든 것을 얼려버려 그렉스를 무력화시킬 생각이었던 것이다.

앞으로 달려오던 그렉스의 몸이 순식간에 얼어붙는다.

상당한 전력을 쏟은 수법이니만큼 쉽게 깨고 나오기가 만만치 않으리라.

꽁꽁 얼어붙은 그렉스는 육식동물 앞에 놓인 초식동물과도 같았다.

입가에 미소를 지은 테베로즈 후작이 다시 얼음검을 생성한다.

"그럼 이제 마지막을 장식하도록 하지."

얼음채로 부숴버리면 그렉스의 몸 또한 산산조각 나리라.

단숨에 그의 몸을 갈라버리기 위해 테베로즈 후작이 얼음검을 휘두를 무렵이다.

쩌적! 쩌저적!

얼음에 급속도로 균열이 일어나기 시작하더니 예리한 어둠의 마나가 길쭉하게 뿜어져 나와 그대로 테베로즈 후작의 몸을 강타한다.

콰지직!

빠르게 정령화를 시전한 테베로즈 후작의 몸을 어둠의 마나가 그대로 꿰뚫고 지나간다.

부서진 테베로즈 후작의 몸이 십여 미터 물러난 곳에서 재구성될 무렵, 그렉스는 얼음 파편에서 빠져나와 있었다.

한기로 인해 그렉스의 얼굴은 분노로 붉어져 있었다.

자칫 잘못하다 처참한 패배를 겪을 수도 있었던 것이다.

"약삭빠른 애송이가……."

흉흉한 그의 모습을 보며 테베로즈 후작은 내심 힘든 대결이 되리라고 생각했다.

'힘들어지는군.'

조금 전 빙원은 그의 전력 상당 부분을 소비한 공격이었다.

막대한 힘을 소모하는 만큼 확실한 효과를 지니고 있는 공격이기에 필승을 장담하고 펼친 것인데 그렉스가 그것을 피해낸 것이다. 상대를 쓰러뜨리기는커녕 오히려 기세가 더욱 흉흉해졌으니 대결이 지속되면 자신이 손해를 볼 것임이 분명했다.

"쉽게 죽여주지 않겠다, 애송이. 날 농락한 대가를 치르게 해주마."

분노로 떨리는 마검에 어둠의 마나가 소름 돋을 정도로 응집되며 폭포수가 쏟아져 내리듯 어둠의 마나가 넘쳐흐르기 시작한다.

기세가 넘쳐흐르는 그의 모습에 테베로즈 후작의 표정이 미미하게 일그러진다.

그렇다 하여 근위기사단장인 자신이 여기서 물러설 수는 없는 노릇.

상황이 불리하게 돌아가고 있지만 테베로즈 후작은 일전을 다짐하며 힘을 끌어올리기 시작한다.

파츠츠.

얼음검을 움켜쥔 그가 웃음기 사라진 얼굴로 그렉스를 바라본다.

"사라져라, 애송이."

어둠의 마나가 피어오르는 마검이 그의 의지대로 서서히 떠오르기 시작한다.

마스터의 상징과도 같은 오러 파이어가 그렉스의 손에서 펼쳐지려는 것이다.

어둠의 마나가 이글이글 타오르는 마검은 누구도 막을 수 없다는 걸 확실하게 각인시키려는 듯, 섬뜩함을 띠고 있었다.

그 순간, 그렉스는 전방에 눈부신 빛을 마주해야 했다.

시야를 앗아가는 빛을 접하며 시력을 잃는 순간, 그렉스는 어깨에서 화끈한 고통을 느껴야 했다.

"크, 크아아악!"

콰직!

비명 소리와 함께 그의 의지로 떠올랐던 마검이 두 동강이 되어 바닥에 볼썽사납게 떨어졌다.

공간을 격하고 나타난 빛이 단숨에 마검을 부숴버리고 그렉스의 어깨를 꿰뚫은 것이다.

로드조차 감당하기 힘든 그렉스를 단숨에 제압하다니. 무시무시한 힘이 아닐 수 없다.

"크으으."

피가 뭉클뭉클 흘러나오는 어깨를 움켜쥔 채 그렉스가 이를 꽉 물어 비명을 억누르는 모습은 마치 상처 입은 야수가 울부짖는 듯했다.

상황을 조용히 지켜보던 클로라이네는 순식간에 당해버린 그렉스를 보고는 눈을 빛냈다.

설마 그를 이렇게 간단하게 제압할 것이라 생각도 못했으니까.

“응급조치를 하라.”

그녀의 명령에 암흑 기사 세 명이 그렉스에게 다가가 황급히 그의 부상을 치료하기 시작한다.

“…….”

클로라이네의 시선은 부상 입은 그렉스에게 향하지 않았다.

지금 그녀의 시선은 방금 전 그렉스를 완벽하게 제압한 자가 있는 곳을 향하고 있었다.

그곳은 근위기사가 포진한 곳에서 조금 떨어진 곳이었다.

족히 오백 걸음 이상 떨어진 곳에 화려한 금빛 제복을 차려입은 인물이 세상을 내려다보는 오만한 눈으로 자신을 바라보고 있었다. 마치 마계를 지배하는 마계의 군주에게서 볼 법한 오만함이었다.

그는 바로 헬카드 제국의 지배자, 자미에르 대제였다.

느릿한 걸음으로 다가오던 그의 시선이 클로라이네에게 향한다.

순간 허공에서 마주하는 두 시선.

자미에르 대제의 입가에 비릿한 미소가 걸리는가 싶더니 서서히 입을 연다.

"누가 감히 짐의 궁에서 소란을 피운단 말인가."

"호오!"

마왕인 자신 앞에서 강렬한 존재감을 보이는 자미에르 대제의 모습에 클로라이네가 묘한 미소를 지으며 그를 바라본다.

제5화
검호의 무덤

Dark Blaze

아르칼 공작이 제국의 제일 검호라 불리게 된 이유는 간단하다.

여덟 명의 로드 중 가장 뛰어난 검술을 지녔기 때문이다.

제국의 로드 중 그뿐만 아니라, 레카르밀 공작, 테베로즈 후작, 글레이드 공작, 데미안 공작 등 모두 검을 다루지만 십 년 전쟁 당시 검술 부문만 냉정히 따져서 아르칼 공작이 한 수 위라고 인정한 적이 있다.

헬카드 제국 내에서 가장 뛰어난 검술을 익혔으며, 자신의 것으로 완벽하게 소화해냈기에 제국 제일 검호라는 호칭을 얻은 것이다.

그는 제국 제일 검호라는 호칭이 부끄럽지 않을 정도로 고

강한 신위를 보유하고 있었다.

십 년 전쟁 당시 아르칼 공작의 전설은 전 대륙에 널리 알려질 정도로 대단했다.

그의 손에 목숨을 잃은 마스터가 두 명이나 되었고, 수백 명이 넘는 뛰어난 검호가 제물이 되어 사라졌다. 제국 제일 검사로 우뚝 선 아르칼 공작은 제국 제일 검호를 넘어서 대륙 제일을 다툰다 할 수 있다.

전신이 난도질 되는 듯한 예리한 가세를 접한 슈미드는 입꼬리를 더욱 말아 올리며 말한다.

"아드리온 공작 전하께서도 결국 제 검에 목숨을 잃으셨지요."

제국 사람들은 십 년 전쟁 당시 가장 뛰어난 무위를 선보인 아드리온 공작과 더불어, 비록 최고령이지만 북방의 신비라 불리는 데미안 공작이 로드 중 최고로 강할 것이라 평가하였다.

어디까지나 평가에 불과했지만 최약체인 글레이드 공작을 정확하게 맞춘 것을 보면 전혀 틀린 얘기라고 하기도 힘들었다.

도발적인 슈미드의 말에도 불구하고 아르칼 공작은 담담했다.

"아드리온 공작을 꺾은 것은 상당히 의외다. 하지만 정령간에도 상성이 존재하는 법. 너의 검은 불꽃은 아드리온 공작의 불꽃보다 상위 속성이기에 마침 그 상성이 맞아떨어진 것 같군."

"……."

정확하게 꿰뚫어 본 말이 아닐 수 없다.

아드리온 공작이 하얀 불꽃을 일으키기 전까지 속성의 우위를 점한 것은 사실이었으니까.

잠시 할 말을 잃었던 슈미드가 아르칼 공작에게 물었다.

"그렇다면 아르칼 공작 전하에게는 속성의 우위를 점할 수 없다는 이야기로군요?"

"후후! 글쎄? 그건 잘 모르겠군. 하지만 적어도 아드리온 공작보다는 밀리지 않을 자신이 있다고 말해두지."

한 번도 아드리온 공작에게 밀린다고 생각해본 적이 없는 아르칼 공작이다.

단 한 번도 맞붙은 적이 없기에 사람들은 드러난 성과를 바탕으로 자기 멋대로 판단한 것에 지나지 않는다.

대부분의 로드는 이렇게 생각할 것이다.

자신이야말로 최강이라고!

그것은 아르칼 공작도 마찬가지였다.

범인들의 왈가왈부에 나설 이유가 없지만 자신이 최강이라는 생각에는 변함이 없었다.

슈미드의 눈에 이채가 서린다.

"재미있군요."

"과연 이게 재미있을지는 조금 있으면 알게 될 듯싶군."

그러면서 서서히 검을 치켜들어 슈미드를 가리키는 아르칼 공작.

검 끝을 겨누는 순간, 폭발적인 예기가 그를 압박하기 시작한다.

'과연, 허언이 아니로군.'

살이 에일 듯한 기세였지만 슈미드는 오히려 미소를 더욱 짙게 띠며 다크 블레이드를 든다.

좌아아아!

그 순간, 슈미드를 향해 난도질해오던 예기가 갈라지기 시작한다.

그것만으로도 보이지 않는 무형의 기운이 슈미드를 압박하고 있었음을 알 수 있다.

"과연, 그때랑은 다르다는 이야기인가."

"그때의 저는 잊어주시길. 그때는 한 수 가르침을 받던 애송이였지만 지금은 당신의 목을 노리는 원수가 되어 있으니. 이제 슬슬 시작해도 될 듯싶습니다만?"

여전히 미소를 지은 슈미드가 대결을 시작하자는 이야기를 꺼내자 아르칼 공작은 흠칫하더니 고개를 젓는다.

"말로는 못 당하겠군."

아르칼 공작이 여태까지 슈미드와 이야기를 나누던 것에는 이유가 존재한다.

바로 근위기사들이 부상당한 글레이드 공작을 수습할 때까지 시간을 벌고 있던 것이다.

주제를 모르고 날뛰는 구석이 있지만 여덟 명의 로드 중 두 명이 죽임을 당한 지금 시점에 글레이드 공작의 가치는 무척 중요하다.

근위기사들이 그를 수습할 때까지 없는 말솜씨를 발휘하여 시간을 끌었던 것이다.

슈미드는 그것을 알고 있으면서도 응해준 것이고.

왠지 일이 수월하게 풀린다는 생각을 갖고 있던 아르칼 공작으로서는 입맛이 쓸 수밖에 없었다.

하지만 이제는 상관없다, 글레이드 공작을 수습하는 데 성공했으니 본격적인 대결을 하는 것만 남았다.

"한 수 견식해볼까."

"가르침을 받겠습니다. 허나, 아르칼 공작 전하를 죽이겠다는 제 의지는 변함이 없다는 걸 이해해주시길."

"그 기개만으로도 충분하다."

쏴아아아!

그 말을 끝으로 아르칼 공작의 검이 움직이기 시작했다.

정확하게 검 끝으로 슈미드의 미간을 겨누던 그의 검이 확대되는 듯한 착각을 주더니, 그 순간 예기가 그대로 그의 미간을 꿰뚫고 있었다.

'빠르다! 그것도 너무 빨라 착각이 일어날 정도의 공격!'

전신의 감각이 경고하는 것을 느낀 슈미드가 눈을 서서히 크게 뜨더니 그대로 다크 블레이드를 휘두른다.

콰아앙! 콰직! 콰지직!

"윽!"

빠르게 움직인 다크 블레이드가 그대로 아르칼 공작의 검을 쳐내는 데 성공했지만 충격이 만만치 않았다.

예상보다 훨씬 빨라 슈미드는 팔이 저릿해지는 느낌을 받았다.

뿐만 아니라 미간에서는 핏방울이 맺히더니, 피가 뚝뚝 떨어지고 있었다.

완벽하게 막아냈다 생각했는데 예기를 완전히 걷어내지는 못한 것이다.

'검은 불꽃이 아니었으면 위험했군.'

모든 속성에 대해 한 수 우위를 지니고 있는 검은 불꽃이 아니었으면 자칫 한 수에 나가떨어졌을 수도 있다 생각한 슈미드다.

주변 대기가 어그러지며 일어나는 충돌은 보는 사람의 감탄을 절로 자아내는 진풍경이었다.

승부를 결정지으려던 시도는 실패로 끝났지만 아르칼 공작은 아쉬운 표정이 아니었다.

오히려 담담함 그 자체였다.

"첫수를 막아내다니."

"어느 정도 성장했다 하지 않았습니까?"

그 말에 아르칼 공작은 고개를 끄덕이며 인정하는 수밖에 없었다.

아직도 그의 머릿속에는 파른 산에서 보았던 애송이 슈미드의 모습이 강하게 남아 있었으니까.

허나, 그는 더 이상 얕볼 수 있는 적이 아니다.

두 명의 로드를 꺾은 슈미드는 최강의 도전자였다.

"그렇지. 하지만 내가 겨뤄본 대결 중 절반 이상이 첫수에 승부가 판가름났다. 강해졌군."

"좀 더 견식하고 싶군요."

"그 희망, 받아들이지."

늘어뜨린 검을 다시 치켜드는 아르칼 공작.

서늘한 예기가 이번에는 슈미드를 향해 쏘아지는 것이 아닌, 그의 주변에 포진하기 시작하였다.

그 범위를 모두 아우를 수 없기에 슈미드는 쓸데없는 힘의 소비를 막기 위해 아무 행동도 하지 않은 채 가만히 서 있었다.

쉬익!

대기를 가르는 소리가 들려오는 순간, 그의 검은 슈미드의 면전에 도달해 있었다.

음속마저도 초월한 공격이었다.

그러나 이미 한 차례 그의 검을 겪어본 슈미드는 익숙하게 뒤로 한 걸음 물러나며 다크 블레이드를 휘두른다.

검은 불꽃이 이글이글 타오르는 검이 아르칼 공작의 검을 그대로 쳐낸다.

콰아앙!

"읍!"

거센 충돌음이 울려 퍼졌고, 조금 전과는 판이하게 다른 슈미드의 방어에 아르칼 공작이 신음을 흘리며 한 걸음 물러선다.

완벽하게 힘을 해소하지 못한 슈미드도 세 걸음이나 물러선 상태였다.

속성의 우위를 점하고 있음에도 아르칼 공작의 공격을 완벽하게 차단하지 못한 것이다.

슈미드는 속으로 놀라움을 표하고 있었다.

'까다롭군.'

그가 이렇게 놀라는 것은 완벽하게 파악했다 생각한 아르칼 공작의 검을 막아내는 것이 생각보다 까다로워서 그렇다.

두 번의 공격을 받아내며 손해를 본 지금에 와서야 자신이 왜 이렇게 밀린 것인지 알아차릴 수 있었다.

'검의 길이. 바로 그것 때문이다.'

기사들이 사용하는 바스타드 소드보다 더 긴 검신을 자랑하는 아르칼 공작의 검 때문에 그런 것이다.

로드의 경지에 도달한 슈미드 정도의 수준이라면 무기의 길이가 딱히 영향을 끼치지 않겠지만 상대가 아르칼 공작이라면 이야기가 다르다.

무기의 이점을 최대한 활용하여 슈미드를 압박할 수 있을 정도의 실력자가 바로 그인 것이다.

눈치가 빠른 슈미드는 그것을 바로 파악한 것이고.

다른 사람이었다면 눈치채지 못할 미세함이었다.

"다시 해볼까요."

그 말과 함께 다크 블레이드를 움켜쥔 슈미드의 신형이 쇄도하기 시작한다.

두 차례 밀렸던 것을 만회하기 위한 선제공격이었다.

아르칼 공작이 검을 치켜들 무렵, 슈미드는 이미 앞에 도달하여 검을 휘두르고 있었다.

콰앙! 콰아앙!

거센 충돌음이 울려 퍼지며 검은 불꽃이 연신 폭발을 일으키기 시작한다.

서로 충돌하며 튕겨 나간 검은 불꽃의 여파는 그대로 몇몇 근위기사들에게 번져 나간다.

충분한 거리를 벌려두었음에도 불구하고 검은 불꽃이 자신에게 향하자 근위기사들은 각각 검에 힘을 불어넣으며 그대로 검은 불꽃을 튕겨내려 하였다.

하지만 검은 불꽃은 감히 그들의 수준으로 막아낼 수 있는 것이 아니었다.

그대로 검을 타고 올라간 검은 불꽃은 검신을 녹여버린 뒤 몸을 빠른 속도로 불태우기 시작했다.

"으, 으아아!"

"이거…… 이거 뭐야!"

전력을 다해 튕겨내려 했음에도 불구하고 막아내지 못한 채 그대로 몸이 불타오르자 근위기사들의 얼굴에 당황이 번져나간다.

설마 검은 불꽃이 이렇게 강한 위력을 지니고 있을 줄은 몰랐던 것이다.

상황을 재빨리 파악한 레이첼이 근위기사들에게 명령을 내린다.

"조금 더 뒤로 물러난다. 검은 불꽃을 막아내지 말고, 피하라!"

레이첼의 명령이 떨어지자, 근위기사들이 빠른 속도로 대형을 갖춘 채 뒤로 물러난다.

대결을 하고 있는 슈미드와 아르칼 공작에게서 백여 미터 떨어진 근위기사들은 넓게 진영을 구축한 채 대결을 지켜본다.

두 로드의 대결 여파는 간간이 그들에게 퍼질 정도로 엄청난 위력을 지니고 있었다.

'검은 불꽃, 정말 무서운 위력을 지니고 있다.'

한차례 겪어본 적이 있지만 막상 가까이서 지켜보는 입장이 되니 저 위력이 얼마나 무지막지한지 알 수 있었다.

대륙 최강을 넘보는 근위기사들마저 대항하지 못할 불꽃이라니.

만약 저자를 막아낼 자가 없게 되면 어떤 재앙이 들이닥칠지 상상만 해도 끔찍했다.

그 사이 슈미드와 아르칼 공작의 대결은 점점 치열해지기 시작했다.

'눈치챘군.'

빠르게 공간을 점하며 쇄도하는 슈미드의 공격을 튕겨내던 아르칼 공작이 눈을 빛낸다.

슈미드가 자신의 이점을 눈치챘다는 생각이 강하게 들었다.

다른 사람들은 그렇게 생각하지 않지만 아르칼 공작은 대대로 내려온 이 검의 이점을 적절하게 살린 검술을 구사하고는 한다.

여느 검보다 조금 더 긴 검신을 자랑하는 이 검은 상대방의 공간을 먹고 들어가기에 그와 대결하는 자들은 공간을 점유당하여 낭패를 보고는 한다.

대놓고 드러나지 않을 만큼의 공간만 점하고 있어서 그 위력은 더욱 크다 할 수 있다.

그를 상대하는 자는 처음엔 전혀 예측하지 못하다가 나중에 이르러서는 사실인지 아닌지 혼란을 겪고는 하니까.

그런데 슈미드는 그것을 곧장 눈치채고 사전에 차단해오고 있었던 것이다.

아르칼 공작 입장에서는 감탄할 만큼 대단한 판단력이었다.

슈아아악!

근거리에서 강하게 횡으로 움직인 아르칼 공작의 검이 슈미드의 목을 향해 휘둘러진다.

그것을 본 슈미드는 상체를 뒤로 힘껏 꺾는다.

서늘한 예기를 지닌 아르칼 공작의 검이 아슬아슬하게 허공을 가르며 그 예기에 휘말린 은발이 허공에 흩어진다.

그 틈을 다크 블레이드가 파고들며 아르칼 공작의 허리를 베어 갔다.

공격이 실패했다는 것을 깨닫는 순간, 검을 뒤튼 아르칼 공작이 그것을 곧장 막아낸다.

콰아앙!

둘 모두 제대로 된 자세에서 휘두른 검이 아니었기에 서로 이득을 보지 못한 채 뒤로 물러난다.

슈미드의 선공 이후 스무여 합의 충돌이 벌어진 뒤 처음 갖는 대치 상황이었다.

"대단해."

"감사합니다."

"아니, 이건 진심이다. 설마 검의 이점을 이렇게 빨리 알아차릴 줄이야. 나를 상대한 자들 중 첫 공격을 막아내고, 검의 이점까지 이렇게 빨리 알아차린 사람은 네가 처음이다."

극찬 중 극찬이었다.

같은 로드마저도 그에게 인정받지 못하는 인물이 상당수일 정도로 칭찬에 인색한 것이 바로 그였다.

입가에 진한 미소를 지은 슈미드가 아르칼 공작에게 말한다.

"상대방을 죽이기 위해서라면 파악해야 하는 건 당연하지 않습니까."

웃음을 지으며 말했지만 그의 전신에서는 진한 살기가 뿜어져 나오고 있었다.

그의 의지를 아르칼 공작은 느낄 수 있었다.

"죽인다, 죽인다라…… 그렇군. 반드시 죽이겠다는 의지가 동반된다면 상대방을 정확하게 꿰뚫어볼 수 있겠지."

"그렇습니다."

"멋진 생각이로군. 그 부분은 나조차도 네게 한 수 처진다는 것을 인정할 수밖에 없어."

"과찬이십니다. 하지만 그 칭찬은 공작 전하를 꺾은 뒤 받도록 하겠습니다."

그와 함께 다크 블레이드에 검은 불꽃이 이글거리기 시작한다.

'언제까지 버틸 수 있을지.'

슈미드의 검은 불꽃이 지닌 위력이 대단하다는 것을 방금 전까지 겪어보았기에 아르칼 공작의 표정은 한없이 진지하였다.

천천히 검을 드는 그 모습을 슈미드는 조용히 지켜보고 있었다.

'그러고 보니!'

검을 드는 아르칼 공작을 보며 자신이 미처 눈치채지 못하고 있던 부분을 알아차릴 수 있었다.

자신과 상대하는 아르칼 공작의 검에는 어떠한 기운도 서려 있지 않았던 것이다.

'어찌하여?'

그런 생각이 머릿속에 감돌고 있다.

그러면서 한편으로는 검은 불꽃을 어떤 방식으로 막아내는 것인지 의문이 들었다.

로드 중 한 사람이니만큼 아르칼 공작 또한 로드의 경지에 도달했을 터.

그렇다면 틀림없는 능력자일 텐데 그 능력을 여태까지 선보이지 않고 있던 것이다.

'그러고 보니 능력이 알려진 바가 없군.'

설마 자신을 상대로 능력조차 발휘하지 않고 있었다니.

전력을 다하지 않았다는 것을 알고는 있었지만 조금은 충격이었다.

'두드리고 두드려서 전력을 드러내게 만든다.'

끝내 힘을 보이지 않는다면 한계까지 몰아칠 것이다.

죽음의 위기에 닥치게 되면 아르칼 공작 또한 자신의 실력을 드러낼 수밖에 없을 것이다.

그렇게 생각에 잠겨 있던 슈미드에게 아르칼 공작의 목소리가 들려왔다.

"뭘 그렇게 생각하는 거지?"

'헉!'

목소리가 들리는 순간, 서늘한 예기가 그대로 슈미드에게 쇄도하였다.

헛바람을 집어삼킨 슈미드는 다크 블레이드를 들어 검을 막아갔다.

콰아앙!

제대로 균형을 잡지 못한 슈미드의 신형이 뒤로 주르륵 밀려났다.

"크으! 강력하군요."

신음을 흘렸지만 슈미드의 입가에 묘한 미소가 걸려 있었다.

균형을 잡는 즉시 그가 아르칼 공작에게 쇄도하기 시작하였다.

빠른 속도로 접근한 그는 다크 블레이드를 휘두르며 왼손을 뻗어 멀티캐스팅을 했다.

'어둠의 화살.'

다크 블레이드를 휘두름과 동시에 왼손에서 생성된 어둠의 화살이 아르칼 공작에게 쇄도했다.

검뿐만 아니라 마법까지 발휘하여 본격적인 실력 발휘에 들어간 것이다.

각각 목과 사지를 향하는 슈미드의 공격은 공간과 타이밍을 완벽하게 점하고 있었다.

그 공격을 받는 아르칼 공작은 검을 하늘로 치켜들더니 그대로 지면을 향해 내리긋는다.

그의 검에는 다른 능력도 아닌 푸른색 오러가 빛을 발하고 있었다.

"오러?"

놀란 슈미드의 목소리와 함께 허공에서 충돌을 일으킨다.

콰광! 콰과광!

길게 휘둘러진 아르칼 공작의 검은 어둠의 화살은 물론이고 다크 블레이드 또한 동시에 막아낸다.

그보다 더욱 놀라운 것은 아르칼 공작이 방금 전 발산한 것이 오러라는 점이었다.

능력자인 그가 어찌하여 오러를 사용한단 말인가!

놀란 슈미드는 무언가 내막이 숨어 있을 것이라 생각하며 어둠의 힘을 더욱 끌어올렸다.

자신에게 기회가 찾아왔음을 알아차린 슈미드는 검은 불꽃을 발산하며 아르칼 공작을 밀어붙인다.

속성의 우위로 밀어붙이는 것은 단순하지만 가장 효과적인 방법이기도 하다.

동일한 힘을 발휘할 경우 위력이 어느 정도냐에 따라 상대방이 소모하는 힘의 양 또한 다를 테니까.

다섯 개의 마법진을 연계하여 마나를 끌어모은 슈미드는 다른 로드에 비해 부족하지 않은 힘을 보유하고 있었다.

화르르!

검은 불꽃이 허공을 수놓으며 아르칼 공작의 검과 충돌한다.

오러를 선보인 아르칼 공작은 그때부터 감출 필요를 느끼지 못한 듯, 본격적으로 푸른색 오러를 생성하며 슈미드를 상대한다.

하지만 속성의 우위를 점하고 대놓고 밀어붙이는 슈미드의 신위는 아르칼 공작으로서는 상대하기 여간 까다로운 것이 아니었다.

충돌이 거듭 이어질 때마다 아르칼 공작이 조금씩 밀려나기 시작했다.

누가 봐도 확실한 슈미드의 우세였다.

그러나 정작 당사자인 슈미드는 우위를 점하고 있음에도 불구하고 전혀 안심하지 못하고 있었다.

오히려 불안감이 서서히 마음을 장악해나가고 있었다.

'내가 우위를 점하고 있다. 하지만 이 위화감의 정체는 뭐지?'

자신이 밀어붙이고 있으면서 불안감을 느끼고 있는 모습이라니.

아르칼 공작이 아직 전력을 보이지 않았다는 생각 때문인걸까.

아니면 자신이 과민반응을 하는 것일까.

묘한 불안감에 휩싸여갈 때, 그의 공세를 받아내는 아르칼 공작의 눈은 빛을 잃지 않고 있었다.

화르르!

검은 불꽃이 허공을 수놓으며 아르칼 공작을 밀어붙이는 순간, 날카로운 예기가 슈미드의 주변에 퍼져 나간다.

아까 전부터 슈미드가 공격할 때면 어김없이 그의 검에서 발산되는 예기가 주변에 흩어지고는 한다.

그에게 한 점 방해도 끼치지 못하는 것들이지만 묘하게 퍼진 예기들이 슈미드에게 일말의 불안함을 가져다주고 있었다.

"마침내 완성이 되었군."

아르칼 공작의 공세가 돌변하기 시작한다.

슈미드의 주변에 퍼진 날카로운 예기가 복잡한 그물망을 형성하기 시작하더니, 아르칼 공작의 이 움직이는 것에 따라 서서히 그의 행동반경을 옭아매기 시작한 것이다.

푸른색 오러가 뿜어진 아르칼 공작의 검은 그대로 슈미드를 향해 쇄도한다.

방금 전과 다를 바 없는 일격이었기에 슈미드는 가볍게 막아내려고 했지만, 순간 멈칫하며 제대로 된 방어를 해내지 못한다.

푸캉!

푸른빛이 폭사하며 슈미드가 형편없이 뒤로 밀려난다.

"큭!"

신음을 흘리며 물러선 슈미드는 주저앉을 뻔한 것을 간신히 버텨낸다.

그의 얼굴에는 미소가 사라진 채 놀라운 감정이 가득하였다.

방금 전과 하나도 다르지 않은 일격이었지만 슈미드는 그것을 완벽하게 막아낼 수 없었다.

"이럴 수가. 이게 가능하다는 겁니까?"

"지금 눈으로 보고 있지 않은가."

그 모습에 그는 자신이 당했다는 것을 알아차릴 수 있었다.

강하게 밀어붙이고 있었지만 그것은 밀어붙이고 있는 것이 아니었던 것이다.

아르칼 공작은 차분하게 준비에 준비를 거듭하고 있었다.

그리고 그 준비가 끝나는 순간, 날카로운 독니를 자신에게 드러내기 시작했다.

"오랜만에 나를 이렇게까지 하도록 만들다니. 그것만으로도 충분히 칭찬받을 만하군."

천천히 슈미드를 자신의 페이스로 끌어들이고 있었고, 숲을 보지 못한 슈미드는 나무만 본 채 아르칼 공작이 전력을 발휘하지 않는다고 생각하고 있었다.

그 순간, 슈미드는 아르칼 공작이 쳐놓은 덫에 완전히 걸려들었다.

"설마 이길 수밖에 없는 환경을 조성할 줄이야."

아르칼 공작이 여태까지 무패로 정상에 군림할 수 있던 이유가 드러났다.

그는 처음부터 자신이 이길 수밖에 없는 상황을 조성하고 있었다.

그와 대결하면서 주변에 퍼져 나가던 예기.

곧 있으면 알아서 흩어질 보잘것없는 기운이었지만 아르칼 공작은 차곡차곡 쌓인 그 기운을 자신의 절대적인 아군으로서 부활시켰다.

슈미드와 전혀 다른 타입의 멀티 캐스터였던 것이다.

주변에 산재한 예기는 아르칼 공작의 의지에 따라 날카로운 날을 세우며 그를 압박하고 있었고, 자연스레 흩어질 거라 생각하던 슈미드는 보잘것없던 예기에 의해 이동 경로가 차단당해 고전을 할 수밖에 없었다.

"상당히 오랜만에 사용하는 수법이어서 말이지."

"십 년 전쟁에서 다른 마스터도 이렇게 꺾었던 것이로군요?"

"그렇다 할 수 있지. 괜찮지 않은가?"

괜찮은 정도가 아니었다.

이 수법은 전체적인 대결 상황을 내다보는 아르칼 공작만이 해낼 수 있는 최강의 수법이었다.

"당하는 제 입장에선 전혀 괜찮지 않습니다."

"그럴지도. 어쨌든 이제 끝낼 때가 되었군."

그의 검에 푸른 오러 블레이드가 생성되며 찬란한 빛을 발하기 시작하였다.

그와 동시에 슈미드의 주변에 산재한 예기 또한 서서히 그를 옭아매고 있었다.

앞에서 검을 든 아르칼 공작이 압박하고 주변은 그가 생성한 예기로 이루어진 공간이 존재한다.

"나는 이걸 검호의 무덤이라고 부르지. 여태까지 내가 인정한 검호들에게 시전한 그들을 위한 무덤. 그것은 슈미드, 너

또한 다르지 않을 것이다."

"검호의 무덤이라, 멋진 이름이군요. 그 이름에 먹칠하지 않게 강한 신위를 보이는 것이 제가 해야 할 일이겠군요."

"가능하다면."

"가능합니다."

강하게 말을 끊은 슈미드는 더 이상 자존심을 내세우지 않았다.

아르칼 공작이 힘을 아낀다 하여 자신 또한 힘을 아끼고 있던 어리석은 우를 더 이상 범하지 않기 위해 본격적인 신위를 발휘하고 있었다.

슈미드의 검이 현란한 검로를 그려내며 허공에 검은 불꽃을 수놓기 시작한다.

모든 것을 소멸시키는 검은 불꽃은 현란한 검로를 그리며 움직이더니, 이내 화려한 한 송이의 꽃으로 변화했다.

"데스 플라워(Death Flower)!"

그 외침과 함께 검은 불꽃으로 이루어진 죽음의 꽃이 그대로 아르칼 공작에게 쇄도하기 시작한다.

그가 펼쳐낸 죽음의 꽃을 목격한 아르칼 공작의 입에서 놀라움이 터져 나온다.

"오러 플라워라니!"

알파드와 함께 전장을 누빈 아르칼 공작이 오러 플라워를 모를 리 없다.

순수한 오러로 꽃을 피워내는 이것은 아르미드 가문의 검술

정화로, 대단한 위력을 지닌 수법이다.

오죽하면 제국의 제일 검호라 불리는 아르칼 공작마저도 오러 플라워만큼은 흉내 낼 수 없다고 인정할 정도였겠는가.

엑스퍼트가 전력을 발휘하여 펼쳐내는 오러 플라워의 위력은 오러 블레이드에 맞먹을 정도로 대단하고, 마스터 혹은 로드의 경지에 도달하여 피워내는 오러 플라워의 위력은 능히 오러 서클을 상회하고도 남는다.

'알파드는 힘과 속도에 중점을 둔 검술을 구사했었지. 다른 특징을 지닌 검술을 구사하기에 다른 것을 익힌 줄 알았거늘.'

슈미드가 익힌 검술은 알파드가 말년에 완성하여 딸인 카엘라에게 전수한, 그의 깨달음이 모두 담겨 있는 검술이었다.

데스 플라워는 빠른 속도로 아르칼 공작에게 쇄도하였다.

그는 검에 전력으로 마나를 주입하기 시작한다.

츠츠츠츠!

아르칼 공작의 검이 서서히 떠오르며 푸른 오러로 이글이글 타오르기 시작한다.

셰드로 공작이 선보였던 오러 파이어가 그의 손에서 시전되기 시작했다.

상위 속성에 해당하는 검은 불꽃을 막아내기 위해서는 오러 서클로도 부족하다는 것이 그의 생각, 자신의 깨달음을 모두 발휘한 오러 파이어만이 데스 플라워를 수월하게 격파할 수 있을 것이라 판단하였다.

검은 꽃과 푸른색 불꽃은 허공에서 충돌하였다.

파아아앗! 콰과과과과!

강렬한 빛의 폭사.

뒤이어 일어난 연쇄 폭발은 주변을 뒤덮으며 대기를 검은색으로 물들이기 시작한다.

"……."

자신의 최강 수법 중 하나가 실패했지만 슈미드의 표정에는 변화가 없었다.

콰과과광!

검은 불꽃이 주변을 휩쓸며 강렬한 폭발을 일으켰다.

데스 플라워로 아르칼 공작의 이목을 끌어놓은 뒤 주변에 산재한 예기를 하나씩 제거해나가기 시작한 것이다.

아르칼 공작이 무서운 것은 상대의 혼을 빼놓는 검술과 주변에 뿌려놓은 예기로 움직임을 속박하면서 적을 패배로 몰아넣는 그 잔인한 수법 때문이다.

그가 검호의 무덤이라 칭할 정도로 그 위력은 대단한 수준의 것.

대결을 하며 뿌려놓은 모든 예기를 단시간에 제거하기는 힘들었지만 최소한의 활동 반경을 만들어놓는 것은 어렵지 않았다.

오러 파이어에 의해 데스 플라워가 소멸할 무렵, 슈미드는 절반 이상의 예기를 제거한 후였다.

"……."

데스 플라워를 제거한 순간 아르칼 공작은 자신이 당했다는 것을 알아차릴 수 있었다.

처음부터 자신을 꺾기 위해 시전한 것이 아니었다.
"하하, 하하하! 설마 이런 수법을 사용할 줄이야. 대단하군, 대단해!"
자신이 당했지만 아르칼 공작은 대소를 터뜨렸다.
설마 이런 식으로 자신의 공간을 무너뜨릴 줄 몰랐다.
거창하게 검호의 무덤이라 이름을 붙인 자신의 오만이 부끄러울 지경이었다.
"이목을 끌어놓고 단숨에 파괴한다라, 대단하군."
"운이 맞아떨어졌을 뿐입니다. 한 가지 묻고 싶은 것이 있습니다."
"뭐지?"
"공작 전하는 엘리멘탈 프로젝트의 수혜자라 알려져 있습니다. 그런데 어찌하여 정령의 힘이 아닌 검을 다루는 것입니까?"
만약 이것이 전력이라면 주변 공간을 확보한 자신이 우세하였다. 이대로 대결이 진행된다면 자신의 승리는 분명한 것.
그럼에도 불구하고 여전히 여유를 가지고 있는 아르칼 공작의 태도에 의문이 들었다.
"그게 궁금했나 보군."
"그렇습니다."
"너는 어떤 자에게 검호라는 호칭이 붙는지 알고 있느냐?"
갑작스러운 물음.
그것을 묻는 의도가 무엇인지 몰랐지만 슈미드는 순순히 자신의 생각을 말한다.

"검호…… 말 그대로 검술의 달인을 칭하는 것이 아닙니까?"

"맞다. 하지만 그것이 전부가 아니기도 하다. 검호라는 호칭을 얻은 자는 검술에 통달해야 하며 누구에게도 지지 않는 힘을 보유해야 한다. 그리고 긍지를 가지고 있어야 한다."

"긍지?"

"그렇다! 자신의 검술에 대한 긍지!"

뜬금없이 검호의 자격 조건에 대해 이야기하는 것이 의아했다.

의문을 갖던 슈미드는 자신이 아르칼 공작에게 능력에 관련된 질문을 했다는 걸 떠올리고는 묻는다.

"그것이 공작 전하의 능력과 관련이 있다는 것입니까."

"그렇다. 내가 여태까지 능력을 발휘하지 않은 것은 이 능력이 나의 진실된 실력이 아닌, 빌려 온 힘이라는 것을 알고 있기 때문이다. 하지만 더 이상 그것도 힘들군. 슈미드, 너는 여태껏 내가 상대한 적들 중 최강의 적이다. 그런 적에게 나의 실력을 가감 없이 발휘하여 상대하는 것이 옳으나, 너는 제국의 제일 공적. 나는 검호로서의 긍지를 버리고 지금부터 헬카드 제국의 아르칼 공작으로서 너를 제거할 것이다."

"……."

전력을 다하겠다는 아르칼 공작의 말에 슈미드는 긴장감을 끌어 올린다.

도대체 능력이 무엇이기에 검호의 긍지를 버린다는 말을 하는 것일까.

딸칵.

이상한 소리가 들려옴과 동시에 아르칼 공작의 검신이 그대로 바닥에 떨어졌다.

갑작스러운 현상에 슈미드가 의아한 기색을 띨 무렵, 아르칼 공작의 검에 변화가 일어나기 시작한다.

우우우웅! 우우우웅!

선명한 검명이 터져 나오며 주변을 가득 울린다.

그와 함께 검신이 빠져버린 아르칼 공작의 검이 격렬하게 떨리기 시작했다.

'도대체 무슨 일이기에…….'

슈미드는 지금 무슨 현상이 일어나려는 것인지 짐작이 가지 않았다.

그 순간, 놀라운 일이 발생하기 시작하였다.

검신이 빠져버린 곳에 서서히 검신이 돋아나고 있던 것이다.

서늘한 예기가 전신을 찌를 정도로 강렬한 기세를 머금은 검신! 놀랍게도 검신은 붉은색을 띠고 있었다.

마치 피칠한 듯한 검신은 보는 사람의 가슴을 착 가라앉게 만들었다.

"내가 다루는 검은 과거 블러디 소드라 불렸던 마검 그랑센이다."

"그랑센이라면……."

마검 그랑센은 슈미드도 잘 알고 있는 이름이다.

천 년 전 암흑 왕국에서 흘러나온 것이라 불리는 마검 그랑센은 사람의 피를 흡수하며 성장하는 마검이다.

피를 흡수할수록 강해지는 그랑센은 결국 사용자의 영혼을 집어삼키는 극악한 마검으로 유명하였다.

그것이 아르칼 공작의 손에 들어가 있다니.

그랑센은 무려 십만 명의 피를 먹은 마검이었다.

"그리고 엘리멘탈 프로젝트의 수혜를 입어 그랑센의 정령이 소환되었지."

"그렇다면 공작 전하께서는 능력자가 아니라는 이야기입니까?"

"그렇다. 나의 능력은 마검 그랑센에 깃든 검의 정령이라 할 수 있다."

우우우웅!

슈미드의 시선이 마검 그랑센에 향하자, 짙은 핏빛 검신이 잘게 떨리며 짙은 혈향을 풍기기 시작한다.

한눈에 보아도 위험하다는 느낌이 물씬 풍기고 있었다.

"마검 그랑센에 깃든 수많은 피가 모여 하나의 정령으로 탄생했지. 지금부터 이 검으로 너를 죽일 것이다, 슈미드."

검을 다루는 사용자, 아르칼 공작의 눈이 짙은 핏빛을 띠기 시작하였다.

제6화
탈출 시도 무산

Dark Blaze

플로리데를 궁으로 바래다준 율리센은 얼마 지나지 않아 그녀가 머무는 궁에 다시 찾아왔다.

충격적인 사실을 접해서인지 그녀는 여전히 초췌한 안색을 하고 있었다.

율리센이 들어오는 것을 본 플로리데가 힘없는 어조로 말한다.

"무슨 일이세요, 오빠."

"지금이 기회다, 플로리데."

"그게 무슨 말이죠?"

갑작스러운 말에 의아한 표정을 지으며 묻는 플로리데.

율리센이 주변을 둘러보다 목소리를 죽여 말한다.

"현재 황궁이 혼란에 빠져 있다. 암흑 왕국의 인물들이 황궁으로 진입했기 때문이지."

그 말은 플로리데의 뇌리에 강하게 파고들었다.

현재 암흑 왕국 인물들은 슈미드와 함께 있다 알려져 있던 것이다.

힘을 잃고 있던 그녀의 눈에 초점이 또렷하게 맺히기 시작한다.

"그렇다면……."

"그래, 네가 만나고자 하는 슈미드 또한 궁 안으로 들어왔을 것이다."

슈미드가 왔다는 말에 플로리데의 눈이 초롱초롱 빛나기 시작했다.

그가 황궁에서 전투를 한다는 것이 자살에 가까운 행위라는 것을 그녀는 잘 알고 있다.

현재 황궁 내 전력은 사상 최강이라 칭해질 정도로 대단했으니까.

그 전력을 상대로 믿을 수 없는 암흑 왕국 인물들과 함께한다는 것은 어려운 일이다.

이미 약속을 어긴 자미에르 대제에게 질려버린 플로리데는 더 이상 황궁에 미련이 없었다.

어디에서 힘이 생겼는지 그녀는 자리에서 일어나며 율리센에게 말한다.

"슈미드 경에게 가봐야 해요."

"그래서 내가 온 거다. 널 슈미드라는 자에게 데려다 주기 위해서.”

황궁이 무척 혼란스러운 상황이었기에 플로리데가 나갈 수 있는 좋은 기회이기는 하지만, 지금의 몸 상태로는 그녀 혼자 움직이는 것이 불가능한 상태였다.

그렇기에 율리센이 직접 나서 그녀를 슈미드에게 데려다 주려는 것이다.

그 말에 플로리데가 걱정스러운 표정을 지으며 말한다.

“하지만 그렇게 되면 오빠는…….”

가뜩이나 황태자 자리에서 멀어진 율리센이다.

그런 상황에서 자신을 탈출시켜주면 자미에르 대제가 그에게 어떠한 불이익을 줄지 몰랐다.

걱정스러운 표정을 짓는 그녀를 보며 율리센이 미소를 지었다.

“걱정하지 않아도 된다. 어차피 나는 황태자 자리에서 밀려난 몸 아니냐? 널 도운 뒤 아바마마께 말씀드려 작은 영지를 얻고 황궁을 나갈 생각이다. 지금 황자란 신분은 비올라에게 너무 부담이 될 테니 말이야. 그것이 내가 바라는 바이기도 하고.”

그렇게 말해도 플로리데의 미안한 마음은 사라지지 않았다.

결국 자신 때문에 율리센이 포기하려 한다는 것으로 들렸으니까.

“오빠…….”

눈물 어린 눈으로 자신을 바라보자, 율리센은 싱긋 미소를 짓더니, 플로리데의 코에 살짝 손을 튕기며 말한다.

“이럴 때는 고맙다고 하는 거다. 능력이 부족한 오빠지만 이 정도 일은 해줄 수 있어. 내가 원하기에 이런 일을 벌이는 거니까 걱정하지 말도록 하고. 알겠지?"

"응…… 고마워요, 오빠."

"하하! 그래, 동생을 위해 무언가 해줄 수 있으니 기분이 좋구나."

물기 어린 그녀의 목소리에 웃음을 지은 율리센이다.

잠시 후, 어느 정도 감정을 다스린 플로리데는 나갈 준비를 하기 시작했다.

마법 주머니에 돈이 될 만한 것들과 옷을 챙겨 넣은 플로리데가 율리센에게 살짝 고개를 끄덕이자 그가 플로리데를 데리고 궁을 나서려 한다.

그러자 플로리데의 궁을 지키고 있던 여기사들이 율리센을 가로막으며 말한다.

"더 이상 나가실 수 없습니다."

"누가 말이냐?"

"공주 마마께서 궁을 나서지 못하게 하시라는 폐하의 명이 있으셨습니다."

한때 플로리데 근접 호위기사 자리를 맡고 있던 셀리가 앞으로 나섰다.

율리센이 차분하게 자신의 의견을 말하기 시작한다.

"플로리데가 혼자 있으니 무서워하기에 같이 가려는 것이다. 나의 궁으로 같이 갈 계획이니 그 부분에 대해서는 염려하지 않아도 된다."

"하지만 폐하의 명이 있으셨습니다."

"그래서, 동생을 염려하여 함께 궁에 가려는 것을 막겠다는 건가?"

표정을 굳힌 율리센에게서 험악한 기운이 뿜어지기 시작했다.

한때 황태자 자리가 거의 확정적이던 인물이 바로 율리센이다.

힘없는 왕국을 제국으로 올려놓은 자미에르 대제에게 황태자 감으로 인정받았던 그의 능력은 결코 만만치 않다.

치세에 있어 자미에르 대제보다 더욱 뛰어날 것이라 평가받던 그는 황제의 그릇을 타고났기에 그가 발산하는 기세는 대단했다.

위엄이 가득한 율리센의 말에 셀리는 몸을 살짝 움츠리며 말한다.

"하지만 폐하의 명이 있었습니다."

그녀가 할 수 있는 말은 그것밖에 없었다.

율리센이 표정을 굳힌 채 말한다.

"그래서, 여전히 내 앞을 가로막겠다는 이야기로 들리는군. 황태자 경합에서 밀려버렸다고 이제 일개 기사마저 날 무시하는군. 하하하!"

그렇게 말하자 율리센을 보좌하기 위해 다가오던 그의 호위 기사들이 살기를 뿌리기 시작한다.

황태자 경합에서 밀린 뒤 대다수 기사들이 그를 떠났지만 지금 남아 있는 사람이야말로 율리센의 성품에 반해 순수하게 따르는 인물들이었다.

호위 기사들이 살기를 뿌리자 셀리는 혼비백산하였다.

이미 한 차례 가출 경력이 있는 플로리데를 철저하게 지키라는 엄명을 받아 그것을 수행하고 있는데 율리센이 억지를 부리고 있는 것이다.

그렇다고 율리센의 말을 거부하자니 그와 호위 기사들의 기세가 심상치 않다.

셀리로서는 진퇴양난의 처지에 놓여 있었다.

그녀의 곤란함이 그대로 전해진 것일까.

율리센이 엄한 표정을 풀더니 가볍게 한숨을 내쉰다.

"후우! 내가 너무 억지를 부렸군. 폐하의 명령이 있었을 테니 경이 중간에서 괴로울 수도 있겠어."

정신없이 몰아치다가 갑자기 상대를 배려해주는 행동이었다.

하지만 그렇게 이해해주는 것만으로도 셀리에게는 감동적이었다.

"네, 그러니 제 처지도 생각해주십시오, 전하."

"그럼 이렇게 하도록 하지."

"어떻게 말이옵니까?"

"플로리데에게 한 차례 전과가 있으니 사전에 차단하려는 것 같은데, 그렇다면 자네들도 함께 가자는 이야기네."

처음부터 율리센이 생각한 것은 바로 이것이었다.

플로리데를 데려가기 위해 호위 기사들 또한 함께 데려가는 것.

억지를 부리다가 절충안을 내놓으면 저들은 받아들일 수밖에 없으리라는 것이 그의 생각이었다.

"……."

고민에 잠긴 호위 기사들을 보며 율리센이 쐐기를 박는다.

"만약 수락하지 않으면 억지로라도 데려갈 생각이네. 두려움에 떠는 동생을 그냥 지켜보는 것은 오빠의 도리가 아니니까."

"아, 알겠습니다."

강제로라도 데려가겠다는 의지를 보이자 호위 기사들로서는 어쩔 수 없는 노릇이었다.

셀리가 고개를 숙이며 수락하자 표정을 굳히려던 율리센이 사람 좋은 미소를 지었다.

"그래, 그럼 그렇게 하도록 하지. 현명한 판단이네. 가자, 플로리데."

자연스럽게 플로리데를 이끌고 걸음을 옮기는 율리센.

그 주변을 율리센의 호위 기사들이 호위하고, 플로리데의 호위 기사들이 약간 뒤에 떨어져 따르기 시작한다.

율리센이 머무는 궁은 플로리데가 살고 있는 곳과 얼마 떨어져 있지 않은 곳이기에 금방 도착하였다.

나란히 궁 안으로 들어서고 플로리데의 호위 기사들도 안으로 들어서려 할 때, 율리센의 호위 기사들이 앞을 가로막으며 말한다.

"이곳부터는 우리가 호위하는 곳입니다. 경들은 궁 외곽을 맡아주시면 감사하겠습니다."

"……."

엄연히 소속이 다르고 율리센의 입김이 강하게 닿는 곳이기에 플로리데의 호위 기사들은 무어라 말을 할 수 없었다.

어차피 나가는 길은 여기뿐이라 생각하며 그들은 한걸음 물러선다.

'폐하의 명이 떨어지면 이야기가 달라지겠지.'

셀리는 율리센의 억지를 받아주다 자신 또한 깨질 수 있다는 생각에 황제의 명을 받고자 부하 기사를 보냈다.

황제의 명이 떨어진다면 율리센도 더 억지를 부리지 못하리라.

"그러고 보니 네가 내 궁에 찾아온 건 처음이구나?"

"네, 그러네요. 죄송해요."

궁 안으로 들어선 율리센이 문득 떠오른 듯 묻자 플로리데가 살짝 고개를 끄덕인다.

"죄송할 것까지야. 네 몸이 좋지 않은 걸 잘 알고 있는데 억지를 부릴 이유가 없지 않느냐. 그냥 해본 소리니 미안해할 필요 없다. 하하!"

웃음을 지은 율리센이 자신이 머무는 방으로 플로리데를 데려갔다.

휑하다는 느낌이 들 정도로 단출한 율리센의 방이었다.

신기한 듯 이곳저곳을 둘러보던 플로리데는 탁자에 마주 앉았다.

"……."

차를 따르는 시녀를 조용히 바라보는 플로리데.

차분하면서 지적인 외모를 지닌 여인이었다.

"오빠, 혹시 이분이……?"

차를 따르던 시녀, 비올라는 플로리데가 자신을 꼼꼼히 뜯어보며 율리센에게 묻자 행동을 멈춘다.

플로리데의 물음에 율리센은 미소를 지으며 고개를 끄덕였다.

"그래, 맞다. 이 여인이 바로 내가 사랑하는 여인, 비올라다."

"저, 전하……."

망설임 없이 인정하는 율리센의 모습에 놀라는 비올라였다.

그녀는 아직 율리센이 다른 황족들에게 자신과의 관계를 알리지 않았다 생각하고 있었다.

"역시, 한눈에 봐도 오빠가 좋아할 것 같은 느낌이 들더라고요."

"그래? 그럴지도. 하하!"

입에 침이 마를 정도로 플로리데에게 이야기를 했으니 한 번만 봐도 느낌이 딱 올 수 있을 거라 생각했다.

자리에서 일어선 플로리데가 비올라를 바라보더니 드레스 끝을 잡은 뒤 무릎을 굽혀 인사를 한다.

"인사드릴게요. 율리센 오빠의 동생인 플로리데라고 해요."

"예? 예…… 저, 전 비올라라고 합니다. 공주 마마……."

대답하는 비올라의 목소리는 떨리고 있었다.

플로리데가 자신과 율리센의 관계를 알고 있다는 생각에 절로 긴장감이 들었다.

"그렇게 긴장하지 않으셔도 돼요. 딱히 잘못하신 것도 없는 걸요."

"네, 네에……."

예상했던 것보다 훨씬 부드러운 플로리데의 태도에 비올라는 얼떨떨한 표정으로 고개를 끄덕였다.

그녀가 괜찮다 하더라도 비올라 본인은 금방 괜찮아질 리 없다.

한결 조심스러운 모습을 보이는 그녀를 보며 플로리데가 미소를 지었다.

"계속 그렇게 긴장하고 계실 건가요?"

"……."

침묵하는 비올라.

그녀의 머릿속에서는 지금 어떻게 행동해야 할지 섣불리 결정을 내리지 못하고 있었다.

아무 말도 하지 않는 그녀를 보며 플로리데는 한숨을 푹 내쉬며 말한다.

"후우! 그렇게 가만히 계신다면 전 실망인걸요?"

"플로리데! 그 말은 심하지 않느냐."

호통치는 율리센의 행동에 플로리데가 입술을 삐죽였다.

자신을 가장 귀여워해 주던 율리센이 다른 사람의 편을 들자 섭섭한 마음이 들었다.

"연인의 편을 든다는 건가요? 칫!"

"아니, 그게 아니라……."

난감한 표정을 짓는 율리센.

한 사람은 자신이 가장 사랑하는 여인이었고, 다른 한 사람은 자신이 가장 귀여워하는 여동생이었다.

그로서는 혼란스러울 수밖에 없었다.

복잡한 표정을 짓는 그의 모습에 플로리데는 삐친 표정을 풀고는 피식 미소를 지어 보였다.

"장난이에요. 오빠를 곤란하게 만들려고 한 것은 아니니 너무 마음에 두지 마세요."

"너……."

그녀가 장난쳤다는 것을 알아차린 율리센이 뿔 난 표정을 지었지만 플로리데는 혀를 살짝 내밀며 애교 어린 표정을 지을 뿐이었다.

그 모습에 율리센은 피식 미소를 지었다.

"나 참, 그런 표정을 지으니 내가 무어라 할 수 없지 않느냐."

제국의 보물이라 불리는 플로리데의 애교 어린 표정이다.

가족이기에 이상한 눈으로 바라보지는 않지만 그 모습은 충분히 남자의 용서를 불러일으킨다.

율리센의 말에 플로리데가 웃음을 지었다.

"호호! 그런가요?"

'픕!'

도란도란 이야기를 나누는 남매의 모습을 바라보며 비올라는 미소를 지을 수 있었다.

아름다운 외모에 귀족 청년들의 떠받듦을 받고 자라온 플로리데는 자라온 환경 때문에 무척 독선적이고 표독한 성격을 지니고 있을 줄 알았는데, 실제로는 장난기가 넘치고 인간미가 묻어나오는 여인이었다.

플로리데는 웃음을 짓고 있는 비올라의 모습을 발견하고는 소리쳤다.

"어! 웃었다. 웃으니까 예쁘세요!"

"정말? 비올라는 웃음을 잘 안 짓는데?"

의외의 표정을 짓는 율리센까지. 비올라는 자신이 다시 화제의 중심에 서게 되자 얼굴을 살짝 붉히며 숙인다.

"오늘 비올라의 여러 모습을 볼 수 있는데? 기분이 좋아, 플로리데를 데려온 게 주효한 건가."

"전부 제 덕이네요. 호호!"

그렇게 즐겁게 이야기를 나누며 시간을 보내던 그들이었지만 율리센의 입에서 본격적인 목적이 흘러나오면서 방 안의 분위기가 반전되었다.

"비올라, 난 플로리데를 황궁 밖으로 보내줄 거야."

"……."

심각한 표정을 짓는 율리센을 보며 비올라 또한 덩달아 표정을 굳힌다.

"예전에 플로리데가 가출했다는 소문이 돈 적이 있을 거야. 그건 사실이야. 아바마마께서 의도적으로 소문을 통제하고 계셨지."

"……그렇군요."

시녀인 비올라 또한 소문을 들어본 적 있다.

황궁에서 쓸데없는 소문이 도는 것을 용납하지 않았기에 모두가 쉬쉬하고 있었을 뿐이지만.

"플로리데를 보낸 뒤 나 또한 더 이상 황태자의 자리에 연연하지 않을 거야. 아바마마께 건의하여 널 인정해달라고 함과 동시에 영지를 얻어서 지방으로 내려갈 생각이야. 이런 나의 결정, 받아줄 수 있겠니?"

"전하……그렇다면 황태자의 자리는……."

비올라의 목소리가 떨려온다.

그녀도 어느 정도 눈치채고 있었다.

자신을 택한 시점부터 율리센은 황태자의 자리에서 멀어지고 있다는 것을.

플로리데가 이야기에 끼어들어 그녀에게 말한다.

"황태자의 자리는 오빠가 원하는 자리가 아니에요. 아니, 율리센이라는 한 사람에게 있어 황태자의 자리보다 비올라라는 여인을 택한 것이죠."

"……."

대륙 최강의 제국 황태자 자리를 포기하고 자신을 택한다.

그것은 어떤 여인이라 하더라도 감동 받을 수밖에 없는 선택이었다.

비올라의 얼굴에 감동이 떠오른 것은 당연한 수순이다.

"……황태자의 자리를 차지하지 못한 못난 황족이라도 받아

줄 수 없겠니?"

달콤한 율리센의 고백.

이미 입맞춤도 한 사이였지만 이런 직접적인 구애는 처음이었다.

고개를 푹 숙인 비올라가 그의 말을 받아들인다.

"……네. 전 언제나 황자 전하의 곁에 있어 드릴게요."

그 말을 들은 율리센의 표정이 환하게 밝아진다.

지켜보고 있던 플로리데 또한 흐뭇한 미소를 지어 보였다.

"두 사람의 모습, 너무 부러워요."

역경을 딛고 서로 사랑하는 사이가 된 그들이 너무나 부럽게 느껴지는 플로리데였다.

자신 또한 슈미드와 저런 비슷한 관계였지만 결국 모든 것을 극복하지 못한 채 이런 처지에 놓이지 않았던가.

"그럼, 이제 본격적으로 플로리데의 탈출 계획을 짜보도록 할까?"

밝은 표정을 지은 율리센이 플로리데에게 말할 무렵이다.

"그렇게는 하지 못할 듯싶습니다, 전하."

"……!"

갑자기 들려온 목소리에 세 사람이 화들짝 놀라며 목소리의 진원지로 시선을 돌렸다.

그곳에는 감정이 전혀 느껴지지 않는 새하얀 웃음을 짓고 있는 젊은 청년 귀족이 서 있었다.

이제 막 삼십대로 진입한 청년의 모습을 보는 순간, 율리센의 입에서 절로 침음이 흘러나왔다.

"으음! 라이넌 백작."

라이넌 백작은 황제의 최측근으로, 제국 정보부의 부총수를 맡고 있는 유능한 인물이었다.

나이는 서른 초반에 불과했지만 놀라울 정도의 판단력으로 황제의 신임을 얻고 있으니까.

골수까지 황제를 따르는 그가 율리센의 궁에 모습을 드러낸 것이다.

그는 정중하게 예를 취하며 입을 열었다.

"황제 폐하의 명이 계셨습니다. 율리센 황자 전하가 플로리데 공주 마마와 가까이 지내시는 걸 보아 조만간 움직임을 보일 것 같다고. 그 보고를 받았기에 제가 직접 찾아오게 된 것입니다."

"……아바마마께서 모든 것을 꿰뚫어보고 계셨군."

정확하게 자신의 속내를 들여다보는 자미에르 대제의 통찰력에 감탄이 절로 나오는 율리센이었다.

"하여 플로리데 공주 마마를 저희가 모시도록 하겠습니다."

"사정을 봐달라고 하여도 물러서지 않을 기세로군?"

"그렇습니다. 폐하의 명이 있기에 무례를 범할 수밖에 없는 저희를 용서해주시길."

"……."

율리센은 아무 말도 하지 못한 채 플로리데를 바라보았다.

결국 그녀를 황궁 밖으로 탈출시키는 것 또한 자신의 힘으로는 역부족이었던 것이다.

그의 눈에 들어온 플로리데는 애써 담담한 표정을 지으려 하지만 눈동자는 크게 흔들리고 있었다.

"미안하다, 플로리데."

"아니에요, 오빠. 이미 한 차례 전과가 있음에도 불구하고 너무 수월하게 풀리는 것 같았어요."

그렇게 말하는 플로리데의 모습에 율리센은 자신의 부족함이 원망스러워 입술을 질끈 깨물었다.

자신이 조금 더 힘이 있는 오빠였다면 그녀가 사랑하는 사람과 함께 지낼 수 있도록 도와줄 수 있었을 텐데.

무력한 자신이 너무나 초라하게 느껴지는 순간이었다.

라이넌 백작이 한 걸음 앞으로 나서며 플로리데에게 말한다.

"저희가 모시도록 하겠습니다."

"제 발로 걷도록 하겠어요."

"명을 받들겠습니다."

자리에서 일어나 걸음을 옮기는 플로리데.

정보부 요원이 일정한 거리를 두고 그녀의 주위를 빙 둘러 쌈으로써 호위 대형을 갖추었다.

"……."

궁을 나서던 플로리데가 율리센이 머무는 곳에 시선을 둔다.

자신의 일로 인해 그가 손해를 보지 않았으면 하는 마음이 간절하였다.

"가시지요."

"알겠어요."

퉁명스러운 어조로 대답한 플로리데가 발걸음을 옮기기 시작하였다.

그녀가 발걸음을 옮기는 곳은 그녀의 궁도 아니고, 황제의 대전도 아니었다.

그들이 향하는 곳은 바로 한창 전투가 벌어지는 격전의 중심지였다.

*　　*　　*

끼아아! 끼아아아아!

소름 끼치는 귀곡성이 그랑센에게서 울려 퍼지기 시작하였다.

핏빛 검신과 함께 짙은 혈향을 풍기는 마검 그랑센의 위압감은 대단한 것이었다.

검이 머금은 살기만 하더라도 웬만한 능력자가 아니고서는 접하는 것 자체로 정신이 혼미해질 지경이었으니까.

"과연, 그랑센의 힘이 대단하군요."

절로 흘러나오는 감탄사였다.

저 검에 서린 정령이 어느 정도의 힘을 지니고 있을지 짐작이 가지 않을 정도니까.

"그랑센의 힘을 발휘하는 나는 누구에게도 지지 않는다. 이 세상 존재하는 누구에게도!"

너무나 강한 힘을 지니고 있어서 온전히 자신의 능력으로 모든 것을 해결할 수 있었기에 그랑센을 사용할 기회가 없었다.

"그렇습니까? 기대되는군요."

그랑센을 보는 순간 슈미드의 가슴은 두근거리고 있었다.

그것은 숨길 수 없는 끌림이었다.

짙은 살기를 발산하는 그랑센에게서는 수많은 마이너스 감정들이 느껴지고 있었다.

시기, 욕망, 타락…….

대표적인 마이너스 감정들은 슈미드의 가슴을 더없이 두근거리게 만들고 있었다.

그중에서 유일하게 느낄 수 없는 것은 분노와 절망.

느낄 수는 없지만 자신의 감정에 공백이 생겨나는 것을 보아 그것들도 존재하는 것이 분명했다.

더없이 친숙하게 느껴지는 그랑센.

그 힘을 어서 겪어보고 싶다는 생각이 강하게 들었다.

"기대된다니…… 역시 재미있군. 마검 그랑센을 앞에 두고 그런 반응이라니."

아르칼 공작이 눈을 빛내며 말하자, 슈미드의 미소가 더욱 짙어졌다.

"분노와 절망의 감정에 모든 것을 맡긴 뒤, 저는 한 번도 전력을 다해본 적이 없습니다. 아니, 전력을 다할 기회가 없었다 해야 함이 옳겠군요."

"전력을 다해본 적이 없다라, 멋진 말이군."

"마검 그랑센의 힘, 기대하도록 하겠습니다."

쿠우우우우!

마검의 울부짖음이 대기에 울려 퍼지기 시작한다.

'위험하다. 하지만…….'

첸은 마검 그랑센의 등장으로 슈미드가 위험에 처했다는 것을 알아차렸지만 앞으로 나설 수 없었다.

그것을 바랄 그가 아니었고, 무엇보다 쉽게 당할 것 같은 느낌이 들지 않았던 것이다.

"이건……!"

잠시 그 장면을 지켜보던 첸은 한쪽에서 느껴지는 강한 파동을 느끼고는 반응을 보인다.

"미완성인 채 모습을 드러냈단 말인가."

가장 바라지 않던 전개였거늘.

표정을 굳힌 첸이 셰드로 공작과 나렌샤를 바라본다.

그들은 모두 슈미드와 아르칼 공작의 대결이 시선이 집중되어 있었다.

"나렌샤."

그의 부름에 나렌샤가 반응하더니 굳어 있는 첸의 얼굴을 보며 묻는다.

"왜 그래, 첸?"

"아무래도 가봐야 할 것 같다. '린'의 각성이 이루어진 것 같다."

"각성이? 아직 시기가 남아 있는 것으로 알고 있는데……."

첸이 말하는 린은 거울의 종족 차기 후계자의 이름이었다.

현재 그는 완벽한 형태를 갖추지 않은 것으로 알고 있는데 벌써 각성이라니.

"황제와의 대결에서 린을 잃어버렸지. 아무래도 거기에서 무슨 일이 발생하여 각성하게 된 듯하다. 먼저 가보도록 하마."

"그렇게 하도록 해. 너무 무리하지 말고."

"그래."

셰드로 공작이 글레이드 공작을 꺾었으니 나머지 전력은 충분히 그들만으로 감당할 수 있을 것이다.

주변 상황을 지켜보던 첸이 곧장 몸을 뺐다.

그가 향하는 곳은 황궁 마탑이 있던 터였다.

격전지를 벗어난 첸의 신형이 흐릿하게 변하며 눈부신 속도로 황궁 마탑을 향하기 시작한다.

"허허허!"

황궁 마탑에 도착한 첸은 허탈한 웃음을 지었다.

목적지에 도착하는 순간 자신의 불길한 예감이 사실이었다는 것을 알아차릴 수 있었던 것이다.

그의 눈에 들어온 황궁 마탑은 온통 검은 기류에 휩싸인 채 음산함을 자아내고 있었다.

그것은 막 각성하여 자신의 힘을 통제하지 못하는 거울의 종족에게 일어나는 현상이었다.

특히 첸은 자신의 약함으로 돌이키지 못할 실수를 저질렀기에 후계자에게만큼은 누구보다 강한 힘을 지니게 해주고자 하였다.

그러다 보니 린이 지닌 힘은 역대 거울의 종족 중 최강이라 칭해져도 과언이 아니다.

부단한 수련을 통해 강해진 거울의 종족에 비하면 부족함이 있겠지만 지닌 잠재력만큼은 최강이라 칭해도 부족하지 않다.

하지만 그것은 어디까지나 제대로 각성을 했을 때의 경우.

제대로 된 준비기간을 채우지 못한 린의 각성은 불완전함 그 자체라 할 수 있었다.

첸의 얼굴에 침통한 표정이 자리한다.

"이런 일이 벌어질 줄이야."

언젠가 거울의 종족이 다시 비상하는 날을 떠올리며 린에게 모든 정성을 쏟던 것이 무색해지는 순간이었다.

그때, 황궁 마탑을 감싸고 있던 검은 기류가 일렁이기 시작했다.

우웅! 우우웅!

강렬한 파장이 생겨나며 그대로 첸에게 전달되고 있었다.

"날 부르는 건가?"

완벽한 각성을 이루지 못한 린은 제대로 된 정신세계를 갖추지 못한 상태.

가장 순수한 상태 그 자체이기에 지금 누군가가 건드리는 것은 무척 위험하다.

그가 안정되려면 최소 십 년에서 이십 년은 걸릴 터.
당장이 급한 첸에게 그 정도 여유가 존재할 리 없다.
"린."
입술을 지그시 깨문 첸은 그대로 황궁 마탑을 향해 걸음을 옮기기 시작한다.
마탑의 영역 안으로 들어서자 첸의 눈에 보인 것은 온통 검은 안개에 휩싸인 공간이었다.
쏴아아아!
허공에서 일렁이는 검은 기류는 혀를 날름거리는 뱀처럼 첸의 전신을 강하게 옥죄기 시작했다.
그것은 그조차 버텨내기 힘든 순수한 힘의 응집이었다.
"큭!"
낮게 신음을 흘린 첸이 순간 비틀거렸다.
자신의 영역 안으로 들어서자 적이라 판단했는지 강한 압박을 가하고 있던 것이다.
입술을 지그시 깨문 첸이 주변을 둘러보며 외치기 시작한다.
"린, 린!"
그러면서 자신의 기운을 가감 없이 발산하는 첸.
같은 파장의 힘을 지니고 있다는 것을 알려줌으로써 적이 아니라는 것을 어필하는 것이다.
그 의도가 전해진 것일까.
첸을 강하게 압박하던 힘이 서서히 걷히기 시작하였다.
그것은 린이 어느 정도 판단을 내릴 수 있는 수준에 도달했다는 뜻이다.

"자아를 어느 정도 형성했군. 다행이야."

안도의 한숨을 내쉰 첸이 주변을 둘러본다.

한 치 앞도 분간하기 힘든 검은 안개.

보통 안개라면 첸의 시야를 방해할 수 없지만 이것은 순수한 린의 기운.

역사상 최강의 잠재력을 지닌 린의 통제되지 않는 힘은 첸조차 우습게 여길 수 없었다.

"모습을 드러내라, 린!"

우웅! 우우웅!

거센 첸의 외침이 공간을 뒤흔들기 시작한다.

그 흔들림에 따라 검은 안개가 일렁이고 있었다.

검은 안개는 마치 살아 있는 생명체처럼 꿈틀거릴 뿐, 이렇다 할 움직임을 보이지 않고 있었다.

그 상태를 조용히 지켜보던 첸은 다시 한 번 허공을 향해 외쳤다.

"아버지를 이렇게 놔둘 생각이더냐, 린!"

콰콰콰콰!

첸의 전신에서 강렬한 존재감이 풍기기 시작하였다.

공간을 지배해나가는 그의 존재감은 누구보다 강렬한 것이다.

한순간 검은 안개를 밀어내는 듯한 환상을 심어주고 있었으니까.

그 순간, 허공에서 강렬한 반발력이 생겨나더니, 그대로 첸의 기운을 튕겨내기 시작한다.

파방! 팡!

"큭!"

자신의 기운이 사정없이 흔들리자 첸의 입에서 나직한 신음이 흘러나왔다.

'무리다.'

압박해오는 기운을 밀어내려던 첸이 저항을 포기하며 기운을 거둬들이기 시작했다.

이곳은 그의 공간, 자신이 상대해봤자 이득 하나 없는 곳이다.

무엇보다 싸우고자 온 것이 아닌, 존재 자체로서 확인을 하고자 온 것이었으니까.

첸이 기운을 거둬들이자 검은 안개가 다시 공간을 장악하며 그를 압박하기 시작한다.

전신이 저릿할 정도로 날카로운 기세였지만 첸은 아무 말도 하지 않은 채 묵묵히 기운을 받아들이고 있었다.

그러던 첸의 눈에 검은 안개가 일렁이는 것이 보였다.

좀 더 짙은 밀도를 자랑하는 그 형상은 마치 사람의 그림자 같은 모양을 하고 있었다.

아직 제대로 된 형상을 갖추지 못한 검은 안개가 바로 린이었다.

자신과 비슷한 파장을 지닌 첸을 인정하고 모습을 드러낸 것이다.

마침내 성공했다는 생각과 함께 첸이 황급히 외친다.

"린, 나다. 너의 아버지, 첸이다."

인간의 형상을 갖춘 거울의 종족은 인간의 후손을 낳을 수 있지만 순수한 거울의 종족으로서는 단 하나의 후손만 볼 수 있다.

린에게 있어 첸은 아버지이기도 하면서 동시에 어머니이기도 하였다.

인간 남자의 몸을 지니고 있기에 아버지라는 말이 더 어울릴 뿐.

첸의 말에 우웅! 하는 소리와 함께 검은 안개의 밀도가 더욱 짙어지기 시작한다.

그와 동시에 쩌렁쩌렁한 목소리가 공간에 울려 퍼지기 시작한다.

—첸, 그는 나의 아버지. 어리석은 군주. 대륙의 조율자로서 실패한 인물.

"……."

린의 말을 들은 첸의 표정이 굳어가기 시작한다.

지금 린의 상태는 누구의 영향도 받지 않아 순수한 백지와도 같다.

그런 상황에서 하는 말은 그의 기본 의식 밑바탕에 깔려 있는 말이라 해도 무방하다.

그 무의식이 거울의 종족 왕인 자신을 무능하다 여기는 것이다.

—왕이지만 자신의 것을 지키지 못한 첸. 존재 자체로서 조율에 실패한 그가 존재할 이유는 전무.

린의 말이 날카로운 비수가 되어 거침없이 첸의 가슴에 틀어박혔다.

그에게 모든 것을 전수하면서 첸은 린이 자신을 싫어한다는 느낌을 받은 적이 있었다.

기운을 주입할 때나, 자신이 어떤 결정을 내리려 할 때 린은 반발하는 모습을 보이고는 했으니까.

단지 생각하는 관점과 느끼는 점이 다르다고 생각했었다.

하지만 그것이 아니었다.

그는 자신의 존재 자체를 거부하고 있던 것이다.

그것은 첸에게 있어 형용할 수 없을 정도로 큰 충격을 가져다주었다.

"나를 그렇게 생각하고 있는 것이냐?"

—조율자는 균형을 맞추는 자로서 날카로운 판단력과 잔인함을 동시에 갖춰야 하는 자리. 그들을 다스리는 첸은 잔정이 많아 어울리지가 않는다는 것이 나의 생각.

"허허허!"

헛웃음이 나올 수밖에 없었다.

하나뿐인 자신의 후계자에게 부정을 받다니.

모든 것이 무너지는 듯한 충격을 느낌과 동시에 린이 자아를 갖추고, 존재 자체를 찾아 세상에 나올 경우 어떤 일이 발생할지 상상만 해도 두려웠다.

결국 그가 말하고자 하는 것은 조율자로서 균형을 맞추기 위해서 방해되는 모든 것을 제거해야 한다는 생각이었으니까.

그가 세상에 나온다면 대륙은 피바다가 될 것임이 분명했다.

'하지만 틀린 말은 아니다. 나도 나의 판단력에 실망한 적이 있지 않은가. 과단성이 넘치는 린이라면 나의 뒤를 이을 수 있을 것이다.'

"너는 아직 불완전체다. 그것을 스스로 잘 알고 있을 것이라 생각한다."

첸의 목적은 린이 제대로 각성할 수 있도록 돕는 것이다.

강제적으로 봉인이 깨졌기에 불완전체로 강림하게 되면 어떠한 일이 일어날지 모른다.

하지만 린에게서 들려온 말은 뜻밖의 것이다.

—불완전체는 인간의 상징. 누구보다 큰 가능성을 품고, 한계를 뛰어넘는 불완전함은 내가 추구하는바. 난 나의 한계에 선을 그어두고 싶지 않아.

"……이대로가 좋다는 건가?"

검은 안개가 이루고 있는 머리 부분 형상이 살짝 움직인다.

그것은 긍정의 의미였다.

그렇게 말하는 이상 첸이 더 이상 린에게 권유할 수 없었다.

불완전체로 남겠다는 것 또한 린의 의지.

그가 봉인이 깨진 시점에서부터 첸과 개별적인 개체가 되었기에 더 이상 그가 무어라 하기 힘들었다.

린은 스스로의 의지로 불완전체가 되고자 하였으니까.

"좋다, 그렇게 하도록 하지. 자주 찾아오도록 하겠다. 그때까지 마음이 변하면 언제든지 말하도록."

그렇게 말을 한 첸은 망설이지 않고 황궁 마탑을 나섰다.

"허허, 조율자로서 살아온 내가 이렇게 부정당할 줄이야."

웃음을 지은 첸이 눈을 감으니 어디선가 거센 공방이 벌어지고 있는 것이 느껴지기 시작한다.

눈을 뜬 첸의 시선이 향한 곳은 황궁에서 가장 깊숙한 곳에 속하는 곳이다.

'아마 황제와 마왕이 자웅을 겨루고 있을 테지.'

"여태껏 조율자로서 살아온 것을 부정당하지 않기 위해서는 나의 모든 것을 발휘하는 것뿐이군. 그것을 원한다면 그대로 해주겠다."

작은 결심과 굳은 결의.

스스로에게 맹세한 첸의 신형이 움직이기 시작한다.

그가 향한 곳은 마왕과 황제의 대결이 벌어지는 곳이었다.

제7화
빛의 정령

Dark Blaze

광폭하게 울부짖는 아르칼 공작의 마검 그랑센은 보는 사람을 질려버리게 만드는 압도적인 살기를 발산하고 있었다.

하지만 그 기세가 강해질수록 슈미드의 입에 걸린 미소는 짙어지고 있었다.

그랑센의 힘이 강할수록 자신에게 더욱 자극을 주고 있었으니까.

"마검 그랑센은 저와 상성이 너무나 좋습니다."

"무슨 말이지?"

표정을 굳힌 아르칼 공작이 슈미드에게 묻는다.

그 또한 방금 전부터 이상한 기류가 흐르고 있는 것을 느끼고 있었다.

검의 정령을 깨워 슈미드를 제거하기 위해 모든 전력을 발휘하려던 순간, 알 수 없는 떨림이 그를 휘감기 시작한 것이다.

"모든 정령은 막강한 힘을 지니고 있습니다. 하지만 그들에게는 각각 상성이 존재하는 법입니다. 사람들의 피와 살을 먹고, 그들의 마이너스 감정을 흡수하여 생성된 마검 그랑센은 제게 있어 하위 존재와도 같습니다."

그 말과 함께 슈미드가 손을 뻗는다.

순간 일어나는 검은 불꽃.

태초의 어둠으로 이루어진 소멸의 불꽃에는 다시는 자각하지 못할 분노와 절망이 담겨 있었다.

그것은 고작 사람들의 마이너스 감정을 좀 먹으며 생성된 검의 정령과 비교도 할 수 없을 정도의 상위 존재였다.

끼아아아아!

마검 그랑센이 울부짖기 시작한다.

슈미드의 검은 불꽃을 보는 순간, 자신이 절대 상대할 수 없는 존재라는 것을 자각한 듯 거세게 몸을 떨기 시작한 것이다.

항거할 수 없는 절대적인 상위 존재와의 대면은 마검 그랑센의 존재 자체를 뒤흔들고 있었다.

"이건……."

검의 정령이 느끼는 감정을 아르칼 공작 또한 느낄 수 있었다.

지금 검의 정령이 느끼고 있는 감정은 짙은 분노와 절망이었다.

그랑센은 아르칼 공작에게 속삭이고 있었다.

절대 검은 불꽃과 상대하면 안 된다고, 그것은 모든 것을 소멸시킬 멸망의 불꽃이라며 그의 전투를 말리고 있었다.

처음부터 전의가 소멸한 상황이라 볼 수 있으리라.

"하, 하하하! 대단하군. 상위 속성이라는 건가. 마검 그랑센이 이렇게……."

웃음을 짓던 아르칼 공작의 얼굴에 허탈한 표정이 생겨났다.

검호로서 자존심을 버려가며 마검 그랑센의 힘을 일깨웠건만 이렇게 허망한 결말이라니.

슈미드의 검은 불꽃에 꼬리를 말아버린 그랑센으로 그를 상대할 수 있을 리 없다.

"대가를 주고받은 힘은 강한 법입니다."

"그런가. 더 이상 그랑센으로 상대하는 것은 불가능하겠군."

검의 정령이 포기했다 하여 아르칼 공작까지 포기한 상황은 아니다.

핏빛 검신이 차츰 소멸됨과 동시에 바닥에 떨어져 있던 검신이 두둥실 떠올라 재결합을 하였으니까.

검을 조립한 아르칼 공작의 시선이 슈미드에게 향한다.

"다시 해볼까."

그렇게 말하는 그의 눈에는 짙은 결의가 떠올라 있었다.

자신의 전력을 상당 부분 보인 지금 상황에서 슈미드를 이길 수 있을 거라 생각하지 않았다.

오죽하면 마검 그랑센이 꼬리를 말았을까 하는 생각이 들었으니까.

하지만 그와 자신은 질긴 악연으로 맺어져 있고, 누군가 하나는 죽어야 지금 이 상황이 종결된다는 것을 너무나 잘 알고 있다.

아르칼 공작의 각오를 본 슈미드도 서서히 검을 들기 시작한다.

다크 블레이드에 검은 불꽃이 이글이글 타오르기 시작했다.

"한 가지 묻고 싶은 것이 있습니다."

"뭐지?"

"아르칼 공작 전하의 꿈이 무엇인지 알고 싶습니다."

그것은 슈미드가 인정한 상대에게만 하는 질문이었다.

몇 년 전 자신이 살인을 두려워할 때 그 사람의 꿈을 양어깨에 짊어지기로 결심한 적이 있지 않은가.

아드리온 공작에 이어 아르칼 공작의 꿈을 슈미드가 짊어지려는 것이다. 그의 목숨과 함께.

"나의 꿈이라…… 나의 꿈은 간단하다. 검호로서 살아가는 것! 그리고 언젠가 나보다 더욱 강한 검호를 만나 한 사람의 검호로 죽는 것이 나의 꿈이다."

검에 미쳤다 알려진 제국 제일 검호다운 꿈이었다.

그 말은 슈미드에게 너무나 멋지게 들려왔다.

복수에 얽매여 누구보다 강해지겠다는 자신과는 판이하게 다른 결심.

사람은 자신이 갖지 못한 것을 동경하는 만큼 아르칼 공작의 말은 충분히 동경할 만한 것이었다.

"검호로서 살아가고 싶다라…… 멋지군요. 그 꿈, 제가 짊어지도록 하겠습니다."

그 말을 끝으로 두 사람이 막 충돌하려던 찰나였다.

그때, 슈미드의 앞을 막아서는 사람이 있었다.

대치하고 있던 슈미드와 아르칼 공작의 눈에 이채가 서린다.

"공작 전하……."

자신의 앞을 가로막은 사람은 다름 아닌 셰드로 공작이었던 것이다.

놀란 듯 묻는 그를 보며 셰드로 공작이 말한다.

"이곳은 내게 맡기도록 하여라."

"아르칼 공작은 제 상대입니다."

흔들림 없이 대답하는 슈미드의 모습에 셰드로 공작이 고개를 젓는다.

"네게는 더욱 강한 적이 존재하지 않느냐? 이곳에서 모든 전력을 쏟아 붓는 것보다 진짜 적에게 전력을 다하는 것이 좋을 텐데?"

"아르칼 공작 전하도 적입니다."

자신의 아버지를 죽인 사람 중 한 사람이니까.

그를 비롯한 테베로즈 후작에게 복수하는 것은 당연한 일이었다.

"그렇긴 하다만 그러기에는 네 눈에 서린 적의가 너무나 부족하구나. 이미 스스로도 그것을 잘 알고 있을 텐데?"

"……."

순간, 할 말을 잃은 슈미드였다. 그만큼 셰드로 공작의 말은 예리하였다.

아드리온 공작의 경우 카엘라의 문제부터 시작하여 아버지와의 숨겨진 비사, 그리고 엔드류의 죽음까지 반드시 한쪽이 죽어야 하는 원한 관계를 이루었다.

그에 비해 아르칼 공작과의 원한 관계는 알파드의 죽음 하나뿐이다.

그것도 충분히 복수 사유에 해당하지만 모든 사실을 담담하게 털어놓는 그의 모습에 슈미드는 맥이 탁 풀려버렸다.

결국 개인적인 호승심과 더불어 황제의 명령으로 움직인 것에 불과하지 않은가.

아무 말도 못 하는 슈미드에게 셰드로 공작이 쐐기를 박는다.

"네 복수는 내가 해주도록 하겠다. 앞으로 한가족이 될 사이 아니겠느냐. 아르칼 공작은 제국 제일의 검호로서 상대해 보고 싶었으니 이쯤에서 양보를 해주었으면 좋겠구나."

한가족이라는 말에 강한 악센트를 주는 셰드로 공작이다.

슈미드는 쓴웃음을 지어 보이더니 고개를 끄덕인다.

찜찜한 지금 같은 상황은 그도 별로 내키지 않던 차였다.

아르칼 공작과 승부를 내고 싶어 하는 셰드로 공작의 마음을 이해하였기에 슈미드는 양보를 하기로 마음을 먹었다.

"알겠습니다."

"좋은 판단이다. 허허!"

그렇게 슈미드의 허락을 얻어낸 셰드로 공작이 앞으로 나섰다.

뒤로 물러선 슈미드는 나렌샤를 바라보며 묻는다.

"첸님은 어디로 가셨습니까?"

"그는 자신의 후계자를 만나러 갔어요. 그리고 지금은 황제라는 사람에게 간 듯싶네요."

"황제에게 갔단 말입니까? 황제라, 황제……."

작게 중얼거리며 고개를 끄덕인 슈미드.

모든 해결의 열쇠는 황제가 쥐고 있다는 것을 깨달았다.

"황제에게 갈 생각인가요?"

"그렇습니다. 그에게 복수를 해야 제 모든 뜻을 이룰 수 있을 테니까요."

"그렇군요. 그럼 가도록 하세요."

"……같이 가지 않겠다는 겁니까?"

나렌샤는 세계수의 의지를 전해 받아 슈미드를 곁에서 관찰하고 있는 상태였다.

"이곳에서 다른 격전지는 멀지 않으니까요. 게다가 같이 가게 되면 저분이 위험하실 수도 있을 것 같고…… 이쪽은 제가 맡도록 할 테니 가보도록 하세요. 어둠에 잠식당하게 될 경우 제가 가도록 할 테니……."

그녀가 그렇게 말하는데 더 이상 거부할 수 없는 노릇이다.

"알겠습니다. 그럼 부탁드리도록 하겠습니다."

"그러세요."

그녀의 허락이 떨어지자 슈미드가 움직이기 시작했다.

좀 더 깊숙한 곳으로 향하기 위해 발걸음을 떼려던 차, 그를 가로막는 사람이 있었다.

"더 이상 들어가실 수 없습니다."

슈미드의 앞을 가로막은 인물은 바로 레이첼이었다.

황제에게 향하려는 그를 레이첼이 순순히 보내줄 리 만무했다.

"절 막으실 생각입니까?"

"물론! 황제 폐하의 신하로서 당신을 보낼 수 없습니다."

그러면서 등에서 활을 꺼내 든 레이첼이 슈미드에게 활시위를 당긴다.

흐릿한 안개의 힘이 응집하기 시작하더니 서늘한 예기가 슈미드에게 전해지기 시작한다.

'힘들다.'

흔들림 없는 눈으로 슈미드를 주시하고 있지만 레이첼은 속으로 자신의 승리를 점치지 못하고 있었다.

방금 전까지만 하여도 전력을 다해 겨룬다면 자신이 승리할 수 있을 것이라 생각하던 레이첼.

그러나 아르칼 공작과 겨루는 그의 모습을 보면서 그 생각은 서서히 사라져갔다.

인정하기 싫지만 슈미드는 자신보다 강했다.

외성에서 겨뤘던 것도 서로 손속에 사정을 둔 것이지만 레이첼은 슈미드가 자신에게 자비를 베풀었다는 것을 알 수 있었다.

아르칼 공작과 겨룰 때 슈미드의 힘이 어디까지인지 짐작조차 가지 않을 정도였다.

"그렇군요. 그럴 것이라 생각했습니다."

레이첼이라면 충분히 그럴 수 있는 인물이었다.

자신의 앞을 가로막는 것이 기분 나빠야 했지만 슈미드는 오히려 입가에 미소를 지었다.

외성에서 벌어진 전투를 본 사람이 아무도 없는 지금 상황에서 근위기사들의 눈에 레이첼은 무모하게 슈미드에게 달려드는 머저리에 지나지 않았다.

하지만 그 생각도 오래 이어지지 않았다.

활시위를 놓으며 슈미드와 레이첼의 대결이 시작된 것이다.

피빙! 핑!

안개 화살이 빠르게 쇄도하며 슈미드를 노리고 쏘아진다.

'방금 전과 위력, 속도 자체가 다르다.'

본격적으로 실력을 발휘했음일까.

슈미드의 눈이 빛나며 검은 불꽃이 이글거리는 다크 블레이드를 길게 휘두른다.

슈아악!

검은 불꽃이 스치고 지나간 자리에 불길이 올라오면서 안개 화살을 그대로 소멸시킨다.

하지만 레이첼은 연속적으로 활시위를 튕기고 있었다.

방위를 점하며 쏘아지는 레이첼의 화살은 빨라도 너무나 빨랐다.

허공에 솟구친 슈미드의 신형이 검은 불꽃으로 변하기 시작한다.

화르르!

검은 불꽃으로 변한 그의 몸이 그대로 레이첼에게 쇄도한다.

단숨에 그의 몸을 덮치려는 듯한 의도인 듯싶었다.

저것에 휘말리면 자신은 그대로 소멸된다는 것을 알고 있었기에 레이첼은 황급히 검은 불꽃을 피한다.

그러자 검은 불꽃이 레이첼을 아슬아슬하게 스치며 지나간다.

그런데 이상한 일이 발생하였다.

레이첼을 지나친 검은 불꽃이 방향을 돌려 다시 쇄도해야 함에도 불구하고 자나친 채 그대로 움직이고 있던 것이다.

그 광경을 목격한 레이첼의 뇌리에 번뜩 스치고 지나간 생각이 있었다.

"이건……."

슈미드는 처음부터 자신을 상대할 생각이 없었던 것이다.

그는 지금 자신을 지나쳐 황제에게 곧장 향하려는 속셈이다.

"감히!"

무시당한 느낌에 분노하며 멀어지는 슈미드를 향해 활시위를 당긴다.

피잉! 피빙!

안개의 힘이 극도로 응축되며 슈미드의 뒤를 점하고 쏘아진다.

파아앗!

그대로 검은 불꽃을 관통한 안개 화살이었지만 크게 타격을 주지 못했다.

정령화 상태를 오랫동안 유지하지 못할 것이란 걸 잘 알고 있었기에 레이첼은 곧장 슈미드에게 달려들 심산이었다.

그 순간, 그의 움직임을 방해하는 무언가가 있었다.

막 걸음을 옮기려던 레이첼의 발이 땅에 솟아난 식물들에 의해 단단히 속박된 것이다.

그곳에는 찬란한 미모를 지닌 나렌샤가 담담한 표정으로 레이첼을 바라보고 있었다.

"더 이상 보내드릴 수 없네요."

"이걸로 날 막을 수 없습니다."

스르릉!

왼손으로 검을 뽑아든 레이첼이 자신의 발을 속박한 식물을 향해 검을 휘두른다.

흐릿한 기운이 응집한 검은 단숨에 식물을 베어버린다.

후두둑!

움직임이 자유로워진 레이첼이 움직이려 할 때, 옆에서 솟아난 식물들이 그의 몸을 다시 속박했다.

순식간에 그의 양팔을 묶어버리는 식물.

공격의 의도는 없는 듯하나 슈미드를 놓쳐버리게 만들기에는 충분했다.

"해보자는 것입니까."

"당신을 이곳에 묶어두는 것이 제가 해야 할 일입니다."

서걱!

검으로 식물을 베어버린 레이첼이 근위기사들을 보며 명령을 내린다.

"……."

근위기사들은 슈미드와 대등하게 맞선 레이첼의 무위에 넋이 나간 표정을 짓고 있었다.

"황제 폐하께서 계신 곳으로 향하라. 이곳은 나와 아르칼 공작 전하가 맡을 것이다."

같은 인물이 내리는 명령이었지만 무위를 목격한 자들에게 있어 그 의미가 조금 전과는 천지차이로 다가왔다.

"알겠습니다."

일사불란하게 움직이는 근위기사들을 지켜보던 레이첼이 검을 들었다.

식물을 바탕으로 상대의 움직임을 속박하는 나렌샤에게는 검이 더욱 적당하리라.

"나를 가로막은 대가는 반드시 치를 것입니다. 설령 동맹국의 엘프라 하여도!"

"……아직 당신으로서는 무리라 말씀드리고 싶네요."

담담한 나렌샤와 레이첼.

그녀의 말을 들은 레이첼의 표정은 굳어가기 시작했다.

*　　*　　*

"커헉! 크아아아!"

갑자기 나타난 빛의 공격에 당한 그렉스는 비명을 지르며 고통을 호소하고 있었다.

웬만한 고통쯤은 웃으면서 받아들이는 것이 바로 그렉스다.

암흑 왕국 제일 기사로서 기사라기보다 투사에 가까운 그는 상처를 달고 산다 해도 과언이 아닐 정도로 부상에 익숙한 인물이었다.

하지만 지금 이 고통만큼은 어떻게 참아낼 수 있는 수준이 아니었다.

상처를 중심으로 끊임없이 내부를 헤집는 듯한 고통은 시간이 지날수록 점점 사그라지기는커녕 더욱더 증폭되고 있었다.

클로라이네의 명령에 암흑기사 셋이 응급조치를 취했지만 그렉스의 비명은 잦아들 기미가 보이지 않았다.

아무래도 모종의 힘이 작용한 것임이 분명하리라.

"무슨 수작을 부린 것이지?"

투명한 눈으로 자미에르 대제를 바라보며 입을 여는 클로라이네.

단지 입을 연 것뿐이지만 무서운 존재감이 공간을 장악하기 시작한다.

만만치 않은 힘이라는 걸 자각한 테베로즈 후작이 앞을 가로막으며 클로라이네의 힘을 차단해나갔다.

"으음!"

단순한 존재감이었지만 전신을 짓누르는 듯한 충격은 테베로즈 후작의 입에서 신음이 흘러나오게 만들었다.

"쉽게 낫게 하기 힘들 테지. 후후."

테베로즈 후작이 신음을 흘리고 있건만 자미에르 대제는 여유롭게 미소를 짓고 있을 뿐이었다.

그럴수록 클로라이네에게서 뿜어지는 존재감은 더욱더 강렬해지고 있었다.

마왕의 존재감은 감히 인간이 홀로 받아낼 정도로 만만한 것이 아니었다.

"큭! 크으……."

그녀의 기세에 잠식당하기 시작하면서 테베로즈 후작의 입에서 흘러나오는 신음도 점점 커지고 있었다.

점점 무너져가는 테베로즈 후작을 보며 자미에르 대제는 나직이 감탄한다.

"과연, 마왕이라는 건가."

테베로즈 후작을 이렇게까지 압도할 수 있는 존재감이라니.

마왕의 힘이 강대하다는 것이 절로 이해가 가는 장면이었다.

무너지는 테베로즈 후작을 조용히 지켜보던 자미에르 대제가 손을 뻗는다.

찬란한 빛이 그의 손에 서리더니, 테베로즈 후작을 잠식하던 클로라이네의 존재감을 지워내기 시작한다.

"후욱! 후우!"

클로라이네의 기세를 받아내던 테베로즈 후작이 숨을 길게 내쉰다.

그러면서 날카로운 눈으로 클로라이네를 노려본다.

하지만 그의 눈에 서린 빛은 조금 전과 전혀 다른 것이었다.

'마왕이 이렇게 강한 존재였다니.'

구전되어 내려오는 이야기에 의하면 그 옛날 마왕은 마스터에 의해 역소환 당할 정도로 약한 존재라 알려져 있다.

자신이라면 능히 일전을 벌일 수 있을 것이라 생각했건만 그것은 착각에 불과했다.

마왕의 힘은 그의 상상을 초월할 정도로 대단한 것이었다.

'나는 어렵다. 하지만 폐하라면?'

황제라 하더라도 마왕을 상대하는 것이 힘들 것이라 생각하는 테베로즈 후작이다.

그만큼 마왕의 힘은 대단하였다.

단지 존재감만으로 테베로즈 후작에게 두려움을 심어줄 정도였으니까.

"나의 존재감을 거둬내다니. 제법인데?"

의외라는 표정을 짓는 클로라이네를 보며 자미에르 대제가 웃음을 짓는다.

"후후후! 모든 존재 위에 군림하기 위해서는 누구보다 강한 힘을 지녀야 하는 것은 당연한 일."

말에서 그가 지닌 야망이 그대로 전달되고 있다.

그것은 숨길 수 없는 탐욕이었다.

클로라이네가 의외라는 표정을 지으며 자미에르 대제에게 말한다.

"그중에 마왕도 속한다는 건가?"

"마왕은 마계의 왕이지 중간계의 왕이 아니다. 중간계에서 누구라도 나의 명령을 받고 그것을 따라야 한다. 그것이 설사 마왕일지라도."

"재미있는데?"

마왕을 앞에 두고 모든 존재의 위에 서려는 야심을 표출하다니.

이런 인간은 처음이었다.

그리고 그것을 실제로 이룰 정도로 강한 힘을 지니고 있었다.

"음! 누군가를 닮은 것 같은데?"

클로라이네가 미소 짓는 모습을 본 자미에르 대제가 고개를 갸웃한다.

웃음을 짓고 있는 클로라이네의 모습에서 누군가의 모습이 아른거렸던 것이다.

작은 목소리였지만 그것을 들었는지 클로라이네가 말한다.

"그럴 수밖에. 내가 강림한 이 몸은 제국의 제일공적이라 불리는 슈미드의 누나 카엘라의 몸이니까."

"카엘라, 카엘라…… 아아, 정신계로서 로드의 경지에 도달할 것이라 불리던 아이였던가. 그렇군, 그렇게 단련된 육체를 사용하니 본신의 힘을 사용할 수 있을 테지."

이해가 된다는 듯 고개를 끄덕이는 자미에르 대제.

여성의 몸으로 로드의 경지를 넘보던 여인의 몸이라면 마왕의 능력을 발휘할 수 있을 것임이 분명했다.

"그럼 이야기는 그만하고 슬슬 끝내볼까. 그쪽 말고도 쫓아내야 할 적들이 제법 있는 상황이라 말이지."

입가에 미소를 지은 채 서서히 손을 드는 자미에르 대제를 보며 클로라이네도 미소를 지었다.

지독한 염기가 깃든 미소였다.

근위기사들은 그 미소를 보는 순간 얼굴을 붉히며 고개를 푹 숙였다.

"요망하구나. 역시 마왕이라는 건가? 근위기사들은 모두 뒤로 물러나라."

자미에르 대제의 명령에 근위기사들이 검을 움켜쥐며 외친다.

"하지만, 폐하!"

그들은 황제에게 접근하는 적들을 사전에 차단해야 할 임무가 있다.

마왕을 앞에 두고 황제의 뒤로 물러날 수 없는 노릇이다.

설령 그것이 황제의 명령이라 하더라도!

명을 받들지 않는 근위기사들을 보며 자미에르 대제가 노한 표정을 짓는다.

"짐의 명령을 듣지 않겠다는 건가."

"폐하를 지키는 것이 저희들의 임무입니다!"

황제의 명령보다 최우선으로 해야 하는 것이 바로 황제의 보호였다.

그런 만큼 기사들은 자미에르 대제의 명령에 응하지 않는 모습을 보였다.

"테베로즈 후작, 그대 또한 마찬가지인가."

"……."

아무 말도 하지 않는 테베로즈 후작.

방금 전까지 마왕의 기세를 몸으로 겪어야 했던 그의 몸은 땀으로 흠뻑 젖어 있었다.

침묵을 지키고 있는 테베로즈 후작의 머릿속은 복잡했다.

잠시 생각에 잠겨 있던 테베로즈 후작이 자미에르 대제를 바라보며 묻는다.

"형님 폐하께서 마왕을 막으실 수 있으신 것입니까?"

"지금 짐의 힘을 의심하는 것이더냐?"

"그만큼 마왕의 힘이 대단하여 묻는 것입니다."

"불필요한 물음이로군. 마왕을 막을 수 있다? 아니다, 짐은 마왕의 존재 자체를 소멸시킬 수 있다."

자신 있는 자미에르 대제의 목소리.

"형님 폐하께서 그렇게 말씀하시니 믿겠습니다. 다른 자들은 저희가 막도록 하겠습니다."

"그렇게 하도록 하라."

자미에르 대제의 허락을 얻은 테베로즈 후작이 경악 어린 표정을 하고 있는 근위기사들에게 말한다.

"모두 물러선다."

"단장님! 상대는 마왕입니다."

한목소리로 외치는 근위기사들.

황제의 안전을 최우선으로 하는 근위기사들이 황제를 앞으로 내세운 채 뒤로 물러난다는 것은 말도 안 되는 행동이었다.

"어쩔 수 없다. 폐하의 명을 따르는 수밖에. 더군다나 폐하의 힘은 로드 중에서 가장 드높다. 그러니 양보하는 것이 좋을 것이다."

“폐하께서 로드 중 최강?”

“미, 믿기 힘들군.”

그런 이야기는 근위기사들로서도 처음 듣는 것이기에 당황한 표정을 짓는다.

물러설 기미를 보이지 않은 채 수군거리는 근위기사들을 보며 테베로즈 후작이 소리친다.

“물러서지 않는가!”

“며, 명을 받들겠습니다.”

평소에는 장난기가 넘치지만 진지하게 변하면 누구보다 엄하다는 것을 알고 있는 근위기사들은 테베로즈 후작의 엄한 목소리에 분분히 뒤로 물러선다.

로드 중에서 최강이라 칭해진다는 말을 들은 터였기에 물러나는데 망설임이 없었다.

근위기사들이 모두 물러서자 자미에르 대제가 입가에 미소를 지으며 클로라이네에게 말한다.

“이제야 대결을 할 수 있겠군.”

“이야기를 다 들었다. 날 소멸시킬 수 있다고?”

입가에 살포시 미소를 지은 그녀에게서 생성된 강렬한 염기가 자미에르 대제에게 쇄도하였다.

남자라면 그 미소에 정신이 혼미해질 정도로 거센 염기였다.

하지만 자미에르 대제에게 먹혀들지 않았다.

이미 인간의 한계를 벗어나 하나의 정령으로 완벽하게 탈바꿈하고 있는 그는 더 이상 인간이라 칭할 수 없는 존재였다.

"후후! 실력이 부족하여 여성의 미모를 빌린 수작이나 부리는 마왕을 누가 두려워하겠는가."

"수작이라…… 역시 인간들은 참으로 겁이 없어. 내가 강림했던 것이 얼마 지나지 않았음에도 불구하고 벌써부터 이렇게 겁을 상실하고 있으니. 마왕의 무서움을 다시 각인시켜주는 것도 나쁘지 않겠어."

클로라이네가 천천히 손을 들 때, 자미에르 대제의 손에서 눈부신 빛이 일어나기 시작하더니 눈 깜짝할 사이에 그녀에게 쇄도하였다.

마왕의 기사라 불리며 암흑 왕국 최강의 기사로 칭해지는 그렉스조차 반응하지 못했던 빛의 일격이었다.

슈루루!

빛의 힘이 그대로 클로라이네의 어깨를 꿰뚫으려는 순간, 어둠의 마나가 피어오르더니 그대로 빛의 힘을 막아낸다.

어둠의 마나와 충돌한 빛은 완벽하게 굴절되며 하늘을 향해 뻗어 나간다.

만만치 않은 충격이 느껴지자 클로라이네가 입가를 비틀었다.

감히 자신의 타이밍을 빼앗는 일격이라니.

눈을 살짝 치뜬 그녀는 누구에게도 밀리지 않는 도도한 아름다움을 갖고 있었다.

휘이잉!

어디선가 살짝 불어오는 바람이 그녀의 은발을 간질인다.

"버릇이 없군. 버릇을 고쳐줘야겠어."

"짐의 버릇을 고칠 수 있는 사람은 돌아가신 아바마마를 끝으로 더 이상 없다. 사라져라, 중간계의 해충이여."

우웅! 파아아앗!

자미에르 대제의 몸이 광휘에 휩싸이기 시작했다.

인간의 몸에 강림한 클로라이네는 마왕이 지닌 모든 힘을 발휘할 수 없다.

마계의 왕 클로라이네가 중간계에서 제약을 받는다.

중간계에서 계약의 대가에 따라 발휘할 수 있는 힘의 형태가 달라지고는 한다. 더불어 중간계로 가지고 오는 힘의 크기가 커질수록 역소환될 경우 받는 충격 또한 커진다.

천오백 년 전 거울의 종족이 마계를 침공하여 마왕 대다수를 소멸시키고 그들이 마왕의 자리에 오름으로써 순수한 마족의 마계 내 입지가 확연하게 줄어들기 시작했다.

순수한 마족이 아닌, 거울의 종족이 마계를 통치하는 시대가 왔던 것이다.

소수 마족 출신의 마왕들은 거울의 종족을 몰아내기 위해 다른 공간으로 시선을 돌리기 시작하였다.

중간계 생명체의 힘을 흡수하여 자신의 힘을 더욱 키울 생각이었다.

다른 마왕들과 달리 클로라이네는 자신을 숭배하는 국가를 건국하였기에 중간계로 나올 기회가 무척 많았다.

그것을 역이용당하여 거울의 종족이 마계로 쳐들어오는 결과를 낳기도 했지만.

이번 기회를 놓칠 수 없다 판단한 클로라이네는 카엘라의 육체에 자신의 모든 힘을 끌어오기 시작하였다.

드래곤의 신경을 거스르지 않는 한도 내에서 최대한 힘을 끌어모을 생각이었다.

처음 강림 때는 십 분의 일도 안 되는 힘을 끌고 왔지만 부지런히 힘을 끌어모은 지금, 클로라이네는 마계에서 발휘할 수 있는 대부분의 힘을 축적해놓은 상태였다.

마왕이 전력을 발휘하면 드래곤조차 감당할 수 없을 정도로 엄청난 힘을 발휘할 수 있다.

즉, 단일 개체로는 누구에게도 지지 않는다는 이야기였다.

"어리석은 인간을 깨우칠 생각은 없다. 압도적인 힘으로 절망을 느끼게 할 뿐."

응당 인간의 입장을 대변해야 할 그였지만 그의 입에서 흘러나온 말은 클로라이네의 것과 전혀 다를 바 없는 말이다.

"인간은 어리석기에 누군가의 지배를 받아야 하지. 그 부분에 대해서는 생각이 같군."

"너는 어리석은 인간의 범주에 속하지 않는다 생각하는가?"

"얼마 전까지는 인간이었지. 하지만 지금은 더 이상 인간이 아니다. 마왕, 지금 짐의 힘은 능히 전 대륙의 모든 존재들과 전투를 할 수 있을 정도로 강하다. 마왕 따위는 눈에 들어오지 않는 것이 당연하지."

"어디까지 그렇게 오만을 부릴 수 있을지 지켜보겠어."

인간 모두 마왕에 대한 근본적인 두려움을 가지고 있다.

내색하지 않아도 제국의 근위기사들 또한 마찬가지였다.

그런데 눈앞의 인간 황제는 전혀 그런 기미를 보이지 않고 있다.

무척 불쾌해진 클로라이네는 처음부터 전력을 다할 생각으로 손을 치켜들었다.

어둠의 마나가 뭉클뭉클 피어오르며 서서히 공간을 장악하기 시작한다.

"우선 전투를 하기 전에 해야 할 것이 있지 않겠어?"

그 말과 함께 클로라이네를 중심으로 어둠의 마나가 폭발적으로 뿜어져 나오기 시작했다.

그와 동시에 근위기사들의 입에서 신음이 흘러나오며 비틀거리기 시작한다.

"크으!"

"커억!"

몸에 힘이 쭉 빠지는 느낌과 함께 그대로 무너지려는 신형을 간신히 고정하는 근위기사들. 몇몇 근위기사는 몸을 가누지 못한 채 바닥에 쓰러져 있었다.

"이건……."

자미에르 대제의 얼굴에 놀라움이 서린다.

클로라이네를 중심으로 그 주변의 공간 자체가 어둠에 물드는 것이 눈에 들어왔던 것이다.

그 모습에 유쾌함을 느낀 클로라이네가 대답한다.

"나의 권능 강제 계약이지. 조건만 맞아떨어지면 그들의 동의를 얻지 않고 강제적으로 힘을 끌어내는 것이 가능하지. 딱 한 번뿐이지만."

"음!"

무시무시한 권능이었다.

모든 계약은 서로의 동의를 얻을 때 가능한데 강제적인 계약이 가능하다니.

비록 제약이 존재한다지만 정말 무서운 권능이 아닐 수 없다.

"일시적인 마계화지. 마족은 마계에서 본래 힘을 다 발휘할 수 있으니까."

마왕인 그녀가 힘을 발휘하는 데 있어 환경이 큰 영향을 끼치는 건 아니지만, 분위기적으로는 상당한 이점을 가져다준다.

뿐만 아니라 암흑 기사들 경우 마계에서 전투를 할 때 전투력이 두 배 이상 상승하기에 그녀는 강제 계약을 발동하여 주변 일대를 마계와 동일하게 설정한 것이다.

아니나 다를까, 암흑 기사들의 눈에 붉은 안광이 떠오르기 시작하며 진한 살기가 폭풍처럼 뿜어지기 시작한다.

주변 환경의 영향인지 그렉스 또한 자리에서 일어서고 있었다.

그는 험악하게 일그러진 얼굴로 자미에르 대제를 노려보고 있었다.

권능의 발동으로 순식간에 우위를 점하게 된 클로라이네.

그 모습을 지켜보던 자미에르 대제의 입이 열렸다.

제8화
절망의 여제 카엘라

"재미있군."

"……."

겁을 상실한 자미에르 대제의 말에 클로라이네는 아무 대꾸도 하지 않는다.

"이 정도는 해야 상대할 맛이 나지 않는가? 강제 계약이라, 참으로 마음에 드는 권능이로군."

입가에 진한 미소를 짓던 자미에르 대제의 몸이 찬란한 광휘에 휩싸인 채 허공에서 서서히 흩어지기 시작하였다.

파팟! 파파팟!

한순간 빛이 되어버린 그는 어둡게 변한 공간을 환하게 밝히고 있었다.

빛, 그 자체가 된 자미에르 대제의 신형이 그대로 클로라이네에게 쇄도하기 시작한다.

꽈과광!

인간의 육체를 벗어나 완벽하게 불멸의 육체를 지니게 된 자미에르 대제는 태초의 순수한 빛 그 자체가 되었다 해도 과언이 아니었다.

어둠의 마나를 일으켜 빛의 공세를 차단한 클로라이네의 눈이 차분하게 가라앉는다.

주변 환경까지 완벽하게 자신의 것으로 만들었는데 상대의 실력이 만만치가 않았다.

찬란한 빛줄기로 변한 그의 기세는 인간을 초월한 모습이었다.

"인간 제국의 황제가 인간이 아니라니."

슈슈슛!

클로라이네의 말을 들은 자미에르 대제의 신형이 허공에서 구성되기 시작한다.

그의 입가에는 진한 미소가 걸려 있었다.

"인간의 수명은 너무나 짧지 않은가? 영원한 지배를 위해서는 무한의 생명이 필요하지. 그 어떠한 것에도 소멸되지 않는 불멸의 강함을 마침내 손에 넣은 것뿐이다."

여유롭게 말을 한 자미에르 대제가 손을 들어 튕긴다.

따악!

허공에 울려 퍼지는 소리와 함께 허공에서 생성된 빛의 기둥이 그대로 클로라이네를 집어삼킨다.

첸을 죽음 직전까지 몰아넣었던 빛의 심판이었다.

쏴아아아!

마치 폭포수가 내려치는 듯한 소리와 함께 찬란한 빛의 기둥이 그대로 클로라이네의 몸을 삼켜버렸다.

"마왕에게 있어 빛의 힘은 상극과도 같지."

마왕의 소멸을 감상하듯 빛의 기둥에 삼켜지는 클로라이네의 모습을 조용히 지켜보고 있는 자미에르 대제.

그때, 그의 뒤에서 날카로운 예기가 빗발치기 시작한다.

그것은 자미에르 대제의 반응 속도를 뛰어넘는 공격이었다.

"……!"

고개를 돌린 그의 눈에 들어온 것은 어둠의 마나로 이루어진 칼날이 난도질해오는 장면이었다.

채 반응도 하기 전 어둠의 칼날은 그대로 몸을 휩쓸기 시작한다.

하지만 더욱 놀라운 것은 그다음이었다.

슈웅! 슝!

인간이라면 당연히 파육음이 울려 퍼져야 할 테지만 마치 무언가가 허공을 스치는 듯한 소리가 들려왔던 것이다.

어둠의 칼날에 관통된 자미에르 대제의 몸에는 커다란 구멍이 뚫려 있었다.

허나, 그 구멍에는 피가 흘러내리지 않고 있었으며 그렇다고 하여 정령화를 시전한 것도 아니었다.

말 그대로 구멍만 뻥 뚫려 있던 것이다.

그 구멍은 차츰 넓이를 좁혀가더니 이내 아무 일도 없었다는 듯 본래 모습을 되찾는다.

"빛의 심판에 적중당한 것이 아니었나?"

자미에르 대제가 손을 살짝 들자 클로라이네의 몸을 집어삼켰던 빛의 심판이 그대로 허공에서 소멸된다.

파사사.

빛의 기둥이 사라진 그곳엔 클로라이네의 모습이 보이지 않았다.

눈속임에 당한 듯싶었다.

그때, 그의 뒤에서 클로라이네의 목소리가 들려왔다.

"정말 인간의 한계를 뛰어넘었군."

어둠의 칼날에 적중당했음에도 불구하고 자미에르 대제는 전혀 타격을 입지 않았다.

그렇다 하여 정령화라는 괴상한 수법을 시전한 것도 아니었다.

그보다 더욱 상위의, 상대하기 까다로운 수법을 발휘한 것임이 분명했다.

"허허! 이미 인간의 한계를 뛰어넘었다고 말하지 않았는가?"

"본인은 그렇게 생각하나 봐?"

"그것은 겪어보면 알 테지."

그의 다섯 손가락에 빛의 구가 응집되더니 그대로 클로라이네에게 쇄도한다.

스스로 정령화의 경지를 넘어서 하나의 정령이 되었다 칭하는 자미에르 대제는 물리적 공격에 타격을 입지 않는 완전무결한 존재가 되었다.

그에 반해 마왕은 물리적인 공격에 타격을 입으며, 정신계 공격에도 타격을 입는다.

타격을 입는 것은 똑같지만 받는 데미지의 양이 절대적으로 틀리다.

어둠의 마나를 지닌 마왕과 달리 자신은 정령왕이 지닌 힘의 원천을 그대로 흡수하였다.

정령왕은 마왕, 드래곤과 비교도 할 수 없는 상위의 존재로서 그 위용은 신과 맞먹는다 해도 과언이 아니다.

빛의 구가 접근하는 것을 본 클로라이네가 그대로 어둠의 마나를 뿜어내 방패를 형성하였다.

검은색 방패가 그녀의 전방을 빈틈없이 감싼다.

퍼벅! 치이익!

천족의 공격조차 무리 없이 막아내는 방패가 빛의 힘에 타들어가고 있었다.

그와 동시에 전신을 울리는 강대한 힘의 파동에 클로라이네의 눈이 흔들리더니, 입가에 신음소리가 흘러나오기 시작한다.

"크으……."

"애쓰는군."

가볍게 시전한 자신의 공격을 힘겹게 받아내는 클로라이네의 모습에 피식 미소를 지은 자미에르 대제가 양손을 뻗는다.

그러자 방금 전 시전되었던 공격이 다시 생성되기 시작한다.

양손에서 무려 열 개의 빛의 구가 응집되며 클로라이네에게 쇄도한다.
막 첫째 공격을 간신히 막아낸 클로라이네는 두 번째 공격을 완벽하게 막아낼 여력이 없었다.
어둠의 마나를 끌어올린 그녀는 빛의 구를 정면으로 막아내는 것이 아닌, 비껴 막으려 하였다.
꽈과과광!
거센 충돌음과 함께 그녀가 시전한 마계 공간 자체가 뒤흔들린다.
"큽!"
비틀거리며 뒤로 물러난 클로라이네가 주저앉을 뻔한 것을 간신히 버텨낸다.
"아쉽군. 이것도 막아낼 줄이야. 하위 서열 마왕은 아니라는 건가."
너무나 여유로운 표정을 짓는 자미에르 대제.
그 모습을 바라보는 클로라이네의 눈은 거세게 흔들리고 있었다.
"이, 이럴 수가……."
수천 년 동안 살아오면서 겪어온 절대적인 힘, 대마왕 혹은 마제의 힘이 이 정도일까 싶을 정도로 자미에르 대제의 힘은 절대적이었다.
"절망의 여제가 하위 서열 마왕이 아니었다니. 흥미로운 사실이군. 좀 더 재미있게 해줄 수 있겠어."

입가에 미소를 지은 채 말한 자미에르 대제의 손에 빛이 응집되고 있었다.

보기만 해도 눈이 부신 찬란한 빛은 점점 응축되더니 태양과도 같은 형태를 갖추었다.

파아앗!

눈부시게 백열하는 빛이 빠른 속도로 클로라이네에게 쏘아진다.

"……."

빛의 구를 보는 순간 클로라이네의 표정이 빠르게 굳어가기 시작한다.

방금 전보다 더욱 강력한 힘을 머금은 공격이었기에 막아낼 엄두가 나지 않았다.

왼손을 뻗은 클로라이네의 손에서 어둠의 마나가 피어오르며 주변을 검게 물들여나갔다.

상상을 초월하는 빛의 공격을 막아내는 것이 버겁다는 것을 그녀 또한 느끼고 있었기에 공격을 시전하여 충격을 흡수할 생각이었다.

그러나 빛의 공격은 그녀의 상상을 초월할 정도로 빠르고 강력하였다.

이미 공간을 격한 빛의 공격은 그대로 클로라이네 앞에 도달해 있었다.

미처 그녀의 방어막이 완성되기도 전이었다.

꽈아아앙!

거센 충돌음과 함께 클로라이네의 몸이 비틀거리며 물러난다.

이번에는 상당한 충격을 입었기에 그녀의 입에서 피가 흘러나오기 시작한다.

"크으읍!"

경악의 연속이었다.

설마 인간 황제가 이렇게 강할 줄이야.

특히 방금 전 공간을 지배한 그의 일격은 엄청난 물리적 타격을 주었다.

한순간 그녀를 지배하고 있는 육체가 붕괴될 뻔한 충격을 머금고 있었으니까.

"인간이 감히……."

"후후! 인간에게 당하는 마왕이 어리석은 것 아닌가."

마왕조차 압도하는 자신의 신위가 대단히 마음에 들었는지 흡족한 미소를 지어 보인다.

그럴수록 클로라이네의 표정은 참혹하게 일그러져간다.

얼굴을 찌푸린 그녀는 양손을 뻗더니 어둠의 마나를 응집하기 시작한다.

무언가 수작을 부리려는 것이리라.

"마왕도 얄팍한 수작을 부리는군."

비웃음이 잔뜩 담긴 목소리로 빛의 일격을 그녀에게 막 선사하려던 차였다.

돌연 그의 손에 서린 빛이 깜빡거리더니 이내 빛이 사라지는 것이 아닌가.

푸쉬! 푸쉬쉬쉬!

바람 빠지는 소리와 함께 찬란한 빛은 그대로 소멸되기 시작하였다.

그와 동시에 자미에르 대제는 자신의 몸에서 힘이 쭈욱 빠져나가는 듯한 충격을 받아야만 했다.

"이건……."

경악이 담긴 그의 목소리가 울려 퍼질 무렵, 클로라이네의 일그러졌던 얼굴이 펴지기 시작한다.

그녀의 얼굴에 담기기 시작한 여유로운 표정.

권능을 사용하여 자미에르 대제의 힘 상당 부분을 흡수하는 데 성공한 것이다.

"이렇게 순수한 힘이라니……."

클로라이네의 얼굴에 감탄이 감돌았다.

자미에르 대제의 힘을 흡수하면서 그가 지닌 빛의 힘을 일부분이나마 느낄 수 있었다.

그가 지닌 힘은 그 무엇보다 순수한 힘이었다.

천족 나부랭이들이 사용하는 사악함을 정화하는 빛이 아닌, 오로지 세상을 찬란하게 밝히는 순수한 빛의 힘을 지니고 있었다.

그 속에 담긴 강렬한 욕망.

그것은 클로라이네에게 너무나 훌륭한 양식이 되어주고 있었다.

강제 계약을 통해 그의 힘을 상당 부분 흡수한 클로라이네의 전신에 강렬한 힘이 용솟음치고 있었다.

입가에 짙은 조소를 띤 자미에르 대제가 클로라이네에게 말한다.

"약간의 힘을 흡수했다고 좋아하는 모습이라니. 미안할 지경이군."

파아앗!

그와 동시에 자미에르 대제의 전신을 덮어나가는 것은 지금까지 볼 수 없었던 빛의 물결이었다.

공간 자체를 지배해나가는 듯한 강렬한 빛!

"……."

그의 힘을 흡수하여 분위기를 반전시킬 수 있을 것이라 생각하던 클로라이네의 얼굴이 굳어가기 시작한다.

*　　*　　*

레이첼을 따돌리고 빠른 속도로 움직인 슈미드는 순식간에 황궁 심장 부근에 도달할 수 있었다.

앞에 강렬한 기운들이 연신 충돌하며 접전을 벌이고 있는 것을 느낀 슈미드가 앞에 서 있는 첸을 발견하고는 멈칫하며 묻는다.

"어찌하여 이곳에 계신 것입니까."

"저들이 먼저 싸우고 있는 판에 끼어들기가 참으로 난감하군."

앞부분을 눈으로 가리키자 슈미드 또한 그곳을 바라보았는데, 그곳에는 황제와 전투를 하고 있는 클로라이네가 있었다.

권능을 되찾은 클로라이네는 주변 일대를 마계화시키는 데 성공했음에도 불구하고 황제의 힘에 밀리고 있었다.

그의 손에 빛이 감돌 때마다 클로라이네는 어둠의 마나를 발출하며 막아내기 급급했다.

그들이 충돌할 때마다 느껴지는 충격파는 상상을 초월할 정도였다.

“이렇게 강한 힘이라니…….”

“허허, 참으로 놀랍지. 이미 저 녀석은 인간의 틀을 깨버린 것 같군. 이렇게 강한 힘을 지니고 있을 줄이야…….”

첸의 목소리에도 경악이 담겨 있었다.

전력을 발휘하는 마왕의 힘은 상상을 초월할 정도로 대단하다.

오죽하면 십여 마리의 드래곤이 합공하지 않으면 역소환시키는 것이 불가능하다 할 정도로 칭해지겠는가.

그렇게 강대한 힘을 지닌 마왕을 자미에르 대제 혼자서 압도하고 있는 것이다.

눈으로 직접 보고 있음에도 믿기 힘든 장면이 아닐 수 없다.

“허허, 정말 놀랍군, 정말 놀라워.”

“저도 마왕이 저렇게 밀릴 줄 생각도 못했습니다.”

담담한 어조로 말했지만 슈미드의 눈은 물러나기 급급한 클로라이네를 쫓고 있었다.

좋으나 싫으나 그녀의 몸은 카엘라의 것이다.

겉모습을 보면 당연히 그녀가 당하는 듯하여 마음이 편하지 않았다.

그 생각을 눈치챈 것인지 첸이 슈미드에게 말한다.

"이렇게 되면 기회가 생길 수도 있을 것 같군."

"기회라면……?"

"자네가 원하고 있는 그 기회 말일세. 성공 확률은 높지 않지만…… 저번에 말했을 때보다 훨씬 높은 것은 분명하군."

마왕의 힘이 워낙 강력하기에 슈미드와 첸은 황제와 겨룰 때 마왕의 우위를 예상하고 있었다.

그런데 막상 뚜껑을 열어보니 마왕이 황제에게 당하고 있는 상황이었다.

그녀가 밀리고 있다면 정신적으로 여유가 없을 것이 분명할 터.

첸이 언급했던 실낱같은 기회가 자신에게 찾아올지도 모르는 일이었다.

"기회라…… 기다리도록 하겠습니다."

"그래, 기다리는 자에게 기회가 오는 법이지. 그나저나 저들을 달고 왔군?"

어느새 그들 앞에 백여 명이 넘는 근위기사들이 접근한 상태였다.

"아무래도 저를 쫓아온 듯합니다. 제가 노리는 인물이 황제라는 걸 모르지는 않을 테니 말입니다."

"그렇지, 허허! 그럼 일단 저들을 제압하도록 할까."

"죽이지는 말아주십시오."

"그렇게 하도록 하지."

슈미드와 첸의 입에 비슷한 종류의 미소가 생겨나기 시작하였다.

'힘들군.'

찬란한 빛의 힘을 발산하며 클로라이네를 밀어붙이던 자미에르 대제는 속으로 표정을 일그러뜨리고 있었다.

그가 이런 반응을 보이는 것은 간단했다.

강제 계약을 통해 클로라이네가 흡수한 힘의 양이 만만치 않았던 것이다.

이미 인간의 한계를 벗어나 하나의 정령으로 변모한 자미에르 대제는 누구보다 막강한 힘을 손에 넣었지만 아직 완전체라 보기는 힘들었다.

마왕을 상대하기 위해서는 그가 생각하던 것 이상의 힘을 필요로 하고 있었다.

'빛의 원천을 흡수해야 하는 건가.'

플로리데가 지닌 빛의 원천을 완벽하게 흡수하지 않았기에 자신의 구상에 한 가지 결점이 존재하고 있는 상황이었다.

인간을 뛰어넘는 불멸체가 되어 대륙을 영원히 다스리겠다는 야망을 지닌 황제였지만 한 가닥 남아 있는 정 때문에 차마 빛의 원천을 흡수하지 못하고 있었다.

그것을 흡수하는 즉시 플로리데의 몸은 내용물이 빠져나간

빈 통에 지나지 않을 것이라는 걸 잘 알고 있었으니까.

언젠간 그렇게 흡수해야 한다는 걸 알고 있었지만, 그나마 아끼던 아이였기에 선뜻 손이 가지 않았던 것이다.

'라이넌 백작이 데리고 오겠지. 그 후에는…….'

마왕을 상대하기 위해서 자미에르 대제는 제법 많은 준비를 하였다.

모든 일이 자신의 예상대로 돌아가고 있기는 했지만 만에 하나의 경우를 대비하여 여러 가지 수를 준비해놓은 상황이었다.

그리고 강제 계약으로 상당 부분 힘을 빼앗긴 지금, 준비해둔 수를 사용해야 할 때가 된 듯하다.

콰과과광!

처음에는 접근도 하지 못하던 어둠의 마나가 이제는 제법 압박을 가해온다.

"역시 마왕이란 존재는 얕볼 수가 없군."

서서히 백중지세를 이루고 있는 대결에서 자미에르 대제의 눈이 형형하게 빛나고 있다.

대결의 분위기가 급속도로 뒤바뀌고 있다.

압도적인 힘으로 마왕을 찍어 누르던 황제가 강제 계약을 통해 힘을 흡수당하더니 그대로 수세에 몰리기 시작했다.

찬란한 빛이 전신에 맴돌며 연신 강력한 공격을 펼치고 있지만 수천 년 동안 경험을 쌓아온 클로라이네는 무언가 눈치를 챈 듯 황제의 공격을 노련하게 피해내기 시작한다.

그에게서 흡수한 힘이 그녀에게 활력을 불어다 넣어주고 있었다.

그녀는 몇 차례 충돌 이후, 자미에르 대제의 상태를 파악할 수 있었다.

'무한한 힘이 아니로군.'

인간이 저 정도 힘을 지니고 있는 것만으로도 대단한 것이다.

스스로 무한에 가까운 힘이라 칭했지만 그의 신위가 처음과 같지 않은 것을 보아 무한의 힘이 아니라는 것을 그녀는 눈치챈 상태였다.

막강한 힘을 바탕으로 자신을 몰아치고 있었지만 이제는 상황이 달라졌다.

빛의 공격을 서서히 수월하게 막아내고 있는 시점이었고, 자신이 구성한 마계 환경에 몸이 익숙해지면서 본격적인 그녀의 힘이 발휘되고 있었다.

어둠의 마나로 이루어진 날카로운 칼날이 연신 자미에르 대제의 몸을 스치고 지나가고 있었다.

아무렇지도 않은 듯 몸을 관통하고 있지만 클로라이네의 날카로운 눈은 진실을 꿰뚫어 보고 있다.

보이지 않는 데미지가 서서히 쌓여나가고 있는 것을.

데미지가 극한에 이르렀을 때, 황제는 더 이상 자신의 앞을 가로막지 못하게 될 것이다.

그녀의 손에 돋아난 어둠의 손톱이 그대로 자미에르 대제의 몸을 그어나간다.

슈아악!

몸을 훑고 지나갔지만 이미 정령의 상태가 된 자미에르 대제에게 큰 충격을 주지 못한다.

아니, 그런 것처럼 보였다.

하지만 클로라이네의 예상이 적중했던 것일까.

순간 자미에르 대제의 몸이 비틀거리는가 싶더니 한줄기 신음이 흘러나온다.

"크……."

작은 소리였지만 클로라이네는 그것을 놓치지 않았다.

자신의 예상이 현실로 드러나게 되자 클로라이네의 입가에 진한 미소가 걸린다.

"역시, 후후후! 완성체가 아니었군."

"마왕……."

자신의 약점을 하나하나 비집는 그녀의 행동에 극도로 분노한 자미에르 대제의 오른손에 막대한 양의 빛이 응집되며 그대로 허공을 가른다.

그러나 빛의 힘이 도달하기도 전에 클로라이네의 몸이 어둠의 기류로 화하며 그대로 사라진다.

빛의 힘을 받아내기보다는 차라리 피해버리는 게 낫다고 판단을 내린 그녀가 근거리 이동 마법을 적극적으로 활용하기 시작한 것이다.

세상 그 무엇보다 빠른 빛의 일격이지만 오랜 전투 경험이 축적된 그녀의 눈은 상대의 공격 경로를 모조리 꿰뚫어보고 있었다.

자미에르 대제의 빛의 일격은 번번이 허공을 가르기 일쑤였다.

자신의 약점을 눈치챈 클로라이네를 점점 상대하기 버거워진 자미에르 대제가 주변을 둘러보기 시작한다.

'플로리데, 플로리데가 필요하다.'

대결이 시작될 무렵, 정보부 라이넌 백작에게 플로리데를 데리고 오라 하였다.

그녀의 빛의 원천을 흡수하면 자신은 완성체가 된다.

그렇게 되면 기존의 신위와 비교도 할 수 없을 정도로 강대한 힘을 지니게 된다.

마왕을 너무 얕본 자신의 실책이었다.

그때, 그의 귓가에 울려 퍼지는 목소리가 있었다.

『폐하, 모든 준비가 끝났사옵니다.』

바로 자미에르 대제의 비밀 병기, 정신계 부대의 준비가 끝났다는 말이었다.

그것은 자미에르 대제가 준비한 숨겨둔 한 수였다.

대결 시작 전, 페르비아 백작에게 명령을 내려 준비에 착수한 것이 지금에야 완료된 것이다.

상당한 시간이 걸린 만큼 그 위력은 충분하리라.

자미에르 대제가 허공을 바라보며 외친다.

"실행하라!"

공간을 뒤흔드는 그의 외침에 모두 의아한 기색을 띠며 그를 바라본다.

심지어 공세에 돌입했던 클로라이네 또한 잠시 멈칫할 지경이었다.

“수세에 몰려 미쳐버리기라도 한 건가? 그렇게 되면 재미가 없어지는데.”

입가에 미소 지은 그녀가 양손에 어둠의 마나를 생성하기 시작했다.

힘이 유한한 황제와 달리 그녀는 어둠의 원천이라는 힘을 지니고 있어, 무한에 가까운 힘을 발휘할 수 있다.

전력으로 힘을 발휘하더라도 일주일 이상 지속되는 어둠의 원천은 마왕의 기본적인 권능 중 하나이며, 마왕과 최상급 마족의 경지를 가르는 구분점이라 칭해진다.

마계에서 확실하게 끌어온 어둠의 원천은 점점 활성화되며 그녀의 전력을 끌어내고 있었다.

그녀는 자미에르 대제의 말을 헛소리로 치부하며 그대로 그를 압박해나가기 위해 움직인다.

공세에 돌입했다고 하나 우위를 점한 것이 아니었기에 먼저 흐름을 자신에게 돌려놓는 것이 중요하였다.

그녀가 막 공격을 하려던 차에 한쪽에서 강한 기세가 응집하는 것이 느껴졌다.

순간 움찔하며 동작을 멈추는 클로라이네.

그 이유는 평범한 공격이 아니라는 것을 느꼈기에 그렇다.

수천 년 동안 갈고 닦은 그녀의 본능이 위험하다 외치고 있었다.

'이건 마치 드래곤의 파워 워드 킬 같은…….'

힘의 파동이 느껴지는 곳을 향해 고개를 돌리는 클로라이네.

그곳에는 약 오십여 명의 사람들이 운집해 있었다.

눈을 감은 채 집중하고 있는 그들의 주변에는 육안으로는 확인할 수 없는 힘이 일렁이며 기류를 형성하고 있었다.

'위험하다.'

피해야 한다고 생각했을 때 정신계 부대의 대장, 페르비야 백작이 외친다.

"그랜드 크로스!"

모든 것을 멸하는 파워 워드 킬과 비슷한 최강의 정신계 공격이 그들의 손에서 펼쳐진 것이다.

정신계 능력자 오십 명이 합심한 힘은 드래곤이 시전하는 파워 워드 킬을 뛰어넘는 대단한 위력을 내포하고 있었다.

그러나 위험을 간파한 클로라이네는 벌써 피할 준비를 하고 있었다.

드래곤급 정신계 마법이라면 그녀 또한 상당한 위험에 처할 수 있었다.

막 이동 마법을 시전하려던 그녀의 움직임이 멈춘다.

피슛!

정신계 부대에 한눈을 판 사이, 빛의 일격이 그녀의 어깨를 꿰뚫었던 것이다.

순간적으로 몸을 비틀어 피하려 했지만 완벽하게 막아내는 것은 불가능하였다.

그녀의 고운 얼굴이 찌푸려지며 그대로 비명이 터져 나온다.

"아악!"

어깨에서 피분수가 뿜어져 나오며 바닥을 적신다.

정령의 상태를 이룬 자미에르 대제와 달리 인간의 몸에 강림한 클로라이네는 필연적으로 육체라는 약점을 가지고 있었다.

비껴 맞은 것도 아니고 충돌로 내부가 흔들린 것도 아닌, 직접적인 타격에는 취약한 모습을 보일 수밖에 없다.

비틀거리며 뒤로 물러나는 그녀에게 정신계 부대의 그랜드 크로스가 뒤이어 덮쳐온다.

보이지 않는 무형의 쇼크 웨이브가 그대로 클로라이네를 덮쳤다.

"……!"

순간 뇌리가 텅 비어오는 듯한 느낌.

정신체로 이루어진 클로라이네에게 그 공격은 결정적이었다.

머리를 움켜쥔 그녀가 비명을 지르며 머리를 움켜쥐기 시작한다.

"아아악!"

예전 용마전쟁에서 그녀는 드래곤이 시전한 파워 워드 킬을 직접적으로 맞아본 적이 있다.

당시 그녀가 받은 피해는 지대한 것이었다.

정신력에 따라 파괴력이 결정되는 파워 워드 킬인 만큼 드래곤이 시전하는 위력은 엄청난 것이었으니 말이다.

실패하면 역으로 드래곤이 당할 수 있었지만 당시 파워 워드 킬을 시전한 드래곤은 다름 아닌 에인션트 드래곤이었다.

그것도 드래곤 로드보다 나이가 많은 드래곤이었다.

그로 인해 클로라이네는 정신체에 심각한 타격을 입었고, 그 힘을 복구하기 위해 무려 오백여 년 동안 칩거 아닌 칩거를 해야만 했다.

지금 그녀를 강타한 그랜드 크로스의 위력은 당시 겪었던 것에 비해 결코 떨어지는 것이 아니었다.

일개 인간들의 공격이 어떻게 에인션트 드래곤의 파워 워드 킬에 비견되는 위력을 낼 수 있단 말인가.

콰지직!

내면에 강렬한 충격이 오는 걸 느낀 클로라이네는 머리를 움켜쥔 채 전투불능 상태에 빠져든다.

"후후후! 예상대로군. 후하하하하!"

그 모습을 보며 웃음을 터뜨리는 자미에르 대제.

정신에 강력한 충격을 받은 그녀를 보며 흡족한 미소를 지었다.

십 년 전쟁 이후 정신계 부대를 조직하면서 자미에르 대제는 자신의 프로젝트에 의구심을 가진 것이 사실이었다.

그들을 양성하는 데 워낙 막대한 자금이 들어갔으니 신경이 쓰일 수밖에 없었다.

이론적으로는 에인션트에 도달한 드래곤이 시전하는 파워 워드 킬과 비슷한 위력을 보인다. 하지만 제대로 실험을 해보지 않았기에 일말의 불안함을 가지고 있었다.

그러던 차에 실전에 사용하게 되었고 결과는 흡족한 것이었다.

드래곤과 비교해도 부족함이 없는 마왕을 정신계 공격으로 무너뜨리는 데 성공했으니까.

"이제 슬슬 끝을 낼까."

정신에 막대한 타격을 입은 클로라이네는 더 이상 전투를 수행하는 것이 불가능했다.

고통에 몸부림치는 그녀를 제거하는 것은 어린아이의 손목을 비트는 것보다 쉬운 일이다.

우웅! 우우우웅!

손을 뻗은 자미에르 대제의 손에 막강한 빛의 힘이 서리기 시작한다.

그때, 어둠의 마나가 이글이글 타오르는 검이 그에게 쇄도한다.

갑작스러운 불의의 일격에 자미에르 대제가 손을 들어 곧장 검을 튕겨냈다.

따아아아앙!

마스터에 오른 검사의 최고봉이라 칭해지는 오러 파이어가 시전되었지만 아무렇지도 않게 받아내는 자미에르 대제.

어둠의 마나에 휩싸여 이글이글 타오르던 검은 그대로 빛을 잃더니 그렉스의 손으로 돌아온다.

그는 몸부림치는 클로라이네의 앞에 서서 자미에르 대제에게 검을 겨눈다.

"여제 폐하께 손대지 마라!"

"짐을 가로막겠다니, 참으로 용기가 가상하구나."

입가에 미소를 지은 자미에르 대제가 가볍게 손짓을 하자 빛의 물결이 눈부신 광채와 함께 그렉스를 덮쳐나간다.

공간 자체를 뛰어넘는 빛의 일격은 순식간에 그렉스 면전에 도달하였다.

꽈아아앙!

"크읍!"

내부가 뒤흔들리는 충격에 그렉스가 신음을 간신히 집어삼킨다.

강제 계약으로 끌어낸 마계화는 그렉스의 제 실력을 모두 발휘하게 해주었다.

덕분에 평소 사용하지 못하던 오러 파이어까지 시전하지 않았던가.

하지만 그 힘으로도 눈앞의 인간을 막아내는 것은 불가능하였다.

이미 인간임을 초월해 버린 황제는 강해도 너무나 강한 존재였다.

"사라져라."

절대적인 염원이 담긴 그의 말이 구체화되어 빛으로 화한다.

방금 전과 비교가 불가능한 강함을 담은 일격이 그대로 그렉스를 쪼개나갔다.

'막는다!'

상상을 초월하는 힘에 그렉스가 이를 꽉 깨문 채 모든 힘을 마검에 응집하기 시작한다.

콰콰콰콰!

어둠의 마나가 이글거리듯 타오르며 마검에 서리기 시작한다.

자미에르 대제의 일격을 막기 위해 자신의 모든 힘을 끌어 올린 것이다.

한계치까지 힘을 끌어올린 그는 허공을 향해 검을 휘두른다.

검은 물결이 대기를 장악하며 단숨에 빛을 집어삼킬 듯 사나운 기세를 발산하였다.

하지만 자미에르 대제의 빛의 힘은 어둠의 마나와 비교도 할 수 없는 상위 속성의 힘.

그대로 허공에서 어둠의 마나를 소멸시켜버린다.

파사사사.

"……."

모래성처럼 허물어지는 자신의 힘을 보며 그렉스가 허망한 표정을 짓는다.

이렇게 강할 수도 있단 말인가.

허망한 표정을 짓는 그에게 쇄도하는 빛의 물결.

그것이 막 그의 전신을 덮칠 무렵, 보이지 않는 투명한 기류가 빛의 힘을 분쇄한다.

푸슈슈!

마치 바람 빠진 풍선처럼 빛의 힘이 소멸하자 자미에르 대제의 얼굴에 놀라움이 서린다.

그러다 자신의 힘을 소멸시킨 존재를 보고는 입가에 미소를 짓는다.

그곳에는 첸과 슈미드가 서 있었다.

"다시 오셨군요, 스승님. 그리고 오랜만이군."

두 사람에게 각각 인사를 건네는 자미에르 대제였다.

그의 전신에는 찬란한 광휘가 연신 피어오르고 있었다.

* * *

두 사람이 근위기사들을 제압하는 데는 오랜 시간이 걸리지 않았다.

압도적인 힘을 바탕으로 단기간에 근위기사들을 제압한 첸과 슈미드는 기회를 엿보고 있었다.

그러다 놀라운 일이 발생하였다.

차츰 주도권을 잡아가고 있던 클로라이네가 갑자기 등장한 한 무리의 공격에 그대로 머리를 움켜쥔 채 바닥에 쓰러진 것이다.

어둠의 마나가 폭주하기 시작하자 첸이 눈을 빛내더니 슈미드에게 말한다.

"행운이 따르는군."

"예? 무슨 말씀이십니까?"

"지금 저들이 클로라이네에게 가한 공격은 평범한 공격이 아닐세. 파워 워드 킬과 비슷한 종류의 정신계 마법이 그녀를 강타했다 할 수 있지."

"파워 워드 킬입니까?"

슈미드의 얼굴에 놀라움이 번져나갔다.

마왕은 인간보다 훨씬 상위 존재일뿐더러 정신체로 이루어졌기에 물리적으로 타격을 입히더라도 완벽하게 소멸시키는 것이 불가능하다.

가능하다면 마계의 본체를 공략하거나, 정신계 마법으로 소멸시키는 것뿐.

모든 권능을 중간계로 끌고 온 지금도 역시 마찬가지다.

그런 마왕에게 정신계 마법을 가하다니.

놀라운 사실이 아닐 수 없다.

"그런데 더욱 놀라운 건 그 공격이 타격을 입혔다는 이야기지. 허허, 설마 인간의 정신계 마법이 타격을 줄 줄이야. 정말 대단하다는 말밖에 나오지 않는군."

놀라움이 역력한 첸의 말에 슈미드가 클로라이네에게 공격을 가한 이들을 보다가 고개를 끄덕인다.

'그렇군.'

놀랍게도 저들은 모두 정신계 능력자의 파동을 가지고 있었다.

대략 오십 명 전부가 정신계 능력자인 것이다.

저들의 힘을 하나로 모아서 공격한다면 충분히 강력한 위력을 발휘할 수 있을 것이다.

설마 마왕에게까지 타격을 줄 것이라고는 생각지도 못했지만.

"지금이 기회라 할 수 있지. 정신에 타격을 입은 마왕의 정신체는 갈피를 잡지 못하고 있을 터. 지금 상태에서 한 차례 타격을 더 준다면 의식의 대부분을 차지하고 있는 클로라이네의 정신체를 몰아낼 수 있을 걸세."

"……!"

그것은 슈미드에게 있어 큰 깨달음으로 다가왔다.

첸은 그에게 파워 워드 킬의 마법을 가르쳐주면서 마왕이 어떻게든 약해지는 틈에 그 마법을 시전하라 하였다.

완벽하게 소멸시키는 것은 불가능하겠지만 적어도 카엘라의 육체에서 클로라이네의 정신을 몰아내는 것은 가능할지도 모른다고.

그렇기에 일말의 가능성을 안고 차분하게 기회를 엿보고 있었는데 마침내 그 기회가 찾아온 것이다.

지금 주어진 절호의 기회를 놓친다면 영원히 카엘라를 볼 수 없으리라.

슈미드는 직감적으로 그것을 느끼고 있었다.

"그럼 곧장 가는 것이 어떻습니까?"

"그렇게 하도록 하지. 황제가 완벽하게 암흑 왕국 측을 제압하면 곤란하니까."

황제의 신위라면 혼자서 그렉스와 암흑 기사단을 전멸시키는 것이 가능하다.

그것은 자신들이 바라는 바가 아니었기에 나서기로 결정을 내렸다.

첸과 슈미드의 신형이 빠르게 격전지로 향하였고, 마침 그렉스가 황제에게 목숨을 잃을 위기에 처하자 성큼 한 걸음 나선 첸이 그대로 빛의 일격을 해소한다.

황제와 첸이 대치하는 것을 본 슈미드가 힐끔 몸부림치는 클로라이네에게 시선을 둔다.

여전히 그랜드 크로스의 여파에서 벗어나지 못하고 있는 그녀는 무척 괴로운 것처럼 보였다.

강렬한 어둠의 마나가 그녀를 중심으로 폭풍처럼 휘몰아치고 있는 것만 보아도 알 수 있었다.

현재 그녀는 막대한 양의 힘을 제대로 다스리지 못할 정도로 여유가 없다는 뜻이었다.

'이건 기회다. 놓칠 수 없는 절호의 기회.'

그렇게밖에 생각되지 않았다.

현재 정신을 수습하지 못하고 있을 때 다시 한 번 타격을 준다면 회생 불가능의 타격을 입을 것이다.

만약 카엘라의 정신이 온전하다면 클로라이네가 약해진 틈을 타 육체의 통제권을 되찾을 수 있다.

자신의 예상이 틀렸다면 클로라이네의 정신이 떠나버린 그녀는 빈 껍질이 되어 그대로 목숨을 잃을 것이다.

언제까지고 마왕에게 이용당하느니 차라리 그것이 나으리라.

'작은 확률에 모든 것을 건다.'

그렇게 생각한 슈미드는 황제와 첸이 대치하며 서서히 힘을 끌어올리는 것을 느끼고는 자신 또한 파워 워드 킬을 시전하기 위한 준비를 한다.

근래 들어 깨달았지만 슈미드는 정령의 힘 중에서 원소계와 정신계의 힘을 분간하는 것이 무의미하다 여겼다.

검은 불꽃을 다룬다 하여 스스로를 원소계 능력자라 생각하였지만 얼마 전에 그 생각이 바뀌었다.

자신은 분노와 절망을 기반으로 한 정신계 속성의 힘을 다루고 있는 것이다.

단지 그 형태가 원소계의 화염 속성과 비슷하여 착각을 하고 있었을 뿐.

그렇기에 정신계 마법 중 최고봉인 파워 워드 킬을 습득하고, 타인에게 시전하는 것이 가능하였다.

자신의 힘인 분노와 절망의 힘을 이용하여!

눈을 감은 채 파워 워드 킬을 캐스팅하던 슈미드가 괴로워하는 클로라이네에게 타겟을 고정한 뒤 그대로 파워 워드 킬을 시전한다.

다른 사람들의 생각대로 클로라이네는 공황에 빠져 있는 상태였다.

그랜드 크로스의 여파는 굉장해서 그녀의 정신체에 타격을 줄 정도로 대단한 위력을 지니고 있었다.

예전에 한 차례 타격을 입은 적이 있었기에 클로라이네는 어느 정도 피해를 최소화하는 데 성공했지만 문제는 다른 곳에서 발생했다.

바로 표면 의식 아래 가라앉은 카엘라의 의식이었다.

그녀를 완벽하게 봉인하는 데 성공했지만 그것은 어디까지나 클로라이네의 정신이 온전할 때 이야기였다.

강하게 속박하는 의지가 약해짐으로써 카엘라를 억누르던 봉인이 느슨해졌고, 그 기회를 틈타 카엘라의 정신이 육체의 통제권을 찾기 위해 치열한 자리다툼을 벌이고 있었다.

'이런 독한 년이…….'

클로라이네는 이를 갈며 카엘라의 정신을 억누르고자 노력하였다.

하지만 그것이 쉽지 않았다.

상당한 타격을 입은 상태로 그랜드 크로스의 여파를 몰아내기 위해 안간힘을 쓰고 있었다. 그런 와중에 카엘라마저 들이닥치니 그녀로서는 여유가 없었던 것.

콰직! 콰지직!

내부를 뒤흔드는 소리와 함께 클로라이네의 내부에서 치열한 다툼이 연속적으로 벌어지고 있었다.

카엘라의 정신이 수면 위로 부상하고, 그랜드 크로스의 여파에 의해 상당한 타격을 입어 흥분한 상태였지만 클로라이네는 차분하고 신속하게 대처하고 있었다.

우선 카엘라의 정신 같은 경우 단단하게 봉인을 시켜두었기에 통제의 끈이 느슨해졌다 해도 단번에 치고 올라올 수는 없을 것이다.

그걸 잘 알고 있었기에 클로라이네는 카엘라의 정신이 치고 올라오게 놔두면서 그랜드 크로스의 여파를 몰아내는데 전력을 기울였다.

어차피 자신이 여유를 되찾으면 카엘라의 정신을 억누르는 것은 어려운 일이 아니었으니까.

이미 여러 차례 억눌러놓은 탓에 카엘라의 정신은 거의 소멸 직전에 몰려 있는 상황이다.

클로라이네가 소멸시킨 것이 아닌, 카엘라 스스로 지쳐 서서히 희망을 잃어가며 자멸하고 있는 것이다.

사실 이 정도 버틴 것만으로도 대단하다고 칭찬해주고 싶긴 하지만 더 이상 여유를 부라고 있을 수만은 없었다. 언제까지고 그녀를 이대로 놔둘 생각은 없었다.

떠오르면 억누르고, 떠오르면 억누름으로써 그녀를 착실히 약화시켰기에 한 번 더 확실하게 눌러 놓으면 완벽하게 소멸되리라.

카엘라의 정신이 서서히 치고 올라오는 것을 느끼며 클로라이네가 그랜드 크로스의 여파를 거의 다 몰아낼 무렵이었다.

서서히 충격에서 빠져나와 육체 통제권을 찾아가고 있을 무렵, 보이지 않는 음유한 기운이 그녀에게 쇄도하기 시작하였다.

순간, 쓰러져 있던 클로라이네의 몸이 부들부들 떨리기 시작하였다.

지금 자신에게 쇄도하는 기운의 정체가 무엇인지 짐작이 갔던 것이다.

'이, 이건……'

틀림없다, 틀림없는 파워 워드 킬의 기운이었다.

그것으로 소멸 위기를 겪어본 그녀가 파워 워드 킬의 기운을 잊을 리 없다.

정신을 파괴해버리는 정신계 최강의 마법 중 하나.

누가 시전하는 것인지 모르지만 지금 저것에 적중당하게 되면 무사하지 못할 것이라는 걸 그녀는 너무나 잘 알고 있었다.

'안 돼!'

피하기 위해 그녀가 자리에서 일어나려 했지만 이전의 공격으로 워낙 충격을 받은 상태여서 육체가 움직이지 않았다.

힘겹게 몸을 일으키는 데 성공했지만 그것이 끝이었다.

이미 파워 워드 킬은 그녀의 머릿속에 스며들고 있었다.

콰과과광!

폭죽 터지는 듯한 충격을 느끼며 클로라이네는 의식이 멀어지는 것을 느꼈다.

그랜드 크로스로 곳곳에 균열이 가 있던 정신이 파워 워드 킬에 의해 타격을 입으면서 산산조각이 나버렸다.

쩌저적!

부서지는 소리와 함께 클로라이네의 정신이 그대로 무너지기 시작한다.

그와 함께 그 자리를 대신한 것은 막 떠오르고 있던 카엘라의 정신이다.

그녀는 자신을 억압하던 클로라이네의 정신이 소멸하는 것을 느끼며 그 틈을 타 육체 통제권을 되찾으려 한다.

하지만 이미 약해질 대로 약해진 그녀는 클로라이네를 제대로 밀어낼 여력이 없었다.

콰콰콰! 콰콰콰콰!

클로라이네의 정신은 파괴되고 카엘라의 정신은 약해질 대로 약해져 제대로 육체를 다스리지 못하자, 몸에 자리한 마왕의 힘이 폭주하기 시작한다.

어둠의 마나가 그녀를 중심으로 퍼져 나가며 거대한 소용돌이를 일으키기 시작하였다.

그 모습을 지켜보던 슈미드는 카엘라가 위험한 상태라는 것을 알아차렸다.

파앗!

돌연 그가 쇄도하자 주변을 호위하고 있던 암흑 기사들이 검을 겨누며 접근을 차단하려 한다.

황궁에 진입할 때까지 협력관계를 구축하고 있었지만 이제 그들은 동료가 아니었다.

그저 이해관계가 맞아떨어져 잠시 손을 잡았을 뿐.

"비켜!"

암흑 기사들이 검을 겨누는 모습에 슈미드가 그답지 않게 인상을 찌푸리며 양손에 검은 불꽃을 일으켜 암흑 기사들을 튕겨낸다.

그들로서는 더욱 막강해진 슈미드를 막아설 수 없었다.

낙엽 같이 나가떨어지는 암흑 기사들.

그 모습만 보면 그들이 대륙 최강이라 칭해지는 암흑 기사단이라는 것이 믿기지 않을 정도였다.

마계화로 인해 더욱 강한 힘을 발휘할 수 있는 그들은 결코 약하지 않다.

단지 슈미드가 너무 강한 것이다.

십여 명의 암흑 기사들을 튕겨낸 슈미드의 신형이 그대로 카엘라에게 다가선다.

그는 폭주하는 어둠의 마나를 아무렇지도 않게 휘어잡으며 쓰러져 있는 카엘라의 등에 손을 얹는다.

그리고 자신이 익혔던 마나 연공법을 그녀에게 시전하기 시작한다.

자신이 익힌 마나 연공법은 알파드가 개발한 것으로 막대한 양의 힘을 효과적으로 갈무리할 수 있는 효능을 지니고 있다.

순식간에 폭주하던 어둠의 마나가 갈무리되기 시작한다.

서서히 가라앉는 어둠의 마나에 슈미드가 안도의 한숨을 내쉴 무렵, 암흑 기사들이 흉흉한 기색으로 검을 든 채 그에게 다가온다.

그 모습을 본 슈미드가 날카로운 어조로 외친다.

"멈춰! 더 이상 접근하지 마라. 나는 적의를 가지고 이러는 것이 아니다."

그럼에도 불구하고 암흑 기사들은 걸음을 멈추지 않았다.

적의를 가지고 있지 않았다면 자신들을 그런 식으로 튕겨낼 리 없지 않은가.

그들은 슈미드의 말을 믿지 않았다.

자신의 말을 전혀 믿지 않는 암흑 기사들의 모습에 슈미드가 피식 웃음을 짓더니 손을 뻗어 카엘라의 머리 위에 얹으며 말한다.

"더 이상 다가오면 너희들이 경외하는 마왕의 머리를 부숴주겠다. 아무리 마왕이라도 그 몸은 인간과 다를 바 없으니 머리가 부서지고서는 버틸 수 없겠지?"

그 말은 즉각 효과를 발휘하였다.

흉흉한 살기를 내뿜으며 다가오던 암흑 기사들이 걸음을 멈춘 것이다.

그 모습을 본 슈미드가 차분하게 가라앉은 눈으로 경고한다.

"그렇게 가만히 있도록. 더 다가오면 내가 어떻게 할지 모르니까."

그러면서 폭주하는 어둠의 마나를 다스리는 데 전력을 다하는 슈미드였다.

'힘들어.'

클로라이네의 정신이 어디론가 사라졌지만 카엘라는 자신의 힘이 너무나 약해졌다는 것을 자각할 수 있었다.

조금만 더 전진하면 육체 통제권을 되찾을 수 있을 것 같았는데 그 한 걸음을 내딛는 것이 힘들었다.

여기까지 온 것으로도 자신은 충분히 할 일을 다한 것이리라.

'이제 포기해도 되겠지?'

은의 절망이라 불리며 차가움의 대명사라 칭해지던 그녀답지 않은 생각이었다.

하지만 마왕의 압박 속에서 그동안 버텨온 것만으로도 대단하다 스스로 생각할 정도였다.

이제는 지쳤고 버티기도 힘들었다.

그녀가 막 포기하려고 할 무렵, 그녀의 귀에 울려 퍼지는 한 줄기 목소리가 있었다.

『카엘라 누나!』

그것은 틀림없는 슈미드의 목소리였다.

'……!'

육체 통제권을 찾아가고 있었지만 약해질 대로 약해진 정신으로 인해 서서히 포기하고 있던 카엘라였다.

하지만 슈미드의 목소리가 들려오는 순간 그녀는 무언가 확 깨어나는 기분이었다.

이대로 포기할 수 없다는, 하나뿐인 자신의 동생을 보지 못하고 사라질 수 없다는 생각이 강해진 것이다.

염원이 강해지자 없던 힘도 솟아나기 시작한다.

이 정도라면 충분히 육체 통제권을 되찾을 수 있을 것 같다.

카엘라는 자신이 지닌 모든 힘을 쥐어짜 육체 통제권을 찾으려 힘쓰기 시작한다.

파아아앗!

서서히 그녀의 눈에 들어오는 주변 풍경. 그것은 그녀가 완벽하게 육체 통제권을 되찾았음을 의미했다.

내딛기 힘든 한 걸음이 모든 것을 갈라버린 것이다.

그녀는 지금 자신의 눈에 들어오는 현실이 사실인지 꿈인지 분간이 가지 않아 눈을 감았다 떠본다.

깜빡깜빡.

연신 눈을 깜빡이는 카엘라.

그 모습을 보며 슈미드가 다급한 어조로 묻는다.

"카엘라 누나? 카엘라 누나?"

슈미드는 눈을 뜨는 그녀의 모습을 보면서 카엘라라는 것을 확신할 수 있었다.

자신을 바라보는 따스함이 깃든 눈. 언제나 어조는 무심했지만 바라보는 눈만큼은 따뜻했던 것을 그는 너무나 잘 알고 있었다.

그랬기에 그리운 자신의 누나를 불러보았다.

길지 않은 시간이지만 영원히 만날 수 없을 것 같았던, 그 간절했던 그리움을 목소리에 담아서.

그 목소리를 들은 카엘라가 입술을 파르르 떨며 간신히 입을 연다.

너무나 지쳤고 힘이 들었지만 사무치는 그리움으로 자신을 부르는 동생의 목소리에 대답해주고 싶었다.

입가를 부르르 떨던 그녀가 살짝 미소를 지어 보이더니 그의 이름을 부른다.

"슈미드……."

"그래, 누나. 나야, 슈미드!"

드디어 누나를 되찾았다는 생각에 슈미드가 감격 어린 미소를 지었다.

좀처럼 보기 힘든 진심이 담긴 환한 미소였다.

그 모습을 보며 카엘라 또한 미소를 지었다.

절망의 여제 클로라이네가 카엘라로 돌아오는 순간이었다.

제9화
반쪽짜리 약속 이행

Dark Blaze

카엘라가 육체 통제권을 되찾자 슈미드는 자리에서 벌떡 일어섰다.

뒤늦게 합류한 그렉스는 타들어가는 시선으로 슈미드를 노려보고 있었다.

강렬한 살기가 동반되고 있었지만 슈미드는 아무렇지도 않게 그 살기를 받고 있었다.

슈미드가 그렉스를 바라보며 짧게 끊어 말한다.

"그녀는 더 이상 마왕이 아닙니다."

"여제께 느껴지는 파동은 그대로다. 너의 말을 믿을 것 같으냐?"

강력한 정신계 마법에 당했지만 여전히 느껴지는 것은 자신들이 모시는 절망의 여제 클로라이네의 힘이었다.

그 말에 슈미드가 고개를 저었다.

"더 이상 클로라이네가 아닌, 본래 육체의 주인인 카엘라입니다."

"……여제 폐하께서는?"

"소멸되었습니다."

"……."

소멸되었다는 이야기에 침묵하는 그렉스. 그의 눈은 걷잡을 수 없이 떨리고 있었다. 그뿐만 아니라, 암흑 기사들의 눈도 떨리고 있었다.

"더 이상 암흑 왕국의 여제가 아닙니다. 이제부터 은의 절망 카엘라로서 살아갈 것이니까요."

워낙 지쳐 있던 탓에 카엘라는 정신을 놓은 상태였다.

기절한 그녀의 몸을 안아 들며 말하자, 그렉스는 마검을 치켜들며 슈미드를 가로막는다.

"그럴 수 없다."

"내 말을 믿지 못하겠다는 겁니까?"

날이 선 슈미드의 말에 그렉스가 고개를 가로저으며 말한다.

"그분의 정신체가 소멸되었다고 하나 육체에 남은 것은 절망의 여제께서 지닌 권능 그 자체. 따라서 그분이 우리가 모셔야 하는 여제라는 것에는 변함이 없다."

"흐음."

진심이 깃든 그렉스의 말에 슈미드는 매몰차게 거절할 수 없었다.

그의 말처럼 마왕 자체를 모시는 것이 아닌, 절망의 권능을 모시는 거라면 그렉스의 요청도 충분히 설득력이 있었으니까.

"그 부분에 대해서는 깨어나면 정하도록 하지요."

당사자인 카엘라는 약해진 정신력 때문에 기절한 상태.

그 모습을 본 그렉스는 고개를 끄덕인다.

"좋다. 대신 우리가 그분을 모시고 있도록 하겠다."

"……그렇게 하십시오."

아직 끝내야 할 일들이 남아 있다. 자신에게는 정신을 잃은 카엘라를 돌볼 여력이 없었기에 암흑 왕국 인물들의 도움을 받는 것이 차라리 낫다는 판단이었다.

대신 그냥 내어주는 것이 아니었다.

"당신을 비롯하여 암흑 왕국 인물들 모두가 그녀를 지키는 데 전력을 다하시길. 더 이상 제국의 멸망을 바라는 클로라이네는 없으니 말입니다."

"……그렇게 하도록 하겠다."

순순히 수락하자 슈미드는 카엘라를 안아 들어 그녀가 타고 온 마차 안에 몸을 눕혀주고 나온다.

그가 나오기 무섭게 암흑 기사들이 주변을 빈틈없이 감싼다.

괜히 자신이 믿음을 주지 못한 것 같아 슈미드는 쓴웃음을 지으며 그렉스에게 말한다.

"잘 부탁드리겠습니다."

"……."

마왕이 차지한 몸이 그의 누나라는 것을 알고 있었기에 그렉스가 고개를 끄덕이는 것으로 대답을 대신한다.

그 모습에 슈미드는 안심하고 앞으로 나설 수 있었다.

그곳에는 첸과 황제가 공격을 주고받으며 치열한 접전을 벌이고 있었다.

"저번에 그렇게 당하시고도 다시 찾아오셨군요."

비웃음이 역력한 자미에르 대제의 목소리에 첸은 흔들림 없는 표정으로 대답한다.

"설마 인간의 몸으로 그렇게 강해질 것이라 상상도 못했지. 확실히 너의 힘은 예상 이상이었다."

"아무렴요, 대륙을 영원히 지배할 제가 그 정도 힘을 보유하는 것은 당연한 일 아니겠습니까? 스승님은 저를 막기 위해 다시 찾아오셨지만 저는 그때와 비교도 할 수 없을 정도로 강해졌습니다. 당신 혼자서 막는 것은 불가능합니다."

"확실히 강해졌군. 마왕을 압도할 정도의 힘을 지니고 있었으니."

담담하게 말하는 첸의 모습에 자미에르 대제는 알 수 없는 불안함을 느낀다.

그의 차분한 모습에서 알 수 없는 위화감이 느껴졌던 것이다.

한편, 자미에르 대제를 바라보는 첸은 슈미드와 이야기 나누던 순간을 떠올린다.

"황제는 내가 제거하도록 하겠다. 그를 양보해주면 좋겠다."

"하지만 그는 제 아버지를 살해하도록 사주한 장본인입니다."

"알고 있지. 하지만 그에 앞서 그를 제국의 황제로 발돋움할 수 있게 한 것은 바로 나일세. 결국 이 모든 일은 나로 인해 비롯된 일이지. 그에 대한 속죄를 하고 싶다네."

"……알겠습니다."

"고맙네."

"대신 반드시 황제를 꺾어주십시오."

"그렇게 하도록 하지."

근위기사들을 제압하면서 첸은 슈미드에게 부탁을 하였다.

슈미드에게 있어 가장 큰 적은 황제라 할 수 있다.

그런 만큼 그에게 양보해달라 하는 것은 복수의 가장 큰 대상을 양보해달라는 말과 다름없었다.

첸의 탓은 아니지만 그가 엘리멘탈 프로젝트의 기반을 마련해주었고, 그것을 바탕으로 자미에르 대제는 일개 왕국을 대제국으로 키워내고 말았다.

그리고 거기서 한 단계 더 나아가 본인 스스로 중간계의 신이 되려 한다.

모든 것이 자신으로 인해 시작된 만큼 끝맺음 또한 자신의 손으로 하고 싶었다.

굳은 결의가 느껴지는 첸의 모습에 슈미드는 머뭇거릴 수밖에 없었다.

그는 자신의 모든 것을 바쳐서라도 황제를 제거할 속셈이었다.

결국 슈미드는 고민 끝에 결정을 내릴 수밖에 없었다.

그렇게 어렵사리 슈미드의 결심을 꺾고 첸이 나서게 되었다.

슈미드가가 느꼈던 것처럼 첸은 자신의 모든 것을 동원하여 자미에르 대제를 소멸시킬 생각이었다.

"역대 거울의 종족 왕 중에서 나는 가장 우유부단한 축에 속했지. 판단이 빠르지 않으며 성격 또한 호전적이지 않고 평화 지향적이지. 뿐만 아니라 동족들을 휘어잡는 카리스마도 없었어. 오로지 동족을 포용할 수 있다는 것 하나만으로 왕의 자리에 올랐지."

담담하게 입을 여는 첸.

"……."

전혀 알려지지 않은 거울의 종족에 관련된 것이기에 자미에르 대제는 조용히 그 이야기를 듣는다.

그러자 첸이 자미에르 대제를 바라보며 말한다.

"나는 살아오면서 큰 실수를 두 번이나 반복했네. 하나는 나의 그릇된 판단으로 인해 영마전쟁이 일어났으며 다른 하나는 이종족의 평화를 위해 인간에게 너무나 큰 힘을 안겨다 주었다는 것."

"두 가지 실수 중 하나가 바로 저로군요."

자미에르 대제가 미소를 지으며 묻자 첸이 고개를 끄덕인다.

"나로 인해 대륙에 전란이 찾아오고 불멸의 독재자가 강림하려 하니, 어찌 내 가만히 있을 수 있겠는가. 나의 능력으로 두 가지 과오를 모두 씻을 수 없지만 그 중 하나만큼은 반드시 씻어낼 생각이라네."

그 말과 함께 첸이 양손을 서서히 든다.

투명한 기류가 일렁이며 그의 손에 서서히 응집되고 있었다.

그 힘의 크기는 예전 겨룰 때와 다를 바가 없었다.

저 정도 힘으로는 자신은커녕 마계화로 전력을 발휘할 수 있게 된 그렉스조차 이길 수 없을 듯싶었다.

피식 미소를 지으려던 찰나, 돌연 첸의 기세가 뒤바뀌기 시작하였다.

서서히 응집되던 그의 기세가 폭발적으로 증가하기 시작한 것이다.

콰콰콰콰콰콰!

방금 전과 확연하게 다른 기세.

그 기세를 접한 자미에르 대제의 표정이 바뀌기 시작한다.

폭발적으로 증가하는 기세가 무엇을 의미하는지 알아차린 것이다.

"정녕 파국을 맞이하고 싶으신 것입니까?"

기괴하게 표정을 일그러뜨리며 말하는 자미에르 대제.

그가 이렇게 말하는 이유는 간단했다.

첸은 자신의 힘을 속박하는 마지막 고리를 풀어버린 것이다.

거울의 종족은 드래곤과 비등할 정도로 대단한 힘을 지니고 있지만 육체적 단점이 존재한다.

바로 존재를 빼앗을 경우, 그 종족의 한계가 거울의 종족에게 적용되는 것이다.

드래곤에 비해 부족하지 않은 힘을 보유하고 있지만 시간이 지날수록 육체가 노쇠해지기에 한계 고리가 생성된다.

그로 인해 육체가 무리하지 않도록 제약 걸어둘 수밖에 없고, 그 제약의 고리로 인해 발휘할 수 있는 힘에 한계가 생기는 것이다.

만약 그 고리를 모두 풀어 전력을 발휘하게 되면 육체에 무리가 가서 급속도로 육체 능력이 떨어지게 된다.

이 경우 다음에 전력을 발휘할 수 있다는 기약이 없기에, 대륙의 판도가 뒤집힐 수 있을 정도의 중대사가 아닌 이상 자신의 전력을 발휘하지 않는다.

그런데 첸은 지금 자신의 모든 전력을 발휘하기 위해 한계의 고리를 풀어버린 것이다.

지켜보던 자미에르 대제의 표정이 일그러진 것은 이와 같은 이유 때문이었다.

"널 제거하는 데 모든 전력을 기울일 것이다. 미몽에 빠진 어린 양아."

"좋습니다. 그렇게 나온다면 전력을 다하여 제거하도록 하겠습니다. 당신이 가르친 이 힘의 진정한 형태를 보여 드리도록 하지요."

일갈을 터뜨리며 자미에르 대제가 손을 뻗는 순간, 순백의 빛이 어느새 첸의 면전에 도달해 있었다.

세상에서 가장 빠른 빛의 특성을 그대로 살린 일격이었다.

순식간에 공간을 점하고 들어오는 빛의 공격에 첸이 눈을 빛내더니 손을 뻗는다.

투명한 기류가 그의 손에 아른거리더니 빛을 그대로 사등분한다.

예전과 판이하게 다른 경이로운 반사속도였다.

"과연."

자신의 일격을 받아내는 첸의 모습에 자미에르 대제는 나직이 감탄사를 흘리며 손을 가볍게 흔든다.

파바밧!

허공에서 생성된 빛의 화살이 쇄도하기 시작한다.

눈부시게 빠른 빛의 화살은 그대로 첸의 전신을 뒤덮어나갔다.

자미에르 대제의 공격은 거기에서 끝나지 않았다.

첸이 빛의 화살에 반응을 보이는 순간, 그의 손이 허공을 향해 뻗어 나가더니 그의 손끝에서 빛의 기둥이 발생하며 그대로 첸을 집어삼키기 시작했다.

그를 한차례 궁지로 몰아넣었던 빛의 심판이었다.

빛의 화살을 피하기 위해 뒤로 물러나는 순간, 빛의 심판이 그대로 첸의 몸을 집어삼켰다.

모든 것을 정화시키는 빛의 심판은 모든 존재를 무로 돌려버리는 강력한 위력을 지니고 있다.

자미에르 대제의 강함은 강력한 힘에 바탕을 두고 있지만 그에 못지않게 심계도 뛰어나다.

이미 한번 손을 섞어보았기에 첸의 이동 경로를 그대로 꿰뚫고 있는 것이 주효했다.

설사 드래곤이라 하더라도 빛의 심판에 적중당하면 무사할 수 없으리라.

당연히 연약한 인간의 육체를 지닌 첸이 무사할 리 없다.

"후후후. 창조신의 조화 속에서 자연스럽게 파생된 정령이야말로 신에 가장 가까운 존재. 아무리 고등 종족이라 하더라도 정령의 힘을 받아낼 수는 없을 것입니다."

황제가 입가에 웃음을 지으며 정령의 힘을 찬양하고 있을 때였다.

돌연 빛의 기둥에 흔들리는 듯한 움직임이 일어나더니 그대로 허공에서 흩어지기 시작한다.

푸스스스.

"아니?"

갑자기 허공에서 흩어지는 빛의 심판을 보고 자미에르 대제가 놀란 표정을 짓는다.

빛의 심판이 사라진 자리에 첸이 입가에 미소를 지은 채 서 있었다.

어떻게 빛의 심판을 파훼할 수 있단 말인가.

클로라이네처럼 완전히 피한 것도 아닌데?

"거울의 종족은 각각 권능을 가지고 있지. 그 권능을 이용한다면 네 공격을 막아내는 일쯤은 어렵지 않아."

그 말과 함께 첸이 손을 뻗는다.

피슛!

동시에 거짓말처럼 자미에르 대제의 오른쪽 허벅지가 베이더니 피가 흘러나온다.

불멸체를 이루었다고 자부하는 그의 몸에서 피가 흘러나온 것이다.

"……!"

경악하는 그를 보며 첸이 입가에 미소를 짓는다.

"역시, 예상대로군."

그리고 다시 손을 움직이자, 이번에는 왼쪽 허벅지에서 피가 흘러나온다.

"큭!"

흘러나오는 신음을 간신히 집어삼키며 자미에르 대제가 비틀거린다.

정령에 다다른 자신의 육체에서 피가 흘러나오는 것이 믿기지 않는 듯했다.

더군다나 이만한 고통이라니.

자신이 불멸체가 된 이래로 잊고 있었던 고통이 허벅지에서 느껴지고 있었다.

남들보다 월등한 회복력을 지니고 있었기에 자체적으로 치료되고 있었지만 충격적인 사실이라는 데는 변함이 없다.

"불멸체가 아니라 일시적 정령화로군."

자미에르 대제가 이룩한 것을 평가하며 첸이 재차 공격을 가한다.

그가 지닌 권능은 대기의 공기를 자유로이 다룰 수 있는 능력이었다.

특히 공간을 지배하여 상대방을 베어버리는 이 기술은 절대적이라 해도 과언이 아닐 정도로 강력한 기술이어서, 전력을 발휘했을 때 그는 단 한 번도 패배를 경험해 본 적이 없다.

그만큼 첸은 진심으로 자미에르 대제를 죽이기 위해 움직이고 있는 것이다.

피슛! 핏! 핏! 파바바밧!

첸이 손짓을 할 때마다 자미에르 대제의 몸이 차례로 베이기 시작했다.

당장 팔을 절단해버린다거나, 목을 베어버릴 목적으로 일격을 날리고 있지만 자미에르 대제는 초인적인 감각으로 결정적인 공격은 막아내고 있었다.

하지만 완벽하게 피한다는 것은 불가능한 일.

자미에르 대제는 전신에 피를 흘리며 서서히 침몰하고 있었다.

불멸체라는 말이 무색할 정도로 몸 곳곳이 난도질당하고 있는 것이다.

순식간에 자미에르 대제는 피범벅이 되어가고 있었다.

"폐, 폐하!"

근위기사들은 그 모습을 보며 당장에라도 나설 듯 검을 움켜쥐었다.

마왕조차 압도한 자미에르 대제가 설마 평범한 노인에게 이렇게 압도당할 줄이야.

막 뛰쳐나가려는 그들을 제지한 것은 테베로즈 후작이었다.

그는 침중하게 굳은 얼굴로 근위기사들을 막아서고 있었다.

"……믿어야 한다. 나서면 안 된다."

고개를 젓는 그를 보며 근위기사들이 격렬하게 항의하였다.

"폐하께서 당하고 계십니다, 단장님!"

"하지만 참아야 한다."

"어째서 참으라는 것입니까?"

그 말은 부단장 윔스 백작의 입에서 흘러나왔다.

"바로 눈앞에 존재하는 제국 제일 공적 때문이다."

그의 시선은 언제라도 뛰어들 자세를 취하고 있는 슈미드에게 향하고 있었다.

자신들이 난입한다면 슈미드 또한 전투에 가세할 것임이 분명했다.

그렇게 되면 난전이 벌어질 것은 뻔했다.

슈미드만 뛰어든다면 어떻게든 막아낼 수 있겠지만 문제는 암흑 왕국 측 인물들이다.

그렉스와 암흑기사단이 합류하면 오히려 전투는 불리하게 돌아갈 것이다.

그 말의 의미를 알아차린 근위기사들이었지만 그냥 두고 보기에는 자미에르 대제가 일방적으로 몰리고 있었다.

"하지만 폐하께서……."

"폐하께서 준비한 한 수가 있다. 조금만 버티면 된다. 조금만……."

그렇게 대답을 한 웜스 백작이 슈미드에게 시선을 둔다.

하지만 그 시선에도 불구하고 슈미드는 내색조차 하지 않은 채 한 곳에 시선을 고정하고 있다.

그곳에는 테베로즈 후작이 서 있었다.

그는 알파드를 제거한 세 사람 중 한 사람으로, 슈미드가 제거해야 할 원수 중 한 사람이었다.

테베로즈 후작 또한 슈미드의 시선을 느끼고 있었기에 그를 마주 노려보고 있었다.

그러나 시간이 지날수록 그의 표정은 좋지 않게 변하고 있었다.

"정말 대단하군."

첸은 혈인이 되어버린 자미에르 대제를 보며 감탄을 터뜨렸다.

몸에 더 이상 피를 흘릴 구석이 없을 정도로 피가 흘러내리고 있음에도 불구하고 여전히 버티고 서 있는 자미에르 대제의 모습에는 감탄할 수밖에 없었다.

그는 스스로를 불멸체라 하였지만 첸이 보기에는 미완전체에 지나지 않았다.

웬만한 공격을 받을 경우 육체가 그에 반응해 자체적인 정령화를 시전하지만, 그 반응속도를 초월하는 공격을 당하게 되면 정령화를 이루기 전에 육체 자체에 타격을 입게 된다.

그렇기에 반응속도의 한계를 뛰어넘은 첸의 공격에 속수무책으로 당하는 것이다.

그는 처음부터 이것을 꿰뚫어보고 있었기에 어렵지 않게 자미에르 대제를 공략할 수 있었다.

확실하게 베어버리기 위해 그를 공격하고 있지만 대제는 초인적인 반사속도로 간신히 버텨내고 있었다.

"……."

자미에르 대제의 얼굴 살이 푸들푸들 떨리고 있었다.

그는 지금 상황을 믿을 수 없었다.

빛의 힘을 흡수하여 누구보다 강대한 힘을 손에 넣었다.

거울의 종족 왕이라 칭해지는 첸을 격퇴하였고, 마왕조차 무너뜨렸다.

최강의 종족이라는 드래곤조차 자신의 상대가 되지 않을 것임이 분명하다.

그런데 지금 이 상황은 무엇이란 말인가.

분명 상성이 나쁘기는 하지만 그것으로 치부하기에는 자미에르 대제의 자존심이 너무나 높았고 힘 또한 너무나 강했다.

이렇게 맥없이 당하는 것은 있을 수 없는 일인 것이다.

'대륙을 지배할 내가…… 불멸의 지배자로 존재할 내가…….'

머릿속이 복잡하게 뒤엉키기 시작할 무렵, 또다시 시전된 첸의 공격을 가까스로 피해낸다.

하지만 그 예기가 그대로 살갗을 스치고 지나가는 바람에 피가 분수처럼 뿜어져 나온다.

심각한 상처는 아니었지만 너무나 많은 피가 흘러내리고 있다.

이대로 두면 틀림없이 과다출혈로 인해 죽고 말 것이 분명하다.

제국의 황제이자, 마왕조차 격퇴한 자신이 과다출혈로 죽는다?

이대로 죽을 수 없다는 생각과 함께 플로리데의 빛의 원천을 흡수해야겠다는 생각이 머리를 지배해나가기 시작한다.

자미에르 대제는 마침내 포효를 터뜨리며 외친다.

"크아아아아! 라이넌 백작! 어디에 있느냐!"

그의 외침이 닿은 것일까.

"부르셨습니까, 폐하."

절묘한 타이밍에 등장하여 대답하는 라이넌 백작.

고개를 돌린 자미에르 대제의 시선이 그에게 향하자 고개를 정중하게 숙이며 말한다.

"늦어서 죄송하옵니다, 폐하. 명을 확실하게 이행하여 공주마마를 모셔왔나이다."

그러면서 옆으로 비켜서자 자미에르 대제의 눈에 플로리데의 모습이 눈에 들어왔다.

순간 자미에르 대제의 눈에 활기가 돌기 시작한다.

그녀의 내면에 자리한 빛의 원천을 흡수할 수만 있다면 자신은 완벽한 불멸체로 올라설 수 있다.

이미 자신이 최강이라 생각하던 자존심이 구겨진 차였기에 더 이상 딸에 대한 걱정 따위는 존재하지 않고 있었다.

피에 흠뻑 젖은 그가 양팔을 활짝 벌린 채 플로리데에게 다가간다.

"오오, 어서 와라, 플로리데."

"아, 아바마마."

플로리데는 전신에 피를 흘리고 있는 자미에르 대제를 보며 자기도 모르게 뒤로 한 걸음 물러나려는 것을 간신히 참아냈다.

그 사이 자미에르 대제는 플로리데에게 다가온다.

그녀에게서 아주 좋은 향기가 풍기고 있었다.

당장 집어삼키면 완전체가 될 수 있을 듯한 아주 맛있는 원천의 향기가.

"이리 오너라, 플로리데."

그 말을 듣고 앞으로 걸어나가려던 플로리데가 멈칫한다.

우연히 마주친 자미에르 대제의 눈이 욕망으로 번들거리고 있던 것이다.

자신을 보며 음심을 품던 귀족 청년들에게서 느끼던 것보다 더욱 역겹고 불쾌한 시선이었다.

도대체 무슨 생각을 하고 있기에 저런 눈빛을 하고 있는 것이란 말인가.

멈칫하며 앞으로 나아가지 못하자 자미에르 대제가 입가에 미소를 짓는다. 하지만 그 미소는 너무나 가식적으로 느껴졌다.

"왜 그러느냐, 플로리데. 어서 이리로 오지 않고?"

자미에르 대제가 한 걸음 앞으로 나아가면 플로리데가 한 걸음 물러서는 형국이었다.

"……."

그것을 보며 첸은 함부로 움직일 수 없었다.

두 사람이 워낙 가까운 거리에 있어 자칫 컨트롤을 잘못하면 플로리데가 맞을 수도 있던 것이다.

플로리데가 잘못되면 뒤에 서 있는 슈미드를 볼 면목이 없어진다.

첸이 머뭇거릴 무렵, 한 줄기 검은 불꽃이 허공을 가르며 자미에르 대제에게 쇄도한다.

그 신형의 정체는 다름 아닌 슈미드였다.

그는 플로리데를 발견한 순간, 정령화를 시전하여 검은 해일로 자미에르 대제를 덮쳐나갔다.

단숨에 그의 목을 취하려는 망설임 없는 단호한 행동이었다.

순식간에 공간을 격하고 날아가는 그의 신형을 자미에르 대제가 놓칠 리 없다.

슈미드를 보는 순간 자미에르 대제는 반사적으로 손을 뻗었다.

티딕! 티디딕!

놀라운 회복력으로 서서히 아물고 있는 그의 상처가 다시 벌어졌지만 개의치 않은 채 빛의 힘을 응집하여 슈미드의 검은 불꽃을 튕겨낸다.

콰과과광!

거센 폭발음과 함께 검은 불꽃으로 화했던 슈미드의 신형이 흔들리더니, 얼마 떨어지지 않은 거리에서 형태를 갖춰나간다.

그의 모습을 확인한 플로리데가 흔들리는 눈으로 그를 바라보며 외친다.

"슈, 슈미드 경."

"플로리데!"

애타는 감정을 담아 그녀의 이름을 부른 슈미드가 자미에르 대제를 본다.

그는 플로리데를 옆에 둔 채 묘한 미소를 지으며 그에게 말한다.

"오랜만이군."

"오랜만에 뵈옵니다, 폐하."

살짝 고개를 숙여 예를 취하는 슈미드. 조금 전까지 살기를 품고 달려들던 모습과 대조되는 행동이 아닐 수 없다.

"그래, 마침내 이곳까지 오게 되었군."

"저 또한 이곳까지 오게 될 것이라 생각지 못했습니다. 이곳까지 오게 된 것은 제 운이 닿았기 때문이라 생각합니다."

"하하! 대단하군. 정말 대단해. 분명 처음 만났을 당시만 해도 그저 천재적인 재능을 지닌 게 전부인 청년이라 생각했는데 벌써 이렇게 성장할 줄이야. 그래, 앞을 가로막은 세 공작은 어떻게 되었지?"

슈미드가 이곳까지 온 것으로 보아 그들 모두 죽었을 것이라 생각하는 듯했다.

"안심하시길, 세 공작 전하 모두 무사하십니다."

"그래? 의외로군. 특히 글레이드 공작은 이를 갈고 있을 테고, 아르칼 공작은 그대의 원수일 텐데……."

의아한 기색을 띠며 묻는 자미에르 대제에게 슈미드는 자신만의 이유를 가져다 댄다.

"아르칼 공작 전하께서 아버지를 상대한 것은 나름대로 이유가 존재하고 있었으니까요."

"그래, 이곳까지 온 것은 짐을 보기 위한 것인가?"

"그렇습니다. 모든 일의 주범인 폐하를 제 손으로 벌하고자 찾아왔습니다."

"감히……!"

자미에르 대제에게 연거푸 무례한 발언을 하는 슈미드에게 살기를 내뿜으며 테베로즈 후작이 앞으로 나선다.

"물러나라, 테베로즈 후작."

"하지만 형님 폐하!"

항의하려는 듯한 테베로즈 후작을 바라보며 슈미드가 입꼬리를 말아 올린다.

웃음을 짓고 있지만 한눈에 봐도 조소임을 알 수 있는 그런 웃음이었다.

"아버지를 죽이는 데 일조한 분이 바로 당신이로군요. 뵙게 되어 영광입니다, 테베로즈 후작 각하."

"네놈……."

비꼬는 기색이 역력했기에 테베로즈 후작의 표정이 굳어간다.

슈미드를 보는 순간 알파드의 그림자가 그에게서 느껴졌던 것이다.

그 기분이 떠오르자 불쾌함이 전신에 퍼져 나갔다.
알파드의 그림자를 지우기 위해서 십 년이 넘는 시간을 보내야 했다.
그가 추후 황제에게 위협이 될 것이라, 결코 제국에 도움이 되지 않을 거라 생각해서 황제에게 강력하게 권유하여 마침내 그를 제거할 수 있었다.
그것은 질투였을지도 모른다.
애초에 자신보다 월등하게 뛰어나며 자미에르 대제를 위협할 정도로 뛰어난 무위를 지닌 그가 마음에 들지 않았으니까.
영원히 그를 뛰어넘을 수 없을지도 모른다는 위기감이 들었기에 테베로즈 후작은 그답지 않은 선택을 하였다.
"물러서라, 테베로즈 후작."
냉랭한 자미에르 대제의 목소리가 들려오자 테베로즈 후작이 몸을 움찔 떨더니 그를 바라보며 말끝을 흐린다.
"형님 폐하……."
"짐의 말이 들리지 않는가?"
"……죄송합니다."
고개를 깊게 숙이며 사과한 채 물러서는 테베로즈 후작.
하지만 그의 눈은 이글거리며 슈미드를 노려보고 있었다.
그런 시선은 아랑곳 않고 슈미드는 자미에르 대제에게 시선을 고정한다.
"짐을 벌하고자 이곳까지 오다니. 참으로 대단하군. 하하하!"

"그 의지가 저를 강하게 만들었습니다."

"그래, 그래서 짐을 벌할 수 있으리라 생각하는가?"

첸에게 형편없이 당하는 모습을 보였지만 마왕조차 압도했던 것이 바로 자신이다.

이제 곧 플로리데의 힘을 흡수하면 완전체가 될 것이다.

"물론입니다."

"그렇군. 짐을 벌하겠다니, 참으로 멋진 포부야."

야망을 가진 이를 자미에르 대제는 좋아한다.

특히 슈미드같이 능력을 지닌 인물의 포부는 더욱 마음에 든다.

그렇기에 아드리온 공작을 중용했던 것이기도 하고.

"하지만 그 실력으로는 무리다."

"지금 폐하의 상황이 좋지 않은데도 말입니까?"

"추태를 보이기는 했지. 하지만 이제는 분위기가 반전될 걸세."

그러면서 첸을 힐끗 본 자미에르 대제. 형편없이 당하던 것이 떠올라 그의 표정이 차츰 일그러진다. 플로리데를 방패로 연명하고 있다는 사실이 그로 하여금 참을 수 없는 수치심을 불러일으키고 있었다.

"그렇군요. 기대하도록 하겠습니다."

슈미드와 자미에르 대제 사이에 살벌한 분위기가 조성되기 시작하자 플로리데가 나선다.

그녀는 황제를 바라보며 애타는 어조로 말한다.

"아바마마! 분명 저를 데려올 때 약속하셨잖아요."

"플로리데, 짐은 분명 기회를 주었지만 그의 의지를 보지 않았더냐? 그의 의지를 꺾는 것은 불가능한 일이다."

"슈미드 경…… 정말 화해는 불가능한 건가요?"

"아버지를 죽이라 명령한 자와 화해할 수는 없어. 하지만 네가 원한다면 최소한의 피해로 줄이도록 노력할 수는 있어. 무엇보다 과거의 약속이 있었으니까."

그렇게 말하며 슈미드가 자미에르 대제를 바라보자 그는 고개를 갸웃한다.

"약조라?"

"분명 삼 년 전, 오 년 안에 제가 능력을 갖추고 다시 모습을 드러낸다면 플로리데를 제게 주겠다고 말씀하셨습니다. 저는 그 약속을 지켰으니 플로리데를 데려가도록 하겠습니다."

"아아……."

그 말을 듣는 순간 자미에르 대제는 자신이 장난처럼 했던 말이 떠올랐다.

플로리데를 클라레스 공국의 마수에서 구해낸 그에게 오 년 안에 능력을 갖추면 신부로 주겠다는 말을 한 적이 있다.

그때는 유망한 천재를 붙잡아두기 위한 말이었지만 그는 그것을 기억하고 그때의 약속을 이행하라 하고 있었다.

자미에르 대제는 슈미드가 준비해둔 한 수를 떠올리고는 웃음을 지었다.

"하하, 하하하하! 한 방 먹었군. 설마 그런 식으로 말을 할 줄이야. 이거, 짐이 직접 약속한 것을 어길 수도 없고, 난감하군.”

“제국을 다스리는 황제 폐하의 말씀은 가볍지 않으리라 믿습니다.”

묘하게 자존심을 건드는 말을 첨부하자 자미에르 대제의 입가에 맺힌 미소가 더욱 짙어지기 시작한다.

“그래, 황제의 약속은 무거운 법이지.”

입가에 지은 미소가 짙어질수록 슈미드는 묘한 위화감을 느껴야 했다.

약속을 지킬 듯 말을 하고 있지만 그의 행동은 정반대로 이루어질 것 같은 불안감에 휩싸이고 있던 것이다.

하지만 그 불안함을 종식시키듯 자미에르 대제가 플로리데에게 말한다.

“플로리데, 가도록 하여라.”

“예?”

“……!”

너무나 순순히 말하는 그의 모습에 플로리데와 슈미드가 놀란 표정을 짓는다.

“사랑하는 사람과 함께할 수 있도록 해주겠다고 짐이 약속하지 않았더냐?”

“아, 아바마마…….”

플로리데의 목소리가 가늘게 떨리고 있었다.

자신이 사랑하는 사람과 아버지가 원수라는 지금 상황이 너무나 싫었다. 그리고 둘 중 누구 하나를 선택해야 한다는 현실이 원망스러웠다.

그렇다고 하여 슈미드에게 복수를 하지 말라 하기에는 너무나 먼 길을 와버렸다.

더 이상 돌아갈 길은 없는 셈이다.

"지금이라도 복수를 중단하는 건…… 무리겠지요?"

"미안해, 플로리데."

슈미드의 사과에 플로리데는 힘없는 미소를 짓는다.

이미 그의 말을 예상하고 있었기에 딱히 충격적이지도 않았다.

"괜찮아요…… 약속한 일인걸요."

그렇게 말한 플로리데가 슈미드에게 발걸음을 옮기려던 차였다.

뒤에서 자미에르 대제의 목소리가 들려왔다.

"테베로즈 후작."

"예, 폐하."

"지금부터 그대와 근위기사들이 보게 될 것을 영원히 잊도록 하라. 맹세할 수 있는가?"

이런 경우가 종종 있다.

모든 것을 보고도 절대 발설하지 말아야 하는 순간이.

근위기사들은 한목소리로 외쳤다.

"예, 폐하! 명을 따르겠습니다."

"명을 따르겠습니다."

"그래, 명령을 잘 들어 좋군."

입가에 미소를 지은 자미에르 대제가 손을 뻗는다.

그의 손이 향한 곳은 플로리데의 등이 자리한 부분이었다.

자신에게 다가오는 플로리데를 바라보다 자미에르 대제가 이상한 명령을 내리고 손을 뻗는 것을 보는 순간 슈미드는 불안한 느낌을 받았다.

그는 서둘러 플로리데를 자신의 옆으로 데려오고자 팔로 그녀의 몸을 휘감았다.

"플로리데, 피……."

슈미드의 말은 더 이상 이어지지 못했다.

자신을 향해 걸어오던 플로리데 몸의 힘이 한순간 풀려버리더니 그대로 무너져 내린 것이다.

그와 동시에 플로리데의 몸 전체에 변화가 일어나기 시작했다.

생기가 감돌던 그녀의 피부가 바싹 마르기 시작하며, 푸른색 머리가 새하얗게 변해가고 있던 것이다.

그것은 틀림없는 노화였다.

늙어가는 플로리데를 보며 슈미드가 넋을 잃은 듯한 표정을 짓고 있을 때, 황궁을 뒤흔드는 커다란 웃음소리가 울려 퍼지기 시작하였다.

"크하하하하하!"

그곳에는 새하얀 광휘에 휩싸인 자미에르 대제가 자리하고 있었다.

제 10 화

변함없이 너를 사랑할게

Dark Blaze

"마침내 얻었구나. 빛의 원천."

내면에서 느껴지는 충만감에 자미에르 대제는 희열에 휩싸여 몸을 부들부들 떨었다.

그동안 빛의 원천을 왜 취하지 않았는지 후회가 될 지경이었다.

이렇게 강한 힘을 앞에 두고 취하지 않았다니.

기존의 힘과 전혀 상반된 어마어마한 힘은 자미에르 대제에게 새로운 세계를 느끼게 하고 있었다.

정령왕의 힘이라 칭해지는 빛의 원천은 불완전체였던 자미에르 대제를 완전체의 길로 이끌었다.

새하얀 광휘에 휩싸인 자미에르 대제는 천천히 빛의 원천을 흡수하고 있었다.

하나하나 흡수될 때마다 그는 희열에 휩싸여 몸을 부들부들 떨고는 하였다.

그 모습을 조용히 지켜보던 첸의 표정이 굳었다.

기미가 이상하다 생각했지만 설마 플로리데의 빛의 원천을 취할 줄 몰랐던 것이다.

아니, 예상하고는 있었지만 이런 전개는 예상하지 못했다.

"설마 이렇게 간단하게……."

정령왕의 힘을 저렇듯 간단한 손짓 한번으로 취하다니.

위기감을 느낀 첸은 빠르게 공격을 감행하였다.

하지만 그의 공격은 자미에르 대제에게 전혀 타격을 주지 못했다.

완전체가 된 자미에르 대제의 몸은 더 이상 그의 공격으로는 타격을 줄 수 없는 경지에 도달한 것이다.

파스! 파스스!

예리한 첸의 공격이 자미에르 대제의 몸을 꿰뚫었지만 금세 복구되고 말았다.

그의 공격에 자미에르 대제는 조소 가득한 어조로 입을 열었다.

"후후후! 조금만 기다리십시오, 스승님. 섭섭하지 않게 상대해 드릴 테니."

완전체에 접어든 그는 더 이상 두려울 것이 없었다.

한편, 슈미드는 자미에르 대제의 변화에 전혀 관심이 없었다.

그의 시선은 오로지 힘없이 자신의 품에 쓰러진 플로리데에게 향해 있었다.

"플로리데, 플로리데!"

자신을 다급하게 부르는 목소리 때문일까.

몸에 힘이 쭉 빠진 상태임에도 불구하고 플로리데는 힘겹게 미소를 지으며 입을 연다.

"가, 갑자기 몸이 무겁네요…… 움직이기도 어렵고……."

말을 하고 있는 와중에도 그녀의 몸은 급속도로 노화가 진행되고 있었다.

태어날 때부터 빛의 원천을 내부에 갈무리하고 있던 플로리데는 그녀 자신의 생명 에너지와 빛의 원천을 거의 완벽하게 일치시키고 있었다.

그러다 보니 빛의 원천이 빠져나가며 덩달아 생명 에너지까지 빠져나가게 된 것이다.

그로 인해 그녀는 지금 이십대를 넘어서, 삼십대, 사십대, 오십대, 육십대로 넘어가고 있었다.

순식간에 할머니가 되고 있었던 것이다.

"괜찮아, 괜찮으니 가만히 있어."

그의 다급한 어조를 들으니 플로리데는 자신에게 무언가 변고가 일어났다는 것을 알고 싶지 않아도 알 수 있었다.

그녀는 무겁게 느껴지는 자신의 팔을 천천히 든다.

그러자 새하얗고 고운 손이 아닌, 주름이 자글자글한 할머니의 손이 그녀의 눈에 들어왔다.

다른 사람의 손이 아닌, 틀림없는 자신의 손이었다.

힘겹게 손을 든 그녀는 자신의 얼굴을 쓰다듬어본다.

거친 손바닥과 더불어 백옥같이 매끈하던 피부가 거칠게 느껴진다.

주름이 느껴지는 것으로 보아 자신이 어떤 모습을 하고 있을지 능히 상상이 갔다.

"결국…… 이렇게 되었네요."

"아무 말도 하지 마. 가만히 있어."

슈미드는 그녀가 진실을 알게 되는 것을 바라지 않았다.

대륙 제일 미녀에서 한순간 할머니가 되어버리다니.

자신이 느끼는 감정의 공백이 이렇게 큰데 그녀의 슬픔은 오죽하겠는가.

"저…… 많이 추하죠?"

"아니, 절대로 안 추해. 세상 누구보다도 아름다우니까 그런 말 하지 마."

"피, 거짓말……."

완전히 할머니가 되어버렸지만 말투는 여전히 소녀의 그것과 다름없었다.

"……."

피식 웃는 그녀의 모습에 슈미드는 아무 말도 할 수 없었다.

분명 가슴 속에서는 무언가 피어오르고 있다.

그것이 무슨 감정인지는 본인이 더욱 잘 알고 있다.

바로 분노라는 감정일 것이다.

하지만 자신은 분노를 느낄 수 없는 몸.

그저 공허한 느낌만이 가슴 속에 서서히 퍼져 나가고 있을 뿐이었다.

누구나 느끼는 분노라는 감정을 자신은 느낄 수 없던 것이다.

"하하. 하하하……."

웃음이 나왔다.

그것은 기쁨의 의미가 아닌, 허탈함이 담긴 웃음이었다.

처음 분노와 절망을 대가로 어둠의 불꽃을 얻었을 때, 슈미드는 차라리 잘 되었다고 생각했다.

당장 자신의 가슴을 지배하고 있는 지독한 분노와 절망을 더 이상 느낄 수 없었으니까.

분노와 절망을 느끼지 않는다는 것을 오히려 축복이라 생각하였고, 막강한 힘을 얻게 된 만큼 자신에게 행운이 찾아왔다 생각하였다.

그러나 막상 분노해야 할 상황에 직면하게 되자 그것은 자신의 착각이었다는 것을 깨달을 수 있었다.

특정 감정을 느낄 수 없다는 것, 그것은 축복이 아닌 저주였던 것이다.

그것도 아주 지독한 저주.

슈미드의 시선이 플로리데에게 향한다.

폭포수를 연상시키던 윤기 넘치는 그녀의 머리칼은 새하얗게 새어 푸석푸석하게 변해 있었으며, 백옥 같던 피부는 주름이 자글자글하였다.

단지 눈빛만이 예전의 빛을 그대로 유지하고 있을 뿐이었다.

누구보다 사랑하고 소중하게 여기는 자신의 연인이 순식간에 생기를 빼앗겨 아름다운 여인에서 할머니가 되었다.

그럼에도 불구하고 그녀를 보면서 자신은 분노를 느낄 수가 없다. 그저 공허하게 번져나가는 가슴속 공백에 어이없는 듯 웃음을 짓고 있을 뿐.

사랑하는 연인의 불행에 웃음밖에 지을 수 없으며 분노해줄 수 없는 자신의 모습이라니.

두 감정을 빼앗기는 것이 그렇게도 지독한 저주였단 말인가.

"……."

웃음을 짓는 슈미드의 볼을 쓰다듬는 손이 있었다.

슈미드가 아래를 바라보니 플로리데가 힘겹게 그의 볼을 매만지고 있었다.

그녀는 입가에 힘겹게 미소를 지으며 말한다.

"울지 말아요."

"……울어? 내가 울고 있다고? 사랑하는 여인의 지독한 불행에 분노하지 못하는 내가?"

격렬하게 반응하는 슈미드의 모습에도 불구하고 플로리데는 여전히 미소를 짓고 있을 뿐이었다.

그녀는 슈미드의 반응에 입을 연다.

"제게는 느껴지니까요. 슈미드 경의 내면에 일어나고 있는 격렬한 분노가…… 가로막는 모든 것을 태워버릴 듯한 뜨거운 분노를요."

누구보다 사람의 감정을 느끼는 데 탁월한 재주를 지니고 있던 플로리데였다.

그녀의 말을 들은 슈미드가 입가에 웃음을 지운다.

자신의 가슴을 지배하고 있는 이 공허함이 그녀에게는 느껴지고 있나 보다.

단지 자신만 느끼지 못하고 있을 뿐.

"저는 괜찮아요…… 저는 괜찮으니까…… 유리나 공녀님을 사랑해주세요. 유리나 공녀님은 아름답고…… 진심으로 슈미드 경을 사랑하고 있으니까……."

마치 유언과도 같은 말을 남기는 플로리데.

더 이상 아름답지 않은 자신은 슈미드의 곁에 있을 수 없다 하는 것과 같았다.

그녀가 말을 더 이상 잇지 못하게 그는 플로리데를 꽉 껴안으며 말했다.

"그런 말 하지 마. 나는 변함없이 너를 사랑해. 그러니 제발 그런 말을 하지 마. 날 불안하게 만들지 말아줘."

"고마워요. 하지만…… 저는 조금 쉬고 싶어요. 그러니…… 남아 있는 유리나 공녀님을 사랑하며 행복하게 살아주세요. 그것이 제가 원하는 거랍니다."

입가에 미소를 짓고 있는 플로리데의 눈이 서서히 감기고 있었다.

"플로리데! 안 돼, 지금 잠들지 마! 플로리데!"

그의 애절한 부름에 응하듯 서서히 감기려던 플로리데의 눈이 힘겹게 뜨인다.

그녀는 본인도 자각하지 못하는 분노가 일렁이는 슈미드의 눈을 마주하며 입을 열었다.

"슈미드 경의 이름을 불러 봐도 될까요?"

"얼마든지. 아니, 앞으로도 가능하니까 잠들지 마."

"슈, 슈미드…… 한 번쯤 이렇게 불러보고 싶었어요. 연인들은 달콤하게 서로의 이름을 부르잖아요? 그러니…… 제 소원은 이루었네요……."

그렇게 입가에 미소를 지은 플로리데의 눈이 서서히 감긴다.

"……."

미소 지은 채 잠이 든 듯한 그녀의 모습을 보며 슈미드가 조심스럽게 그녀의 가슴에 귀를 가져다 댄다.

작게나마 콩콩 뛰고 있는 심장박동.

하지만 당장에라도 멈출 듯 위태로워 보였다.

"기다려, 내가 반드시…… 반드시 널 원래대로 돌려놓을 테니까."

다짐하듯 그녀에게 말한 슈미드의 몸이 부르르 떨리기 시작한다.

화르르!

그의 전신에서 발산되는 검은 불꽃은 서서히 공간을 물들이기 시작하였다.

*　　*　　*

자미에르 대제와 첸의 대결은 계속해서 이어지고 있었다.

“결국 딸의 생명을 흡수하여 완전체가 되었구나. 몸이 인간을 벗어나면서 정신마저도 인간을 벗어나려는 것이더냐?”

플로리데의 빛의 원천을 빼앗으면서 자미에르 대제의 마음속, 한 가닥이나마 남아 있던 인간의 마음마저 완벽하게 소멸되었다.

지금의 그는 헬카드 제국의 황제가 아닌, 대륙을 영원히 다스릴 불멸의 지배자였다.

“후후! 완전체가 된 저를 막을 존재는 더 이상 없습니다. 그것은 스승님 또한 마찬가지입니다. 그리고 플로리데의 생명을 흡수한 것이 아닙니다. 그 아이는 원래부터 오늘을 위해 안배된 제물에 지나지 않습니다.”

딸마저 제물로 전락시킨 자미에르 대제의 말에 첸의 얼굴이 노기로 물들여진다.

“놈! 모든 것을 저버리려 하는구나!”

분노를 터뜨림과 동시에 첸이 일격을 가하기 시작한다.

그의 능력은 대기의 공기를 자유로이 다룰 수 있는 것으로, 전력을 개방하면 일순간 주위를 진공 상태로 만들어 모든 것을 갈라버리는 강력한 칼날을 생성할 수 있다.

이천 년이 넘는 세월 동안 갈고 닦은 그의 능력은 드래곤조차 찢어버릴 정도로 강한 위력을 지니고 있다.

진공의 칼날이 단숨에 자미에르 대제의 몸을 가른다.

슈아악!

조금 전까지만 하여도 초인적인 반사 신경으로 첸의 공격을 간신히 피해내던 자미에르 대제였다.

그러나 지금은 달랐다.

첸의 공세가 이어지고 있음에도 불구하고 그는 피하지 않았다.

허공에 베어진 자미에르 대제의 팔.

하지만 빛으로 화한 그의 팔은 순식간에 제자리를 찾으며 원상복구된다.

"후후후! 완전체가 된 저는 더 이상 인간이 아닌, 완벽한 정령입니다. 이 세상에서 정령을 소멸시킬 수 있는 것은 신의 힘, 혹은 더욱더 강한 상위 정령의 힘, 단 두 개뿐! 빛의 정령인 저를 소멸시킬 수 있는 존재는 이 세상에 없습니다."

그러면서 서서히 손을 드는 자미에르 대제.

"……!"

그 순간 첸은 왼쪽 가슴이 화끈해지는 것을 느꼈다.

자연스레 그곳으로 시선이 향했을 때 그의 가슴은 이미 뻥 뚫려 있었다.

자미에르 대제의 공격이 적중된 것이리라.

"빛은 세상에서 가장 빠르지요. 완전체가 된 제게 스승님의 공격은 더 이상 통하지 않으며, 더욱 빨라진 저의 공격을 받아낼 자는 이 세상에 존재하지 않습니다. 사라지십시오, 스승님."

슈아악!

미처 손을 들기도 전에 첸의 전신이 빛의 기둥에 휩싸인다.

공간 자체를 단숨에 영역권에 넣는 빛의 심판이 시전된 것이다.

빛의 심판에 휩싸인 첸은 전신의 힘이 쭉 빠져나가는 것을 느끼며 신음을 흘렸다.

“커헉! 이, 이건…….”

점점 흐릿해지는 의식.

첸은 자신이 패배했다는 것을 깨달을 수 있었다.

그가 완전체가 되기 전에 자신의 전력을 발휘하면 제거할 수 있으리라 생각했다.

그러나 망설임 없이 딸의 생명을 흡수한 그의 지독함을 간과한 자신의 패배였다.

‘허. 허허! 세상이 모두 나와 같지 않다는 것을 예전에 깨달아놓고 또 실수를 범하는구나.’

자신의 몸이 점점 흩어지는 것을 첸은 느낄 수 있었다.

전력을 발휘한 자신의 몸에 무리가 가면서 급격히 무너지는 가운데 빛의 힘이 발동하며 소멸이 더욱 가속화가 되고 있었다.

자신의 몸이 흩어지는 과정에서 의식 또한 흐려지는 걸 느끼던 첸의 시선이 한쪽으로 향한다.

그곳은 황궁 마탑이 세워져 있었던 곳.

거울의 종족 마지막 후예인 린이 존재하는 곳이다.

‘부디…… 거울의 종족의 숙원을…….’

피리릿!

그쪽을 향해 손을 뻗으려던 첸의 몸이 그대로 빛의 기둥에 흩어진다.

거울의 종족이자, 중간계의 조율자로서 평생을 살아온 첸의 허무한 최후였다.

"후후, 후후후후!"

가장 큰 적을 제거하는 데 성공한 자미에르 대제는 허공을 향해 웃음을 터뜨렸다.

모든 것을 다 해낼 수 있을 듯한 힘! 머리부터 발끝까지 짜릿하게 번져가는 자신의 욕망은 세상의 모든 것을 지배할 수 있을 것 같은 쾌감을 선사했다.

드래곤조차 상대하기 힘들다는 거울의 종족 왕을 자신은 간단하게 해치웠다.

"중간계는 내 손안에 들어올 것이다."

뻗은 그의 손안에 당장에라도 대륙이 들어올 듯하였다.

그의 웃음이 서서히 광기에 휩싸여간다는 것을 알아차린 사람은 아무도 없었다.

"대결할 생각이 없으신가 보군요."

계속해서 방어로 일관하는 나렌샤를 보며 레이첼이 말을 건넨다.

그녀를 상대하기 위해 뽑은 검이 무색할 만큼, 나렌샤는 그를 정면으로 상대하지 않으려 하였다.

정령을 활용하여 그의 발을 묶어버리거나, 무력화시키는 데

중점을 두고 있었으니까.

만약 목숨을 노리고 달려들었다면 레이첼 또한 망설임 없이 대결을 했을 테지만 계속해서 방어만 펼치는 그녀를 보며 맥이 풀린 표정이다.

"굳이 당신을 상대할 이유가 없으니까요. 제 목적은 어디까지나 당신에게서 슈미드 님을 떼어놓는 것뿐. 그 목적을 이룬 이상 당신에게 해를 입힐 생각은 없어요."

"하아! 그렇습니까? 그렇다면 별수 없군요."

나렌샤의 이야기를 들은 레이첼은 깔끔하게 공격하는 걸 포기하였다.

이미 슈미드를 놓쳐버렸고, 황제에게 향한 그를 붙잡으려면 나렌샤의 손에서 벗어나야 하는데 그럴 자신이 없었다.

'정령을 기반으로 해서 그런가? 이상하게 힘을 쓰지 못하겠군.'

헬카드 제국이 어떤 이유로 이종족 연합국과 동맹을 맺은 건지 알고 있었기에 레이첼은 자신이 나렌샤에게 크게 힘을 발휘하지 못하는 이유를 알 수 있었다.

검을 갈무리한 레이첼의 시선은 셰드로 공작과 아르칼 공작의 대결로 향한다.

그것을 지켜보는 순간 레이첼은 자신도 모르게 중얼거렸다.

"저쪽은 치열하군."

대륙 최강의 검호를 가리기 위함인가.

두 사람의 대결은 그야말로 검술의 최고봉을 보여주고 있었다.

오러 블레이드를 머금은 검이 충돌하는가 싶더니, 거리가 벌어지면서 오러 서클이 허공에서 연속으로 폭발한다.

그것이 끝이 아니라, 검에 오러가 이글이글 타오르기 시작하더니 허공에서 오러 파이어가 충돌하며 엄청난 충격파를 일으키고 있었다.

둘 모두 실력이 백중지세라 해도 과언이 아닐 정도로 팽팽하였다.

꽈르릉! 꽈광!

엄청난 충격파가 휘몰아치고 있었고, 남아 있는 근위기사들은 일찌감치 멀리 떨어져 대결을 지켜보고 있었다.

이런 대결은 살아오면서 처음 봤을 테니까.

레이첼 또한 두 사람의 대결을 보면서 연신 감탄을 터뜨리고 있었다.

'정말 대단하군.'

제국 제일 검호라 칭해지는 아르칼 공작의 실력은 의심할 필요도 없을 정도로 대단하였고, 그에 한 치도 밀리지 않는 셰드로 공작 또한 대단하였다.

그들의 대결을 지켜보면서 레이첼은 묘한 패배감에 휩싸였다.

저렇게 강한 신위를 발휘하고 있는 아르칼 공작을 슈미드가 꺾었다 생각하니 자격지심이 들었던 것이다.

'나에게 이런 감정을 느끼게 만드는 인물이 있다니.'

그것은 일종의 자존심.

세상에 자신보다 강한 사람이 있을 수 있다는 것은 얼마든지 수용이 가능했다.

하지만 자신과 나이가 비슷한 슈미드가 자신보다 강하다는 것을 깨닫는 순간, 레이첼은 나이 많은 사람들이 자신을 보면서 어떤 감정을 느꼈을지 깨달을 수 있었다.

말할 수 없을 패배감과 오기, 그리고 합리화 등등.

'반드시 뛰어넘는다. 지금은 더욱 강할지 모르나 최후에 웃는 것은 내가 될 것이다.'

그 모습을 조용히 지켜보던 나렌샤의 표정이 돌연 굳기 시작했다.

'이건…….'

강렬한 힘의 파동이 그녀에게 느껴지고 있었다.

감각에 의하면 황궁 더욱 깊숙한 곳에서 심상치 않은 일이 벌어지려 하고 있다.

여기까지 전해질 정도라면 그 파동은 상상을 초월할 지경.

'나 혼자 막을 수 없어. 그리고 첸이…….'

그와 동시에 첸의 존재감이 미약해지더니 그대로 흩어지는 것을 느꼈다.

그것이 의미하는 것은 단 하나, 첸이 더 이상 살아 있지 않다는 것이었다.

갑작스러운 어둠의 폭주와 첸의 죽음.

"데미안 공작이라 했죠?"

"왜 그러십니까."

대결에 몰두하던 레이첼은 나렌샤의 부름에 몸을 움찔 떨며 입을 연다.

"도움을 주실 수 있나요?"

"적에게 도움을 말입니까?"

적대감을 느끼고 있지는 않지만 나렌샤는 적으로 만난 엘프였다.

"너무나 위험한 일이라서 그래요. 그리고 이 일이 잘못될 경우 대륙은 파멸에 이를 수 있어요."

파멸, 실감이 나지 않는 단어였다.

지금 이 전쟁만 하더라도 대륙이 파멸하기는커녕 대륙에서 가장 큰 면적을 차지하고 있는 국가가 혼란에 빠질 정도의 규모에 지나지 않았으니까.

마왕이 강림한다 하더라도 대륙이 파멸한다는 말은 나오지 않으리라.

"파멸, 파멸이라…… 실감이 나지 않는 말이로군요. 그래, 무슨 일인지 들어볼 수 있겠습니까?"

"슈미드 님에 관련된 일이에요."

"흐음."

대륙의 파멸이란 허황된 말에 딱히 관심이 가지 않았지만 슈미드의 이름이 거론되자 관심을 보인다.

"슈미드 님은 어둠의 힘을 지니고 있어요."

"어둠의 힘? 마왕과 계약이라도 했단 말입니까?"

그렇게 말하지만 슈미드가 지나칠 정도로 순수한 검은 불꽃을 지니고 있다는 것을 레이첼 본인 스스로가 더욱 잘 알고 있다.

어둠의 마나와 검은 불꽃을 구분하지 못할 정도로 바보는 아니었으니까.

"마왕이 아니에요. 슈미드 님이 계약한 상대는 어둠의 정령이에요. 아주 먼 옛날, 정령 중에서 가장 강한 힘을 지녔다고 알려진 어둠의 정령."

"……."

나렌샤의 말에 레이첼이 무겁게 고개를 끄덕인다.

그녀가 그렇게 말할 정도라면 상상을 초월할 정도로 강력한 힘을 지니고 있는 정령이리라.

그렇기에 슈미드가 강한 힘을 지니고 있는 것일 테지.

"어둠의 정령이 지니고 있는 힘이 어느 정도기에 그렇습니까?"

"신에 가장 근접했다 하면 너무 허황된가요?"

"……신이 어느 정도 힘을 지니고 있는지 모르겠습니다만."

신의 힘이 어느 정도인지 모르니 당연히 비교가 될 수 없다.

그 말에 고개를 살짝 끄덕인 나렌샤가 구체적인 예를 든다.

"마계에 마왕이 있고, 그중에서 가장 강한 마왕들을 대마왕이라 해요. 그 대마왕은 하위 마왕 서너 명을 감당할 수 있지요. 절망의 여제라 칭해지는 클로라이네는 과거 상위 서열 마왕이었지만 현재는 하위 서열에 해당하는 마왕이에요."

"절망의 여제가 하위 서열이란 말입니까? 허어!"

마왕 중에서 가장 널리 이름이 알려진 것이 바로 절망의 여제 클로라이네였다.

그녀는 과거 드래곤들과 전쟁을 일으킬 정도로 대단한 힘을 지닌 마계의 군주라 알려져 있는데 하위 마왕에 지나지 않다니.

그렇다면 한 번도 강림하지 않았던 대마왕은 얼마나 강한 힘을 지니고 있는 것이란 말인가.

더욱 놀라운 것은 그다음 말이었다.

"그런 대마왕과 마왕 전체가 힘을 합쳐도 어둠의 정령을 이길 수 없어요."

"……그 정령의 힘을 얻었다는 것입니까?"

"네. 그리고 잠식당하게 되면 어둠의 정령이 그의 몸에 강림할 수도 있어요."

어둠의 정령 강림!

얼핏 들은 것만으로도 어둠의 정령이 얼마나 위험한 것인지 알 수 있었다.

"놀랍군요. 그렇다면 지금 슈미드 경이 어둠의 정령에게 잠식당하기라도 했단 말입니까?"

"그럴 징조가 보이고 있어요. 그래서 도움을 청하는 거예요."

"흐음!"

나렌샤의 말을 들은 레이첼이 생각에 잠겼다.

적인 그녀가 자신에게 도움을 청하는 상황이 좀 낯설기는 했지만 어둠의 정령이 강림하게 되면 그녀의 말마따나 아군 적군 가릴 처지가 아니다.

생각에 잠겨 있던 레이첼은 고개를 끄덕여 그녀의 제안을 받아들였다.

"알겠습니다. 작은 힘이지만 도움을 드리도록 하겠습니다."
"고마워요."
"그럼 제가 해야 할 일은 무엇인지?"
"우선은 전투가 벌어지는 곳으로 가야 해요."
"알겠습니다."
고개를 끄덕인 레이첼이 망설임 없이 몸을 돌려 황궁 중심부로 향하기 시작했고, 그 모습을 지켜보던 나렌샤 또한 움직이기 시작했다.
'부디 아무 일 없길…….'
간절한 나렌샤의 바람이었다.

"하하하하하!"
자미에르 대제의 웃음이 황궁에 울려 퍼지고 있었다.
완전체가 되고, 첸을 죽이는 순간 자미에르 대제는 깨달을 수 있었다.
이 힘이라면 능히 불멸의 지배자로서 영원히 대륙을 통치할 수 있다는 것을.
"통일 제국으로 모든 사람이 행복해질 수 있다. 짐의 통치하에, 후후후!"
오래전부터 염원해왔던 것이다.
강대국들에게 이리 치이고 저리 치이며 만신창이가 되어가던 헬카드 왕국을 보면서 자미에르 대제는 결심을 하게 되었다.
반드시 자신의 왕국을 강하게 만들어주겠다고. 그리고 자신의 백성들을 행복하게 살 수 있게 만들어주겠다 결심했다.

왕위에 오르면서 기회가 닿아 마침내 대륙의 패권을 쥔 제국을 이룩할 수 있었다.

자신의 백성들을 풍요롭게 살 수 있게 되자 자미에르 대제는 욕심이 들었다.

영생에 대한 연구 결과가 나오면서 전 대륙의 인간들을 자신의 통치하에 놓음과 동시에 행복한 삶을 살 수 있게 할 수 있지 않을까 하는 생각이었다.

그 계획을 세운 자미에르 대제는 차근차근 영생을 얻기 위하여 연구에 박차를 가했고, 마침내 연구는 성공하게 되었다.

지금, 그 결과를 한껏 맛보고 있었다.

불멸의 지배자!

태초에 생성된 빛의 힘을 그대로 몸에 지니게 된 자미에르 대제는 스스로가 빛의 정령이 되었다.

정령계라 불리는 공간에는 뚜렷한 왕이 존재하지 않는다. 하지만 각 속성마다 가장 상위의 존재가 있고 사람들은 그것을 가리켜 왕이라 칭한다.

자미에르 대제는 빛의 정령왕이 지닌 빛의 원천을 플로리데에게 담아냈다.

그녀는 모르지만 십 년 전쟁 당시 죽어간 십만 명의 저주와 갖가지 백마법을 조화시켜 일반 사람들과 비교도 할 수 없는 그릇의 크기를 갖고 태어났다.

그 그릇에 빛의 원천을 담고, 자미에르 대제는 몸에 무리가 가지 않는 선에서 빛의 힘을 흡수하였고, 마침내 빛의 원천을 통째로 흡수하여 스스로 정령이 되었다.

"세상에 날 막을 자는 더 이상 없다. 빛의 힘은 신에 가장 근접한 힘. 누가 이 힘을 막을 수 있단 말인가."

신이 직접 강림하지 않는 이상 자신을 막을 자는 없으리라.

당당하게 웃음을 짓고 있는 자미에르 대제의 시선이 서서히 한곳에 향한다.

그곳에는 할머니가 되어버린 플로리데와 고개를 푹 떨군 슈미드의 모습이 눈에 들어왔다.

"아쉽지만 어쩔 수 없지. 그런 용도로 쓰이기 위해 태어났으니까."

플로리데는 처음부터 그러기 위해 태어난 것이다.

자신을 불멸의 지배자로 만들어주기 위한 재료로서.

인간일 때만 해도 망설임이 있었지만 완벽하게 정령이 된 지금 그런 감정은 들지 않았다.

오로지 자신을 위해 그녀가 태어났다 생각할 뿐.

"검은 불꽃이라는 것도 제법 위협적이지. 그러니 제거를 해야겠어."

슈미드의 힘은 무어라 정의하기 힘든 정령의 힘이었다.

확실한 것은 무척 강한 힘을 지녔다는 것이다.

자칫 잘못하면 자신에게 위협이 될 정도로.

그러한 위협은 사전에 차단해야 한다는 것이 자미에르 대제의 생각이었기에 그는 손을 서서히 들기 시작한다.

그 순간, 이미 그의 빛은 손을 떠나 슈미드의 어깨를 관통하고 있었다.

피슛!

어깨를 관통하는 순간, 놀라운 일이 발생하였다.

피가 흘러내리는 것이 아닌, 마치 안개처럼 허공에서 흩어지는 모습을 보였던 것이다.

마치 정령이 되어버린 자신과 같았다.

자미에르 대제의 얼굴에 놀라움이 서리기 시작한다.

"이건……"

그가 말하기도 전, 슈미드의 몸이 다시 형태를 갖추기 시작했다.

슈미드는 끊임없이 분노를 느끼려 애쓰고 있었다.

자신이 사랑하는 플로리데는 황제에게 있어 제국의 보물이라 칭해질 정도로 아끼는 딸이기도 하였다.

그런 딸을 한 치의 망설임도 없이 저버리는 모습.

그것은 씻을 수 없는 분노를 일으켰다.

여기에서 그가 분노라 확신하는 건 마음을 지배해나가는 공백이었다.

구체적으로 분노가 어떤 감정인지 아무리 떠올리려 해도 떠오르지 않았다.

하지만 슈미드는 포기하지 않고 분노를 떠올리려 하였다.

지금 이 감정을 느낄 수만 있다면 자신의 모든 것을 폭발시킬 수 있으니까.

분노란 감정을 떠올리기 위해 슈미드는 끊임없이 자신에게 되뇌고 있었다.

"죽이겠어. 반드시 죽인다."

주문처럼 중얼거릴수록 슈미드의 몸은 점점 검은 불꽃에 휩싸이고 있었다.

분노를 떠올리는 것이 아닌, 마음의 공백이 점점 커지면서 공백에 먹혀들어가고 있는 것이다.

그리고 어느 순간, 슈미드의 몸은 완전한 검은 불꽃이 되었다가 다시 제 형체를 갖춘다.

자신의 공격을 한차례 무효화시킨 그의 모습에 자미에르 대제는 눈을 찌푸리며 손을 들었다.

"사라져라."

그 말과 동시에 허공에서 빛의 기둥이 내려올 무렵이었다.

흐릿하게 변한 슈미드의 신형이 검은 불꽃으로 흩어지며 자미에르 대제의 몸을 덮쳐왔다.

그가 검은 해일이라 이름 붙인 이 기술은 대상을 단숨에 검은 불꽃으로 휘감아 소멸시키는 공격이었다.

같은 공격이었지만 전의 것과는 판이하게 달랐다.

기존의 검은 해일이 허공에서 정령화를 한 후 대상을 덮쳐나가는 것이었다면, 지금은 공간을 이동하여 단숨에 자미에르 대제를 덮쳐나가고 있었다. 아무런 중간과정도 거치지 않고 말이다.

놀라울 정도로 빠른 그의 모습에 자미에르 대제는 손을 뻗었다.

빛줄기가 눈부시게 뿜어지며 검은 불꽃으로 화한 슈미드의 몸을 꿰뚫기 시작한다.

피빙! 핑! 핑!

마치 화살에 적중당한 것처럼 보이지만 슈미드는 전혀 타격을 입지 않은 듯 자미에르 대제에게 쇄도하고 있었다.

그것은 마치 정령화의 위 단계인 순수한 정령체가 된 듯한 모습이었다.

'빛은 최강의 속성이다.'

자존심이 발동함과 동시에 더욱 큰 빛줄기가 자미에르 대제의 손에서 뿜어져 나온다.

피슝!

커다란 구멍이 꿰뚫리자 검은 불꽃이 멈칫하더니 그대로 허공에서 형체를 갖춘다.

허공에 모습을 드러낸 것은 슈미드였고 그의 어깨는 뻥 뚫려 피가 주르륵 흘러내리고 있었다.

빛의 공격이 슈미드의 정령체를 뚫고 직접적인 타격을 준 것이다.

그것은 그가 아직 완벽한 정령이 되지 않았다는 것을 뜻했다.

"역시, 먹히는군."

한순간 자신의 공격을 무효화시키는 슈미드의 모습에 불안함을 느꼈지만 먹히는 걸 보고 확신을 가질 수 있었다.

그때, 놀라운 일이 일어났다.

피가 흘러내리던 슈미드의 어깨 부분이 검은 불꽃으로 흩어지더니, 다시 재구성되는 것이 아닌가?

"감히……."

눈썹을 꿈틀거린 자미에르 대제의 공격이 거듭 이어진다.

그것은 슈미드의 몸 곳곳을 꿰뚫는다.

팔과 다리, 가슴, 그리고 목까지.

꿰뚫린 부분에서 피가 주르륵 흘러나왔지만 조금 전과 마찬가지로 몸이 흩어지더니, 다시 재구성된다.

"정령이 되었단 말인가……."

자미에르 대제의 입에서 허탈한 말이 흘러나왔다.

슈미드의 지금 상태는 그가 불완전체가 되었을 때와 흡사했던 것이다.

첸이 아니었다면 완전체로 착각할 정도로 정령화된 상태.

"폭주 상태란 말인가."

엘리멘탈 프로젝트에 관련하여 가장 많은 지식을 지니고 있는 것이 바로 자미에르 대제였다.

정령의 힘을 끌어오는 과정에서 폭주가 일어날 수 있다.

초기 프로젝트에서 일어난 일로, 지금은 거의 벌어지지 않는 현상이라 해도 무방하다.

그런데 지금 슈미드에게서 일어나는 일은 정령과 계약해서 폭주하는 그 현상과 흡사했다.

정령의 힘에 먹혀버린 것.

엘리멘탈 프로젝트 이후 그런 현상이 일어나지 않지만 지금 슈미드에게 일어나고 있는 현상이 그러하였다.

'그렇다고 보기에는 너무 차분하다.'

정령에 먹혀버린 능력자는 결국 자신의 능력에 먹혀버려 자폭하게 된다.

긴 시간 연구 끝에 원소계 능력자들은 그런 문제를 해결할 수 있었다.

문제가 되는 것은 바로 정신계 능력자였다.

정신 쪽에 관련된 문제는 무척 건드리기 난감한 부분이어서 전혀 개선이 되지 않았다.

하지만 슈미드의 경우 자멸하기는커녕 오히려 더욱 강한 모습을 보이고 있었다.

"폭주 상태인지 시험해보면 될 터."

슈슝! 슈슈슝!

허공에서 생성된 빛의 창은 끊임없이 슈미드의 몸을 꿰뚫고 지나가고 있었다.

"……."

슈미드는 그 공격을 움직이지 않은 채 그대로 받아내고 있었다.

아드리온 공작을 상대할 때 한 차례 어둠에 잠식당해서일까.

어둠에 잠식당했다는 것을 느끼고 있지만 그의 의지대로 몸을 움직일 수 있었다.

정령화를 시전할 때 슈미드는 화들짝 놀라고 말았다.

자신의 의지가 발현되는 그 순간, 이미 몸은 정령화가 되어 있던 것이다.

뿐만 아니라 검은 불꽃의 위력 또한 비약적으로 상승했다.

'내가 분노할수록, 더욱 절망할수록 위력이 강해진다는 건가.'

공백이 커질수록 검은 불꽃의 위력은 더욱더 강해지고 있었다.

자미에르 대제의 공격에 타격을 입었을 때, 부상당한 부분이 스스로 정령화되는 것을 느꼈다.

그러자 마음의 공백이 더욱 커져가는 것을 느꼈다.

그와 함께 더욱더 강해지는 검은 불꽃.

어둠이 점점 자신의 내면을 지배해나가고 있다는 것을 느꼈지만 슈미드는 아무래도 좋았다.

지금 눈앞에 있는 인물은 스스로 정령이 되어버린 존재다.

신에 버금가는 힘을 손에 넣었기에 그를 꺾기 위해서는 더욱더 강한 힘을 손에 넣어야 한다.

공격이 이어질수록, 자신이 타격을 입을수록, 검은 불꽃은 더욱더 강렬해지고 있었으며 공백은 더욱 커져가고 있었다.

신기한 것은 아직까지 정신의 끈을 잡고 있다는 것.

어느 순간 검은 불꽃의 힘이 더 이상 증가하지 않는 것을 느낀 슈미드는 여기까지가 자신의 한계라는 것을 알아차릴 수 있었다.

스파앗!

검은 불꽃이 된 그는 빗발치는 빛의 창을 그대로 받아내며 돌진하기 시작한다.

자신의 공격을 받아내는 슈미드를 보며 자미에르 대제의 표정이 착 가라앉는다.

"와라."

피빗! 핏! 피비비빙!

빛의 화살이 맹렬한 속도로 슈미드의 몸을 훑고 지나간다.

전신이 빛의 화살에 난자되고 있지만 마치 허공을 통과하는 것처럼 슈미드에게 아무런 타격도 주지 못하고 있었다.

우우우웅!

거대한 빛의 기둥이 슈미드의 전신을 감싸기 시작한다.

단숨에 소멸시킬 생각을 하고 있는 것이다.

슈미드를 막 집어삼키려 할 때, 그의 손에 검은 불꽃이 피어오르더니 한 자루 검을 생성한다.

검은 불꽃으로 이루어진 다크 블레이드를 생성한 것이다. 그 검에서 피어나는 데스 플라워가 빛의 기둥과 충돌하였다.

파사사사!

자미에르 대제는 모르고 있지만 지금 두 사람의 대결은 태초의 빛과 태초의 어둠이 겨루는 구도라 할 수 있다.

오래전 빛과 어둠은 서로 시기한 나머지 끊임없이 전투에 전투를 거듭하였고, 승자가 가려지지 않은 채 영원한 흐름과 조화 속에 갇히게 되었다.

욕망의 화신이 되어버린 자미에르 대제와 어둠에 휩싸여가는 슈미드의 대결.

빛의 심판을 단숨에 부숴버린 데스 플라워가 그대로 자미에르 대제에게 쇄도하기 시작하였다.

화려하지만 모든 것을 소멸시키는 데스 플라워의 쇄도에 자미에르 대제가 표정을 굳히며 손을 휘둘렀다.

새하얀 빛에 휩싸인 손은 단숨에 데스 플라워를 소멸시킬 듯 움직였다.

화르르!

무리 없이 검은 불꽃을 소멸시킬 수 있을 것이라 여겼지만 의외의 일이 발생하였다.

검은 불꽃이 소멸되는 것이 아닌, 도리어 자신의 빛을 야금야금 잡아먹으며 뱀처럼 스멀스멀 기어오고 있던 것이다.

"이건……."

자신의 금빛 제복이 검은 불꽃에 재조차 남기지 못한 채 타들어가는 것을 본 자미에르 대제가 눈썹을 꿈틀하더니 손 부분을 정령화시킨다.

그러자 검은 불꽃은 흔적도 없이 소멸되었지만 그의 자존심은 타격을 입었다.

"빛보다 상위 속성이 존재한단 말인가? 그보다 더욱 강한 건 태초의 어둠뿐일 텐데."

눈썹을 꿈틀거리는 자미에르 대제를 향해 슈미드는 다크 블레이드를 휘두르며 쇄도하고 있었다.

검은 불꽃이 현란한 검로를 그려내며 데스 플라워를 그려내고 있다.

"오러 플라워를 이렇게 능숙하게 펼쳐 내다니."

알파드가 펼치던 비전 검술이었기에 자미에르 대제는 꽃의 정체에 대해서 잘 알고 있었다.

예전 자신의 명령을 단호하게 거부하던 그의 모습이 떠올라 참을 수 없는 불쾌감이 몰려왔다.

콰아아아아!

강렬한 섬광과 함께 둔중한 충격이 퍼지자 슈미드의 신형이 뒤로 주르륵 밀려난다.

"크!"

신음 소리를 터트리는 슈미드에게서 숨길 수 없는 고통이 묻어나오고 있었다.

하지만 그 순간에도 슈미드의 신형은 앞으로 나아가고 있었다.

자신의 몸 따위는 중요하지 않다.

지금 자신에게 제일 중요한 것은 플로리데의 마음을 농락한 자미에르 대제를 벌하는 것뿐.

그의 빛에 타격을 입는다면 검은 불꽃을 더더욱 피워 올리면 된다.

더욱 분노하라, 더욱 절망하라.

마음속을 지배해나가는 공백이 커질수록 자신의 검은 불꽃은 더욱 커지리라.

화르르!

슈미드의 눈에 검은 불꽃이 일렁이더니 기세가 폭발적으로 증가하기 시작하였다.

어둠에 몸을 맡기려는 그의 모습은 더 이상 자신의 안위에 신경을 쓰는 것 같지 않았다.

번쩍!

검은 불꽃과 빛이 허공에서 충돌하며 강렬한 폭발을 일으키기 시작하였다.

"……."

대결이 지속될수록 테베로즈 후작의 표정이 급격하게 변해가고 있었다.

조카인 플로리데를 자신의 딸처럼 아끼던 그는 자미에르 대제가 그녀의 생기를 흡수해버리자 경악할 수밖에 없었다.

강한 힘을 갖기 위해 딸의 생기마저 흡수할 줄이야.

힘에 대해 집착하는 경향이 있다 생각했지만 이것은 새로운 충격이었다.

놀랐지만 그는 내색하지 않으려 애썼다.

명령처럼 보지 못한 것으로 해야 했으니까.

하지만 자신의 조카인 플로리데가 할머니가 되어버린 것은 참을 수 없을 정도로 격한 감정을 불러일으키고 있었다.

콰콰콰콰!

자미에르 대제와 겨루고 있는 슈미드가 그녀를 의도적으로 밀어내는 것을 본 테베로즈 후작은 그가 플로리데에게 대결의 여파가 미치지 않게 하려는 것을 알 수 있었다.

그 모습을 보고 있자니 십 년 전쟁 당시 함께 전쟁터를 누볐던 알파드의 모습이 떠올랐다.

알파드는 자신의 몸을 아끼지 않은 채 언제나 선두에서 적들과 싸웠고, 기사와 병사를 막론하고 무한한 존경을 받던 인물이었다.

그것이 마음에 들지 않는 듯 테베로즈 후작이 인상을 찌푸렸다.

"그 정성은 갸륵하군."

이제는 잊었다 생각했거늘 알파드의 아들이 이곳에 나타나 자신의 마음을 어지럽힐 줄이야.

표정을 찌푸린 채 테베로즈 후작이 서서히 앞으로 나서고 있었다.

놀랍게도 빛의 힘을 얻어 정령이 된 자미에르 대제에 맞서 슈미드는 한 치도 밀리지 않는 신위를 발휘하고 있다.

처음에는 밀리는 감이 없지 않아 있더니 시간이 흐르면 흐를수록 점점 팽팽한 국면으로 접어들고 있던 것이다.

이대로 가면 오히려 자미에르 대제가 패할지도 모른다는 생각이 들 정도였다.

"그런 일은 절대 일어나면 안 된다."

팽팽한 국면은 계속해서 이어지고 있었다.

여기에서 균형이 깨져버리면 걷잡을 수 없이 일이 진행될 것이란 생각이 들 정도로.

그 균형이 깨지는 순간은 슈미드나 자미에르 대제의 집중력이 무너질 때일 것이다.

형님을 믿고 있지만 급속도로 성장하여 자미에르 대제와 맞서고 있는 슈미드의 신위는 두려울 정도로 대단하였다.

'내가 깬다.'

균형을 깨버리기로 마음을 먹은 테베로즈 후작이 착 가라앉은 눈으로 두 사람의 대결을 지켜보기 시작한다.

그리고 허공에서 거센 폭음 소리가 울려 퍼지며 두 사람이 물러설 때, 그의 손에 얼음으로 이루어진 검이 생성되며 눈부신 속도로 슈미드에게 쇄도하기 시작하였다.

쩌저저정!

주변의 대기가 얼어붙는 현상과 함께 단숨에 슈미드 앞에 도달하여 검을 휘두르는 테베로즈 후작.

뒤로 물러났던 슈미드는 갑작스러운 그의 접근에 당황하기는커녕 침착하게 검을 휘둘렀다.

다크 블레이드에 검은 불꽃이 일어나며 단숨에 테베로즈 후작을 덮쳐버린다.

허공에서 일어난 얼음과 검은 불꽃의 충돌.

자신이 기습한다면 슈미드를 충분히 제거할 수 있을 것이라 생각했겠지만 테베로즈 후작은 스스로를 너무 과신하였다.

지금의 슈미드는 자신조차 믿지 못할 정도로 극도의 전력을 발휘하는 상황이었다.

검은 불꽃과 얼음이 허공에서 충돌하는 순간, 충돌음이 울려 퍼지기도 전에 얼음이 검은 불꽃에 집어삼켜지는 모습이 연출되었다.

화르르.

"……!"

단숨에 검을 덮치며 몸 전체로 번져가는 검은 불꽃을 보며 테베로즈 후작의 얼굴에 경악이 퍼진다.

자신의 일격이 이렇게 무기력하게 소멸될 줄 생각도 못했다.

슈미드의 입꼬리가 살짝 말려 올라간다.

"서서히 접근하여 빈틈을 노리고 있던 것을 제가 몰랐으리라 생각하시는 겁니까? 이미 조금 전부터 달려들 것을 예상하고 있었습니다."

몸에 옮겨 붙은 검은 불꽃이 서서히 타오르기 시작한다.

정령화를 시전하여 검은 불꽃의 여파에서 벗어나고자 했지만 그것마저도 불가능했다.

검은 불꽃은 그의 정령화를 원천적으로 차단하고 있었으니까.

여기가 자신의 최후라니.

자미에르 대제와 함께 대륙을 일통한 제국의 근위기사단장으로서, 힘이 다할 때까지 황제를 보좌하고자 했던 꿈이 너무나 허망하게 무너지는 듯하였다.

테베로즈 후작이 슈미드를 바라보며 입을 열었다.

"난 개인적으로 알파드를 존경하였다. 수하들을 위해 솔선수범하는 자세와 황제 폐하에게 충성을 바치며 약자들을 보호하는 모습, 기사들이 꿈꾸는 그러한 모습을 하고 있었지."

"……."

마지막 유언을 남기듯 중얼거리는 테베로즈 후작을 보며 슈미드는 조용히 그 이야기를 들어주었다.

"하지만 그녀석의 힘이 너무 커지기 시작하였다. 그대로 놔

두면 황제 폐하의 권위에 위협이 될 정도로. 개인적으로 그를 존경했지만 그것만큼은 넘어갈 수 없었다. 결국 선택한 것은 그를 제거하는 것이었지."

"아버지를 뛰어넘고 싶었습니까?"

그의 눈에 일렁이는 빛이 무엇을 뜻하는지 슈미드는 느낄 수 있었다.

테베로즈 후작은 알파드에게 애증을 느끼고 있었다.

존경하고 있었지만 언젠가 반드시 자신이 뛰어넘어야 할 상대로.

하지만 알파드는 갈수록 더욱더 강해져만 갔고, 테베로즈 후작은 자신이 그를 넘을 수 없다는 것을 깨닫는 순간 참을 수 없는 증오를 느꼈을 것이다.

그 결과, 그를 제거하기 위해 합공을 선택한 것일 테고.

"그럴지도 모르지."

씁쓸한 미소를 짓는 테베로즈 후작이었다.

그의 말처럼 알파드를 뛰어넘고자 했지만 자신의 재능이 미치지 못한다는 것을 깨닫는 순간 참을 수 없는 증오를 느꼈으니까.

"결국 스스로의 자존심 때문에 아버지를 죽게 만든 거군요. 그런 분에게 자비는 필요 없습니다. 사라지십시오."

화르르!

그의 말과 함께 검은 불꽃이 의지를 가진 것처럼 단숨에 테베로즈 후작의 전신을 집어삼켰다.

검은 불꽃의 제물이 되어버린 테베로즈 후작은 재조차 남기지 못한 채 허공에서 깔끔하게 소멸되었다.

헬카드 제국 근위기사단장 테베로즈 후작의 죽음이었다.

"단장님!"

테베로즈 후작이 죽임을 당하자 근위기사들이 격렬한 반응을 보였다.

근위기사들에게 있어 황제만큼이나 강력한 영향을 끼친 인물이 바로 테베로즈 후작이다.

늘 장난스러운 태도를 보이지만 절대적인 카리스마로 그들을 이끌고 있었으니까.

그것도 맞서 싸우다 장렬하게 죽은 게 아닌, 허망할 정도로 간단한 죽음.

분개하며 당장에라도 달려들 듯 검을 드는 근위기사들을 제지한 것은 윔스 백작이었다.

"모두 멈춰라!"

"부단장님! 단장님께서 당하셨습니다."

아니나 다를까, 제지를 당하자 격렬하게 반응하는 근위기사들이다.

표정을 굳힌 윔스 백작이 근위기사들에게 눈을 부라렸다.

"단장님이 원하신 일이다. 그리고 보지 못했느냐? 로드의 경지에 올라선 단장님조차 저 녀석을 막지 못했다. 그렇다면 우리는 상대도 되지 않는다는 뜻. 우리가 해야 할 일은 포위망을 구축하고 녀석이 도망치지 못하도록 차단하는 것뿐이다."

"크!"

"제기랄!"

웜스 백작의 말에 욕설을 터뜨리는 근위기사들.

슈미드의 시선이 자미에르 대제에게 향한다. 그는 다른 의미에서 놀라울 정도로 담담한 모습이었다.

"동생이 죽었는데 아무 반응을 보이지 않는군요."

"동생의 죽음은 물론 슬프다. 하지만 그는 어리석은 행동을 했다. 지금 이 대결이 자신의 수준으로 무리라는 것을 은연중 느끼고 있었음에도 끼어들다니."

"야박하군요."

"야박한 것이 아니라 진실이다. 인간은 자신의 능력 범주 안에서 행동해야 한다. 테베로즈 후작은 그런 의미에서 근위기사단장에 적합한 녀석이었지. 죽어버려 아쉽게 되었지만…… 그 녀석의 판단인 만큼 뭐라 할 거리는 되지 못하겠지."

그 말을 조용히 듣고 있던 슈미드의 입꼬리가 살짝 말려 올라간다.

"동생의 죽음을 이용하여 시간을 끄는 수법치고는 조금 진부하군요."

"……!"

슈미드의 말에 자미에르 대제의 표정이 일그러질 때, 순식간에 검은 불꽃에 휩싸인 그의 신형이 쇄도하기 시작하였다.

처음부터 눈치채고 있었다.

서서히 자신에게 승기가 기울고 있는 것을 알고 있었기에 더욱 몰아치려 할 때 테베로즈 후작이 끼어든 것이다.

잠시나마 시간을 벌 수 있게 된 자미에르 대제는 자신의 몸을 회복시키기 위해 힘을 끌어당기고 있었고.

완전체가 된 자신에게 타격을 주는 슈미드를 보면서 자미에르 대제는 경악에 빠져 있었다.

'어떻게 이런 일이…… 검은 불꽃이 태초의 어둠이란 말인가.'

자미에르 대제의 생각은 결과적으로 옳다.

그가 지닌 검은 불꽃은 태초의 어둠 중 모든 것을 불태워버리는 소멸의 불꽃이었으니까.

어둠 중에서도 가장 강한 힘을 지닌 속성이 바로 슈미드의 검은 불꽃이었다.

콰콰콰콰콰!

인상을 찌푸린 자미에르 대제의 손에서 빛이 섬전과도 같은 속도로 뿜어져 나와 슈미드의 면전에 도달한다.

오른손을 뻗어 빛을 받아내기 위해 방패 모양의 검은 불꽃을 일으킨 슈미드가 왼손을 뻗어 어둠의 화살을 시전하고 있었다.

파아앗!

자미에르 대제가 뿜어낸 빛은 슈미드의 손에 빨려 들어가며 소멸하였고, 동시에 그의 왼손에서 생성된 어둠의 화살은 눈부신 속도로 대제에게 쇄도하였다.

어둠의 화살을 상대하게 된 자미에르 대제는 손을 휘둘러 단숨에 그것을 제거하려 들었다.

그러나 검은 불꽃은 그의 빛에 소멸하지 않은 채 그대로 대제의 몸에 옮겨붙어 타오르기 시작했다.

화르르!

거칠게 타오르는 불꽃은 단숨에 자미에르 대제를 집어삼켰다.

몸이 불타는 느낌에 자미에르 대제가 표정을 찌푸린 채 정령화를 시전한다.

한 점 빛으로 화했던 그의 몸이 재구성되었지만 그의 일그러진 얼굴은 펴지지 않았다.

"크으으!"

비틀거리며 주춤주춤 물러선 자미에르 대제의 팔에서 연기가 모락모락 피어오르고 있었다. 검은 불꽃을 제거하는 데 성공했지만 여파가 완전하게 가시지 않았다.

완벽한 정령이 되어버린 자신의 몸이 타오른 것이다.

"어찌하여……."

믿을 수 없는 현상의 연속이었다.

빛의 원천을 흡수한 자신은 완벽한 정령이 되었다.

모든 물리적 공격은 물론, 최상위 속성인 자신은 그 어떠한 속성에도 타격을 입지 않는다.

설사 상극인 암흑 속성이라 하더라도.

직접 암흑의 정령이 강림하지 않는 이상 자신은 절대 무너지지 않아야 한다.

그런데 지금 벌어지고 있는 현상은 믿을 수 없는 일들의 연속이었다.

그 사이 슈미드의 신형이 자미에르 대제에게 쇄도하고 있었다.

검은 불꽃이 일렁이는 다크 블레이드를 보면서 그는 분노를 터뜨렸다.

"어째서! 정령이 되어버린 짐이!"

피비비비비비!

빛으로 흩어지기 시작하는 자미에르 대제의 신형이 그대로 슈미드를 덮쳐나간다.

빛과 검은 불꽃의 대결이 허공을 수놓으며 강렬한 충돌을 벌이기 시작했다.

* * *

뚝 뚝 뚝.

붉은 피가 분수처럼 뿜어져 나온다.

셰드로 공작은 아무 말도 하지 않은 채 자신의 오른손을 바라보았다.

"……."

검을 움켜쥐고 있던 자신의 손은 더 이상 존재하지 않고 있었다.

깔끔하게 절단된 자신의 오른손은 바닥에 떨어져 있었다.

여전히 검을 움켜쥔 채로.

분수처럼 피가 뿜어져 나오고 있었지만 셰드로 공작은 지혈할 생각조차 못한 채 그저 조용히 지켜보고 있을 뿐이었다.

그에 반해 아르칼 공작은 여전히 검을 움켜쥔 채 서 있었다.

다만, 그의 몸은 당장에라도 쓰러질 듯 위태로웠고, 입가에는 붉은 피가 흘러내리고 있었다.

아르칼 공작은 입가에 흘러내리는 피를 훔쳐낼 생각도 못한 채 셰드로 공작에게 말했다.

"제가 졌습니다."

두 검호는 치열한 접전을 벌였다.

오러 블레이드를 생성한 검으로 공방전을 벌였으며, 오러 파이어를 시전하여 각자의 기량을 마음껏 뽐냈다.

보는 사람이 지루할 틈도 없이 화려한 검격을 마음껏 펼친 그들의 대결은 마침내 판가름나고 말았다.

아르칼 공작의 섬전과도 같은 검이 셰드로 공작의 오른손을 잘라버린 것이다.

그렇다면 승자는 아르칼 공작이 분명할 터.

하지만 그는 스스로를 패자라 칭하고 있었다.

"기적적으로 오른손을 베었지만 그때 깨달을 줄이야."

셰드로 공작의 오른손을 베어버린 건 기적에 가까웠다.

그의 팔을 베고 마무리하기 위해 몸을 움직이려던 순간 그는 깨달을 수 있었다.

자신이 더 이상 움직이기 힘든 처지라는 것을.

조금씩 쌓여온 내상이 봇물 터지듯 터지면서 더 이상 움직이지 못하게 만들었다.

입에서 붉은 피를 흘리고 있는 그는 심각한 내상을 입은 상태였다.

그에 반해 셰드로 공작은 내상이 미미한 상태.

당장 검을 쥐고 자신을 베면 죽을 수밖에 없다.

바닥에 떨어진 자신의 팔을 줍고 지혈을 하는 셰드로 공작이 고개를 저었다.

"내가 졌군."

"당장 그 검을 휘두르면 막아낼 수 없습니다. 패배는 제가 했습니다."

자존심이 높은 만큼 실력에 있어 확고하게 고하를 갈라야 한다.

자신은 패했고 상대방은 승리했다.

검술 대 검술로 겨루면서 한 수 밀리며 패했고, 부상의 정도 또한 더욱 심했기에 패배다.

한사코 자신의 패배를 고집하는 아르칼 공작의 모습에 셰드로 공작은 입가에 미소를 지었다.

저런 고집을 가지고 있으니 자신보다 한참 어린 나이임에도 대륙 최강이라 칭해지는 검호의 자리에 오를 수 있었으리라.

"그렇다면 무승부로 해야겠군. 나는 검을 쓸 손을 잃었고, 그쪽은 더 이상 검을 휘두를 여력이 없으니."

"그렇게 해주시니 영광입니다. 하지만 승부에 있어서 제 패배라는 건 변함이 없군요."

입가에 씁쓸한 미소를 지어 보이는 아르칼 공작.

만약 상대방이 자신을 죽이고자 하는 의도가 있었다면 진즉에 죽었을 거란 생각이 드니 씁쓸했다.
"허허! 무승부로 하여도 결국 패자는 내가 되겠군."
지혈을 하며 자리에 털썩 주저앉은 셰드로 공작은 주변을 둘러보더니 자신을 시시각각 압박해오는 근위기사들을 보며 웃음을 짓는다.
왼손밖에 남지 않은 자신이 당장 마스터의 신위를 제대로 발현할 수 있을지 의문이었다.
그 말의 뜻을 알아차린 아르칼 공작이 근위기사들을 바라보며 외친다.
"모두 정지. 멈춰라."
"공작 전하! 저자는 라이오스 왕국의 마스터입니다."
근위기사 한 명이 항명하듯 말하자, 아르칼 공작은 고개를 저었다.
"그렇긴 하나 지금 상황에서 그를 죽여 아무 이득을 취할 것이 없다. 아니, 오히려 내가 은혜를 입었다 할 수 있지. 나를 충분히 죽일 수 있었음에도 살려주었다. 그에 대한 보답으로 그대들은 나서지 마라."
말도 안 되는 궤변이었다.
상대방이 아량을 베풀어주었다고 해도 결국 적국의 중요 인물이었다.
지금 이곳에서 놓아주면 언제 다시 칼을 들고 제국을 위협할지 모르는 적국의 인물!
쭈뼛거리면서도 셰드로 공작에게 구축한 포위망을 풀지 않자 아르칼 공작의 표정이 굳기 시작한다.

"나의 명령이다. 움직이지 못한다 하여 나의 말까지 무시하려는 건가!"

싸늘하게 피어오르는 그의 기세를 접한 근위기사들이 그제야 포위망을 푼다.

"실례를 저질렀습니다."

"허허! 저들의 판단도 틀린 건 아니야. 언젠가 자네가 날 죽이지 않은 걸 후회할 걸세."

"그건 두고 봐야 하지 않겠습니까?"

"그런가? 후우! 그럴지도."

여유만만한 아르칼 공작의 미소에 한숨을 내쉬며 고개를 젓는 셰드로 공작이었다.

"더 이상 전투를 할 수 없으니 논검을 하는 것이 어떻습니까?"

아르칼 공작도 더 이상 몸을 지탱하기 힘들었는지 셰드로 공작 앞에 털썩 주저앉으며 말한다.

"논검? 논검이라……."

무슨 의도인지 파악하지 못한 셰드로 공작이 설명을 바라는 눈으로 바라보자 설명을 덧붙인다.

"무승부라 칭한 만큼 말로써 승부를 내고 싶습니다만."

"허허허! 그렇군. 나 또한 바라던 바이네."

승부를 내고 싶은 것은 검호의 당연한 마음!

그의 제안에 흔쾌히 응하며 본격적인 논검을 시작하는 셰드로 공작이었다.

두 검호는 직접 검을 휘두르는 것이 아닌, 각자가 지닌 깨달음을 말로 표현하며 논검을 펼치기 시작하였다.

그런 그들의 대결을 지켜보는 근위기사들은 자신도 모르게 논검에 빠져들고 있었다.

*　　　*　　　*

본격적인 대결에 진입하면서 자미에르 대제는 더 이상 슈미드의 상대가 되지 못했다.

화려한 광휘에 휩싸인 그의 몸이 번번이 검은 불꽃에 타오르기 시작한 것이다.

"커억! 컥!"

푸스스스!

그의 몸을 가리고 있던 금빛 제복이 찢어지며 제 형태를 완전히 잃어가고 있었다.

이미 한 차례 첸과의 대결에서 기능을 상실한 제복이었지만 슈미드와의 대결에서 완전히 재가 되어버린 것이다.

비틀거리며 뒤로 물러서는 자미에르 대제를 보며 슈미드가 한 걸음 앞으로 나선다.

그의 압도적인 신위를 겪으면서도 자미에르 대제는 지금 자신이 처한 처지를 이해할 수 없었다.

"어, 어떻게 정령이 된 짐이……."

이해가 되지 않는 그였다.

그 궁금증을 풀어주듯 입가에 미소를 짓고 있던 슈미드의 입이 열린다.

"태초에 존재한 어둠은 모든 것을 태워버린다. 그중에서도 검은 불꽃은 빛을 태워버리기 위한 어둠의 정화라 칭해지는 힘. 빛이 강할수록 검은 불꽃은 더욱더 강해진다."

"흐흐! 빛이 강할수록 검은 불꽃이 강해진다고? 어디 한번 해봐라!"

외침과 함께 자미에르 대제의 전신이 빛으로 화하기 시작한다.

수백 수천 개의 빛줄기로 화한 그의 빛이 단숨에 슈미드를 덮쳐가기 시작한다.

"훗!"

그 모습을 보며 입꼬리를 귀 끝까지 말아 올린 슈미드의 몸이 검은 불꽃으로 흩어지기 시작한다.

그의 검은 불꽃은 빛줄기와 정면으로 충돌하였다.

화르르!

슈미드의 말은 거짓이 아니었다.

단숨에 그를 덮치던 빛줄기를 검은 불꽃이 그대로 집어삼키기 시작했던 것이다.

빛과 접할수록 검은 불꽃은 더욱더 강해지고 있었고, 반대로 빛은 점차 그 밝기를 잃어가고 있었다.

검은 불꽃이 허공을 장악하는 순간, 빛이 거센 폭발을 일으키기 시작하였다.

콰과과과과광!

"커억!"

거센 폭음과 함께 자미에르 대제의 신형이 뒤로 튕겨 나가더니 그대로 쓰러진다.

더 이상 전투를 수행할 수 없을 정도로 참혹한 몰골을 하고 있었다.

"……."

그 모습을 지켜보는 슈미드는 미소를 지었다.

대결 결과를 지켜보던 근위기사들은 소름이 쫙 돋는 것을 느껴야만 했다.

전신에 피를 흘리며 빛을 발하고 있는 자미에르 대제의 모습은 참혹함 그 자체였다.

그런데 그 모습을 보고 즐겁다는 듯 웃음을 짓고 있다니.

슈미드는 서서히 발걸음을 옮기기 시작했다.

그가 발걸음을 옮기는 곳에는 자미에르 대제의 신형이 있었다.

마무리를 하기 위해 다가가는 것이리라.

발걸음을 떼며 서서히 자미에르 대제에게 향하고 있었지만 근위기사들은 누구도 움직임을 보이지 않았다.

슈미드의 신위에 완전히 압도되어 버린 것이다.

그토록 강한 자미에르 대제가 패했다는 것이 믿겨지지 않았고, 참혹한 광경에도 웃음을 짓고 있는 슈미드의 모습이 낯설다 못해 기괴하게 느껴졌다.

한 걸음씩 다가가는 그가 자미에르 대제가 쓰러진 곳에 도착했을 무렵, 대기를 가르는 목소리가 들려왔다.

"그만! 그곳에서 멈춰라, 슈미드!"

"……."

귓가로 파고드는 목소리에 멈춰 선 슈미드가 고개를 돌린다.

그곳에는 결연한 표정을 지은 웜스 백작이 서 있었다.

다만, 그가 서 있는 곳은 플로리데가 누워 있는 곳이다.

침중한 표정을 지은 웜스 백작은 슈미드를 바라보며 말했다.

"더 이상의 행동은 용납할 수 없다, 슈미드. 당장 폐하께 떨어져라."

"떨어지지 않겠다면 어찌하실 겁니까?"

웜스 백작은 잠시 침묵하다가 검을 뽑아들며 플로리데에게 겨누었다.

"내가 제국의 대역 죄인이 되는 한이 있어도 공주 마마를 죽일 것이다."

충격적인 그의 말에 근위기사들이 모두 믿을 수 없다는 듯 눈을 부릅떴다.

비록 행동이 경망스럽다고 하나 자신의 일을 완벽하게 해내며 황족에 대한 충성심이 절대적인 웜스 백작이 플로리데의 신변을 위협하는 행동을 하다니!

근위기사 부단장이 황제를 살리기 위해 공주의 목숨을 가지고 협상을 하는 어처구니없는 상황이 벌어지고 있었다.

그의 협박에 슈미드가 입꼬리를 말아 올리며 말한다.

"만약 플로리데의 몸에 상처 하나라도 생긴다면…… 근위기사들을 비롯하여 황족들을 모조리 죽일 것입니다."

협박에는 더욱 강한 협박.

검은 불꽃을 피워 올리며 협박하는 슈미드의 말에 근위기사들이 움찔하였다.

하지만 윔스 백작의 표정은 하나도 변하지 않고 있었다.

"그래도 내 생각은 같다. 뒤로 떨어져라, 슈미드. 그렇지 않으면 내 손에 고귀한 공주 마마의 피를 묻힐 수밖에 없다."

"정말 그렇게 하겠다는 생각이군요."

"나는 허언을 하지 않는다, 슈미드."

"……."

윔스 백작을 노려보더니 어쩔 수 없다는 표정을 지으며 뒤로 한 걸음 물러서는 슈미드였다.

그 모습을 보며 근위기사들의 표정이 다소 밝아지기 시작하였다. 대역죄이긴 하나 플로리데를 위협함으로써 황제의 신변을 지켜내는 데 성공했으니까.

그때, 청년의 귀에 노기로 가득한 음성이 울려 퍼졌다.

"감히 제국의 신하라는 자가, 공주의 신변을 위협하다니!"

분노가 가득한 음성을 듣자, 근위기사들의 시선이 목소리의 진원지로 향한다.

그곳에는 율리센이 표정을 일그러뜨린 채 서 있었다.

플로리데를 내주어야 했던 율리센은 너무나 미안한 마음을 감출 수 없었다.

그래서 그는 궁에 조용히 있어야 한다는 비올라의 간곡한 만류에도 불구하고 자신을 따르는 기사들을 데리고 플로리데를 찾아 움직였다.

그리고 도착한 곳이 바로 이곳이다.

그는 처음부터 모든 것을 다 봤다.

자미에르 대제는 천인공노할 짓을 저질러 힘을 취해 영원한 생명을 얻고자 하였고, 제국의 제일 공적이라 칭해지던 슈미드는 악마라 알려진 것과 달리 할머니가 되어버린 플로리데에게 영원한 사랑을 맹세하였다.

뒤이어 벌어진 치열한 대결에서 슈미드가 승기를 잡자 웜스 백작이 치졸하게도 플로리데의 목숨을 위협하여 그를 물러나게 만들자, 마침내 참지 못하고 앞으로 나선 것이다.

타오르는 분노의 눈길은 웜스 백작에게 향하고 있었다.

"웜스 백작, 언제부터 근위기사 부단장이 황족의 목숨을 운운할 정도로 권한이 커진 것인가?"

웜스 백작으로서는 할 말이 없었다. 하지만 지금의 그는 구차한 변명을 이어서라도 황제를 구해내야 할 근위기사 부단장이었다.

"면목없사옵니다. 하지만 폐하를 구하기 위해서는 어쩔 수 없었습니다."

"근위기사의 명예를 잊었는가? 저자는 더 이상 황제가 아니다. 권력에 집착하고, 탐욕에 눈이 멀어 가족마저 욕망의 제물로 바친 인물이 바로 저자다!"

폭탄발언을 하는 율리센.

그러나 그것이 그의 진심이었다.

자신의 영원한 생명을 위해 딸의 생명력을 가차없이 취하는 모습을 보는 순간 그를 더 이상 자신의 아버지라 여기지 않기로 마음먹었으니까.

"……."

서슬 퍼런 그의 목소리에 웜스 백작은 아무 말도 할 수 없었다.

그 또한 황제의 행동에 혼란을 느끼고 있는 것은 마찬가지였으니까.

"비켜라."

성큼성큼 다가온 율리센은 웜스 백작을 밀치며 플로리데의 몸을 조심스레 안아 올렸다.

그녀의 몸은 너무나 가벼워 율리센은 가슴이 아파져 오는 것을 느꼈다.

방금 전까지만 하여도 자신에게 비올라를 꼬드기는 방법을 가르쳐주던 여동생이 이렇게 백발 할머니가 되다니.

너무나 마음이 아파 그의 눈에 눈물 한 방울이 또르르 흘러내리고 있었다.

"욕망의 화신의 제물이 된 동생을 지킬 사람은 나밖에 없구나. 근위기사들이 지키는 황궁이야말로 세상에서 가장 안전한 곳이라 생각했거늘."

"……."

율리센의 목소리를 들은 근위기사들은 입맛이 씁쓸해지는 것을 느껴야 했다.

어쩌다 상황이 이렇게 된 것일까.

대륙 최강의 제국이며, 대륙 최강의 기사단으로 우뚝 올라선 자신들이 어찌하여 이렇게 부끄러움을 느껴야 하는 걸까.

치미는 부끄러움에 근위기사들은 고개를 푹 숙여야만 했다.

"말을 멋지게 하는구나. 율리센."

굵직한 목소리가 황궁에 울려 퍼졌다.

전신에 소름이 쭉 돋는 것을 느낀 율리센이 엉거주춤 뒤로 물러서며 목소리의 진원지를 쳐다본다.

그곳에는 피를 흘리며 자리에서 일어서고 있는 자미에르 대제의 모습이 눈에 들어왔다.

빛이 아른거리며 몸에 피가 흘러내리는 그의 모습은 직접 보기 힘들 정도로 처참하였다.

"뚫린 입이라고 하여 그렇게 지껄이다니. 많이 컸군, 많이 컸어."

목소리는 날카로운 비수가 되어 율리센의 가슴을 후벼 파고 있었다.

그 목소리를 듣고 있는 율리센의 얼굴에 땀이 흘러내리기 시작했다.

하지만 그것도 잠시, 이를 꽉 문 그는 자미에르 대제를 노려보며 자신의 생각을 털어놓는다.

"많이 큰 것이 아니라, 당신의 행동은 도의적으로 잘못된 것입니다. 딸의 생명을 취하며 불사의 몸을 갖고 싶으셨습니까? 그렇게 하여 영생의 삶을 산다 한들 정말 즐거울 것이라 생각하십니까?"

"불멸의 지배자가 되기 위해서는 약간의 희생을 필요로 하는 법이다. 율리센, 전란의 시대를 겪지 않은 너는 짐이 어찌하여 불멸체를 완성하려 했는지 이해하지 못할 것이다."

"이해할 생각도 없습니다. 당신이 플로리데의 생명을 먹어치우는 것을 본 순간, 저는 더 이상 당신을 아버지로도 황제로도 인정하지 않기로 했습니다."

"감히……."

바락바락 대드는 상대를 가만히 놔둘 정도로 자미에르 대제는 너그럽지 못하다.

표정을 굳힌 그의 전신에서 빛이 폭발적으로 뿜어져 나오자, 이에 압도당한 나머지 율리센은 신음을 흘리며 뒤로 물러난다.

그의 손에 빛이 서리기 시작하며 단숨에 율리센의 미간을 꿰뚫기 위해 발출하려던 차, 슈미드의 차가운 목소리가 끼어들었다.

"순식간에 없는 사람 취급당하는 것은 유쾌하지 않군요."

쐐액!

그 말과 동시에 슈미드의 데스 플라워가 어느새 자미에르 대제의 복부를 파고들고 있었다.

복부를 꿰뚫린 자미에르 대제의 입에서 신음이 터져 나왔다.

"커, 커헉!"

신음을 터뜨린 자미에르 대제의 몸이 굽혀졌다. 그의 몸은 더 이상 완전체가 아닌 듯, 뻥 뚫린 복부에서는 피가 폭포수처럼 쏟아져 나오고 있었다.

그의 빛을 점차 갉아먹은 검은 불꽃이 마침내 본체에 타격을 준 것이다.

콰아아아아아!

빛의 원천을 갈무리하는 곳이 바로 마나 홀이다.

그곳이 파괴되자 자미에르 대제의 전신에서 강렬한 빛이 폭사하기 시작했다. 갈 곳을 잃은 빛이 갈피를 잡지 못하고 있는 것이다.

비틀거리며 간신히 서 있던 자미에르 대제가 입가에 피를 흘리며 슈미드를 노려보았다.

"크으! 네 녀석! 암흑의 힘을 지니고 있었구나."

"태초에 존재한 암흑 중 가장 순수한 어둠의 불꽃입니다. 당신은 나를 너무 얕봤고, 그 대가로 지금의 이 지경에 처하게 된 것입니다."

자미에르 대제의 몸이 서서히 빛으로 흩어지고 있었다.

이글거리는 눈으로 노려보던 그는 자꾸만 흘러내리는 피를 닦아내며 말한다.

"알파드, 그 녀석도 암흑의 힘을 지니고 있었지. 짐의 대계에 유일하게 반대하면서 짐을 해할 수 있는 능력을 가지고 있었다. 그렇기에 테베로즈 후작의 제안을 흔쾌히 받아들여 제거를 했지. 하지만 결국…… 그 녀석의 아들이 모든 대계를 망치는구나."

"주변의 것도 돌볼 생각이 없으면서 대륙을 위한다는 당신의 방식은 처음부터 틀렸던 것입니다. 후회와 함께 소멸되기를."

"크크! 크크크! 멋진 말이군. 과연 플로리데가 반할 만해."

입가에 진한 미소를 지은 자미에르 대제의 빛은 점점 흩어지고 있었다.

대기로 흘러나온 빛은 주변에 일렁이다가 어느 순간 한곳으로 응집되더니 목적지를 향해 주입되기 시작하였다.

빛이 흡수되고 있는 곳은 놀랍게도 플로리데의 몸이었다.

플로리데를 안고 있던 율리센은 그녀의 몸을 감싸고 있는 빛의 여파 때문에 비틀거리며 그녀를 바닥에 놓아둘 수밖에 없었다. 지금 그가 할 수 있는 것은 플로리데의 몸을 조심스럽게 놓아두는 것뿐.

"우웃!"

내려놓기 무섭게 신음을 흘린 율리센의 신형이 뒤로 튕겨나간다.

그와 동시에 플로리데의 몸은 점점 강렬한 빛에 휩싸이기 시작했다.

신기한 것은 빛이 투명해서 그녀의 모습이 눈에 들어온다는 것.

더욱 놀라운 것은 빛이 주입되는 양이 많을수록 그녀의 모습이 바뀌고 있다는 것이다.

하얗게 새어버린 머리칼은 점점 푸른색으로 되찾기 시작했으며, 주름진 피부는 팽팽하게 변하면서 백옥같이 매끄럽게 변하고 있었다.

놀랍게도 빛이 흡수될수록 그녀는 젊어지고 있었다.
뜻밖의 모습에 모두가 놀란 시선으로 플로리데를 바라본다.
머리부터 발끝까지 서서히 제 모습을 갖추기 시작하는 그녀의 모습은 너무나 신기했으니까.
갑작스러운 현상이었지만 결코 나쁘지 않은 현상에 슈미드의 얼굴에도 기쁨이 번져나간다.
"프, 플로리데."
하지만 그의 기쁜 표정은 오래가지 못했다.
완벽하게 예전 모습으로 돌아온 플로리데의 몸이 발끝부터 시작하여 서서히 빛으로 흩어지기 시작한 것이다.
"어찌하여!"
경악한 슈미드가 그녀에게 다가가려 할 때, 자미에르 대제의 웃음소리가 들려왔다.
"크흐흐! 그것이 바로 네가 원하던 것이 아니더냐?"
슈미드의 고개가 웃음소리가 들리는 쪽으로 돌아갔고, 그곳에는 서서히 노인의 모습으로 변하고 있는 자미에르 대제의 모습이 눈에 들어왔다.
표정을 굳힌 슈미드가 그를 바라보며 입을 열었다.
"무슨 현상이지?"
"쏠림 현상이라 할 수 있지. 플로리데는 빛의 원천을 가지고 태어났다. 그 원천을 짐이 취했으나 그 힘을 더 이상 보유할 수 없게 되었으니, 자연스럽게 빛의 원천은 그녀에게 향하고 있는 셈이지."

자미에르 대제의 마나 홀을 파괴한 것은 다름 아닌 슈미드였다.

폭주하던 빛은 원래 빛을 품고 있던 플로리데에게 돌아가고 있는 것이고.

"……."

침묵하는 슈미드에게 자미에르 대제는 친절하게 설명을 덧붙여주었다.

"빛의 원천은 정령왕이 지니고 있는 힘이다. 그 힘을 다시 품게 된 플로리데는 더 이상 인간이 아닌 정령이 되는 것이지. 그리고 자연스러운 현상에 의해 정령계로 돌아가는 것이고. 크흐! 크하하! 연인과 헤어지게 된 네 녀석도 불쌍하게 되었구나."

결국 그녀의 몸이 흩어지고 있는 것은 정령이 되어 정령계로 돌아가고 있다는 것을 뜻했다.

일그러진 슈미드의 검에서 데스 플라워가 피어나 자미에르 대제를 덮친다.

검은 불꽃에 휩싸인 채 소멸되는 과정에서도 자미에르 대제는 웃음을 멈추지 않았다.

"크하하하하! 타올라라! 모든 것을 소멸시켜라!"

자신이 가질 수 없다면 모조리 사라지는 것도 좋으리라.

웃음과 저주를 퍼붓던 자미에르 대제는 검은 불꽃의 제물이 되어 사라졌다.

그 사이 슈미드의 귓가로 플로리데의 영롱한 목소리가 들려왔다.
"슈미드……."
"플로리데."
강렬한 빛에 휩싸였지만 그것을 전혀 개의치 않은 채 슈미드가 플로리데에게 향한다.
치이이익!
빛이 슈미드의 몸을 불태울 듯 날카로운 이를 드러냈지만 그는 개의치 않은 채 플로리데를 바라보고 있었다.
"갑자기 몸에 힘이 나네요. 제 몸에 무슨 일이 일어나고 있는 걸까요?"
"그건……."
슈미드는 아무 말도 하지 못했다.
자미에르 대제의 말처럼 그녀가 정령이 되어 사라진다는 걸 말하기에는 희망 뒤의 절망이 너무나 큰 것이었으니까.
망설이는 그를 대신하여 대답한 것은 율리센이었다.
"너는 지금 정령이 되고 있다, 플로리데."
"오빠."
"그래, 플로리데. 너는 지금 정령이 되고 있다. 아버…… 아니, 황제가 네게 빼앗은 힘이 돌아오면서 네 몸 자체가 정령이 되어가고 있다고 하더구나."
"제가…… 정령이 되어간다는 건가요?"
"그래."
떨리는 플로리데의 목소리에도 불구하고 율리센은 고개를

끄덕여 수긍하였다.

"……."

망설임 없는 그 대답에 슈미드가 노려보자 율리센은 눈을 마주하며 말했다.

"어차피 플로리데에게 남겨진 시간은 많지 않습니다. 그렇다면 그녀에게 진실을 알려주고 이야기를 하는 것이 옳습니다."

어찌 동생이 사라지는 게 슬프지 않겠는가.

마음이 너무나도 아팠지만 율리센은 정확하게 현실을 직시하고 있었다.

"그런가요? 제가 정령이 되고 있는 건가요?"

"그래. 이미 소멸되어버린 아버지란 작자의 말에 의하면."

조용히 고개를 끄덕인 플로리데가 슈미드를 바라본다.

잠시 그의 눈을 응시하던 플로리데가 입가에 미소를 짓는다.

"……그래서 슬퍼하고 있는 거군요. 제가 어떤 현상을 겪고 있는지 알고 있기에?"

"플로리데……."

"그녀를 행복하게 해주세요. 저는 더 이상 걱정하지 마시고요."

플로리데가 말하는 그녀는 유리나일 것이다.

유리나가 있기에 플로리데는 자신이 홀가분하게 떠날 수 있다 생각되었다.

이미 막을 수 없는 상황이었고, 자신이 소멸되면 슈미드는 슬퍼하겠지만 그의 곁에는 유리나가 있다. 그녀라면 충분히 그의 슬픔을 달래줄 수 있을 것이라.

"어떻게 그런 말을 하는 거야! 플로리데!"

"저라고 해서 어찌 같이 있고 싶지 않겠어요. 하지만 보세요."

이미 그녀의 몸은 서서히 흩어지고 있었다. 발끝부터 시작하여 발목, 종아리, 이제 허벅지를 지나 허리 부분까지 흩어지고 있었다.

"여기서 제가 슬퍼한다고 하여 바뀌는 건 아무것도 없어요. 저를 보내주세요. 그리고…… 그녀와 행복하게 사세요."

슈미드가 고개를 저으며 강력하게 부인한다.

"그럴 수 없어. 분명 무슨 방법이 있을 거야. 그러니까 제발……."

그가 말하는 순간 플로리데의 몸이 흩어지는 속도가 더욱 빨라진다.

설마 그녀의 의지가 반영되는 것이란 말인가?

놀란 표정을 짓고 있는 슈미드에게 플로리데가 말한다.

"다행이에요. 적어도 마지막 순간만큼은 예쁜 모습을 보여줄 수 있으니까. 그러니까 부디……."

그녀의 말소리가 점점 작게 들린다.

하지만 그 목소리는 슈미드의 귀에 마치 천둥처럼 울려 퍼지고 있었다.

"……행복하세요."

파앗!

그 말과 함께 플로리데의 몸이 허공에서 완전히 흩어졌다.

"……."

한동안 멍한 표정으로 그녀가 사라진 곳을 바라보던 슈미드.

아무 말도 하지 않은 채 조용히 자리에서 일어선 슈미드가 허공을 바라보더니 웃음을 터뜨렸다.

"하하! 하하하! 너 없이 행복하라고? 그게 말이나 된다고 생각해? 하하하!"

슈미드의 웃음소리가 허공에서 울려 퍼진다.

유쾌한 소리였지만 그 웃음을 듣는 사람들의 표정은 일그러지고 있었다. 그 웃음 속에 내재된 것은 지독한 슬픔이었고, 지독한 분노였다.

하지만 분노를 느끼지 못하는 슈미드로서는 무감정하게 웃음을 터뜨리고 있을 뿐이었다.

미친 듯이 웃음을 터뜨리고 있던 슈미드가 자신의 얼굴을 감싼다. 그리고 격렬하게 화를 내기 시작한다.

"어찌하여! 어찌하여 사랑하는 여인이 눈앞에서 사라졌는데 슬퍼하지 않는 거냐. 어찌하여!"

자신의 가슴 속을 지배하고 있는 것은 지독하게 무감정한 공백뿐이었다.

슈미드는 플로리데가 허공으로 흩어진 것을 보고도 분노를 느끼지 못하는 자신이 너무나 저주스러웠다. 이 저주에서 벗어나고 싶은 마음이 가득하였고, 플로리데에게 가고 싶다는 생각이 간절하였다.

화르르!

검은 불꽃이 그의 전신에 피어오르며 그의 몸을 감싸기 시작한다.

"따라갈게. 나도 정령계로 가겠어."

플로리데가 정령이 되었다면 자신도 정령이 되어 그녀를 따라가면 되리라.

슈미드는 자신의 전신을 지배해나가는 공백의 마지노선을 넘을 생각이었다.

이 선을 넘게 되면 어떤 일이 벌어질지 아무도 모른다.

정령이 되는 것이 아닌, 세상에서 소멸할 수도 있고, 반대로 이성을 잃은 채 모든 것을 소멸시키는 악마가 될 수도 있을 것이다.

어떻게 될지는 모른다. 하지만 한 가지 확실한 것은 연인이 사라져 버렸음에도 불구하고 아무것도 느끼지 못하는 지금 자신의 모습이 너무나 혐오스럽다는 것이었다. 이 세상에 존재해선 안 되는 어떤 불길한 것처럼 느껴질 정도로.

아니, 슈미드 자신도 연인이 사라진 이 세상에 더 이상 남아 있고 싶은 생각이 없었다.

그의 전신을 감싸고 있는 검은 불꽃이 더욱 강렬해지기 시작했다.

"슈미드 님."

자신을 부르는 목소리에 슈미드가 고개를 돌린다.

그곳에는 나렌샤가 걱정스러운 시선으로 자신을 바라보고 있었다.

입가에 미소를 지은 슈미드가 나렌샤를 보며 양해를 구한다.

"더 이상 어찌할 수가 없습니다. 그녀가 없는 이 세상은 내게 있어 아무런 가치가 없기에. 만약 제가 이성을 잃은 채 모든 것을 소멸시키려 한다면…… 나렌샤 님께서 저를 죽여주십시오. 그것이 제 마지막 부탁입니다."

그렇게 말한 슈미드의 시선이 다른 곳으로 향한다.

그의 시선이 멈춘 곳은 마차에서 나와 암흑 기사들의 호위를 받고 있는 카엘라의 모습이었다.

얼음장같이 차갑던 그녀는 과거와 달리 걱정스러운 표정을 지은 채 슈미드의 이름을 부른다.

"슈미드……."

"미안해, 누나. 아무래도 나는 떠나야 할 것 같아. 만약 내가 소멸되지 않으면…… 누나가 내 목숨을 끊어주었으면 해."

모든 것이 허망했다.

자신이 복수하려던 것도 허망했고, 그토록 힘에 집착하던 것도 허망했다.

연인을 지켜주지 못했고, 결국 자신의 존재가 대륙의 재앙이 될지도 모른다는 걱정만 남게 되었다.

자신은 민폐 덩어리였던 것이다.

슈미드는 율리센에게 시선을 옮기며 입을 열었다.

"황제가 죽었기에…… 제국은 혼란에 빠질 것입니다. 부디…… 그녀가 태어난 제국을 잘 다스려주시길."

"……다시 돌아오길 기다리겠소. 플로리데와 함께."

고개를 끄덕이는 율리센의 모습을 보며 슈미드는 마음을 놓을 수 있었다.

그와 동시에 그의 전신에 피어오르는 불꽃이 더욱 강렬해지며 주변 공간을 장악하기 시작했다.

콰콰콰콰.

검은 불꽃에 휩싸여 완전히 시야가 가려진 슈미드는 문득 한 사람의 얼굴을 떠올렸다.

지금쯤 자신을 애타게 기다리고 있을 여인.

톡톡 튀는 성격이 비해 한없이 여린 내면을 지닌 그 여인은 누구보다 뛰어난 재능을 지니고 있었으며, 언젠가 자신에게 맛있는 요리를 대접하겠다며 야무진 각오를 다지고는 했다.

"미안해, 유리나."

그녀에게 씻을 수 없는 죄를 지은 듯 슈미드는 미안함이 뭉클하게 묻어나오는 목소리로 그녀에게 사과한다. 비록 전해지지 않을 사과이지만.

화르르!

그 말과 함께 슈미드의 몸이 검은 불꽃으로 화하며 그대로 허공에서 흩어졌다.

헬카드 제국의 제일 공적이자 황궁 대전의 주범인 슈미드의 완벽한 소멸이었다.

에필로그 1
재회

헬카드 제국 내에서 벌어진 황궁 대전은 대륙에 엄청난 여파를 끼쳤다.

절대적인 카리스마로 제국을 다스리고 있던 자미에르 대제가 죽었으며, 근위기사단장인 테베로즈 후작 또한 죽임을 당했다.

황궁을 지키고 있던 아르칼 공작과 글레이드 공작, 데미안 공작은 무사했지만 황제의 죽음은 제국을 혼란으로 몰아넣기에 부족함이 없었다.

근위기사들을 비롯하여 아르칼 공작, 데미안 공작은 기존에 황태자 순위에서 밀려 있던 일황자 율리센을 황제로 추대하였다.

그 틈을 타 글레이드 공작은 혼란에 빠진 제국의 정계에 등장하여 막강한 권력가로 성장하기 시작하였다.

황위에 오른 율리센 황제는 제국의 혼란을 타파하고자 암흑 왕국에게 빼앗긴 레카르밀 공작령 수복 작전을 전면적으로 펼친다.

제국의 혼란을 틈타 클라레스 공국과 코린트 공국은 각각 독립을 선언하였고, 이는 암흑 왕국과 전쟁을 하던 제국을 더욱 혼란에 빠트렸다.

"미안하다, 유리나."

털썩.

사과하는 셰드로 공작의 말을 듣는 순간 유리나는 더 이상 생각을 이어나갈 수 없었다.

몸에 힘이 쭉 빠져버린 그녀는 자리에 주저앉았고, 셰드로 공작은 무의식적으로 오른손을 뻗어 그녀를 일으켜주려다가 씁쓸한 미소를 짓는다.

아르칼 공작과의 대결에서 오른손을 잃은 걸 간과했다.

"그는…… 정말 떠난 건가요?"

망연한 표정으로 물어오는 유리나.

그 모습이 너무나 슬프게 느껴졌지만 현실은 어쩔 수 없는 법이기에 셰드로 공작은 고개를 끄덕였다.

"마지막에 네게 미안하다고 말했다. 그리고 제국의 새로운 황제와 약속을 했지. 언젠가는 반드시 돌아오겠다고."

"……."

돌아오겠다는 말을 듣는 순간 유리나가 자리에서 벌떡 일어선다. 그리고 검을 챙겨 들더니 곧장 몸을 돌린다.

"왜 그러느냐."

"그는 돌아오겠다고 말을 했어요. 그렇다면 반드시 돌아올 거예요. 그때까지 저는 검을 놓지 않겠어요. 반드시 마스터에 올라서…… 나의 마음을 이렇게 슬프게 만든 그에게 오러 블레이드를 먹여주겠어요."

앙칼지게 소리치며 방을 나서는 유리나의 얼굴에는 눈물이 흘러내리고 있었다.

페릴의 눈꺼풀이 격렬하게 떨리기 시작했다.

그녀는 나렌샤의 말을 듣고도 믿어지지가 않았다.

"그럼 오빠가 어떻게 되었다는 거죠?"

"스스로를 어둠에 내던졌다고 할 수 있어요. 그것은 곧…… 영원한 소멸을 뜻해요. 슈미드 님이 정령이 되어 인간의 한계를 벗어났을 수도 있지만 그건 만에 하나의 가능성이고요."

그 말을 듣는 순간 페릴의 표정이 다소 밝아진다.

일말의 가능성이지만 그 가능성을 그녀는 믿고 있었다.

"전 오빠를 믿어요. 작은 가능성이지만 오빠는 분명 완벽한 정령이 되어 우리 앞에 모습을 드러낼 거예요. 전 그럴 거라 믿어요."

아주 작은 가능성이었지만 그녀는 그렇게 믿기로 결정을 내린 듯하였다.

나렌샤도 페릴이 충격받는 것을 원하지 않았기에 그 말에 살짝 고개를 끄덕이며 동조하는 모습을 보였다.

분위기가 어느 정도 완화되고 도란도란 이야기를 나누던 페릴이 묻는다.

"그럼 숲으로 돌아가실 생각이신가요?"

"세계수의 계시가 끝났으니까요. 비록 일말의 여지가 남았지만 잘 해결될 거라 생각해요."

그러면서 그녀가 떠올린 것은 카엘라였다.

놀랍게도 마왕 클로라이네의 정신체는 파괴되어 흔적도 없이 사라진 상태였다.

그녀가 그렇게 된 것은 헬카드 제국의 정신계 부대와 슈미드의 파워 워드 킬이 주효했기에 가능한 일이었다.

정신이 파괴되었지만 그녀가 지닌 힘은 그대로 카엘라의 몸에 남아 있었다.

슈미드의 도움으로 정신을 되찾은 그녀는 생각 없이 대륙을 피바다로 만들 여인이 아니었다.

마왕의 힘을 지녔지만 그녀는 온전한 인간. 황궁에 진입했던 일행이 무사히 빠져나올 수 있었던 데는 그녀의 도움이 컸다.

"그렇군요."

나렌샤가 돌아간다는 말에 페릴은 무척 아쉬운 표정을 지었다. 짧은 시간이었지만 그녀와 친분을 쌓은 그녀로서는 나렌샤가 이대로 돌아간다는 것에 진한 아쉬움을 느꼈다.

"종종 연락을 주세요."

"그렇게 하도록 할게요. 여차하면 제가 도움을 드릴 수도 있을 것 같고요."

엘프의 지도자인 그녀와 페릴 상단이 힘을 합칠 수 있는 분야라면 당연히 무역이다. 헬카드 제국을 통해 들어오는 이종족 연합국의 특산물 가격은 천문학적이기에 페릴 상단에게 엄청난 부를 가져다주리라.

그걸 모르고 있는 페릴로서는 자주 연락하겠다는 나렌샤의 말에 미소를 지을 뿐이었다.

그렇게 인사를 한 나렌샤가 방을 나섰다.

잠시 후 그녀의 방에 들어온 것은 카벨이었다.

슈미드가 안 좋은 일을 당했다는 걸 듣고는 자신도 모르게 그녀를 걱정하는 마음에 이곳을 찾은 것이다.

"괜찮으십니까?"

"……."

걱정스러운 카벨의 말에도 불구하고 페릴은 아무 말도 하지 않는다.

곧이어 그녀의 눈썹과 입가가 파르르 떨리기 시작하자 카벨이 놀란 표정을 지으며 그녀에게 다가간다.

그와 동시에 페릴의 몸이 무너지며 카벨의 품에 안긴다.

카벨의 품에 얼굴을 묻은 페릴이 눈물을 흘리기 시작한다.

"흑! 오빠가 소멸되었대요. 다시 돌아올 가능성은 거의 없는 것과 같대요. 저는 이제 어떻게 해야 하죠? 저는……."

파들파들 몸을 떠는 그녀의 모습이 너무나 애처롭게 느껴졌다.

옷이 그녀의 눈물로 축축하게 젖어드는 것을 느끼며 카벨은 그녀를 안은 팔에 힘을 주었다.

두 남녀는 그렇게 오랫동안 자세를 고정한 채 방안에 함께 있었다.

"마스터가 사라져?"

오늘도 자칼을 뛰어넘기 위해 부단한 수련을 하던 딘의 눈썹이 꿈틀한다.

그 또한 스승인 슈미드가 행한 일을 전해 들어 알고 있었다.

황궁에 쳐들어가 근위기사단장을 제거하고 황제마저 제거한 엄청난 신위를 보인 것도.

나중에 그가 스스로 소멸했다는 이야기를 들었지만 딘은 믿지 않았다.

자신의 스승은 인간의 한계를 뛰어넘은 괴물 중 괴물이다.

"사람들이 말하는 걸 어찌 믿을 수 있을까. 난 스승님이 돌아올 것이라고 믿어."

그것만으로 부족하다는 생각이 들었다. 스승님이 다시 돌아왔을 때, 좀 더 나아진 모습을 보여주고 싶었다.

"로그 마스터가 되겠어."

딘은 얼마 전 카벨이 제안했던 것을 떠올렸다.

자신에게 정보 길드의 일을 배워볼 생각이 없냐는 그의 제안.

로그 마스터를 꿈꾸는 딘에게 있어 특별한 기회나 다름없었다.

이미 또래와 비교도 할 수 없을 정도로 눈부신 성장을 이루고 있다. 이 추세를 유지하며 정보 길드의 일까지 익혀나가 자신의 꿈인 로그 마스터를 달성할 생각이었다.

"로그 마스터가 되어 스승님을 당당하게 뵙겠어. 그리고 대륙의 모든 정보 길드를 통일하여 스승님의 위대함을 대륙에 널리 알려주겠어."

소년의 다짐은 라이오스 왕국의 왕도 베르덴에서 울려 퍼지고 있었다.

"떠날 생각이냐?"

"그렇습니다."

표정을 굳힌 채 묻는 클란의 목소리에 자칼이 고개를 끄덕였다.

그들도 슈미드에 관련된 소식을 전해 들었던 차였다. 그 소식을 듣는 순간, 자칼은 가슴 속에 품어왔던 생각을 클란에게 털어놓았다.

"말리는 것은 도리가 아니겠지. 게다가 너는 이곳에 자유용병으로 계약되어 있으니까. 행수께 말씀을 드리고 떠나고 싶으면 떠나도록 해라."

"그동안 신세를 많이 졌습니다."

자칼에게 있어 클란은 스승과도 같은 존재였다.

슈미드가 그의 정신적 지주이자 꿈을 이룰 수 있게 도와준 존재라면, 클란은 가장 가까운 곳에서 직접적으로 도움을 주었던 인물이었다.

페릴 상단에 고용되어 이렇게 지내는 것도 나쁘지 않았지만 자칼은 좀 더 넓은 곳에서 자신의 실력을 마음껏 펼쳐보고 싶었다.

그리고 클란은 그의 생각을 존중해주었다.

"너라면 가능할 것이다."

"반드시 성공하여 다시 뵙도록 하겠습니다. 페릴 상단의 은혜는 절대 잊지 않을 것이며, 더욱더 큰 사람이 되어 찾아오도록 하겠습니다."

청년의 굳은 다짐.

그 말을 들으며 클란은 입가에 미소를 지었다.

"그래, 너를 믿겠다."

강해지고자 하던 청년이 마침내 강한 힘을 얻고서 대륙을 향해 출사표를 던지는 순간이었다.

"전하께 충성을 바치겠습니다."

고개를 깊게 숙이며 모디악이 말한다.

"경 같은 인물이 찾아와 진심으로 기쁘다."

로미안 국왕은 기쁜 표정을 감추지 않았다. 한때 다크 브레인이라 불리며 헬카드 제국 아드리온 공작가에 공포감을 심어주었던 모디악이 자신에게 충성을 맹세했다.

모디악에게 작위를 내린 로미안 국왕은 곧장 그에게 자문을 구한다.

"카늘 마법왕국이 대대적으로 진행하는 프로젝트가 있다.

그대는 그것을 발본색원하여 본국에 위협이 되지 않도록 해주었으면 한다."

"명을 받드옵니다, 폐하."

처음으로 떨어진 명령은 무척 힘든 것이었지만 모디악은 그 명을 받았다.

슈미드가 사라지고 모디악은 자신의 거취를 정해야 함을 느꼈다.

페릴 상단의 군사로서 살아볼까 싶던 그는 에이미를 부인으로 맞이하게 되고, 자신의 계책이 결국 제국의 혼란을 야기하는데 성공하자, 아직 자신에게 야심이 남아 있다는 것을 깨닫고는 라이오스 왕국으로의 투신을 결심하였다.

그가 찾아오자 로미안 국왕은 기쁜 안색으로 그를 맞이하였고, 곧장 그를 중용하는 모습을 보였다.

'이것이 최선이겠지.'

플로리데를 반드시 만나보고 싶다고 말하던 에이미.

그녀의 숙원을 이뤄줄 수 있을지 그것은 지켜봐야 할 일이다.

세월은 흐르는 강물처럼 변함없이, 도도하게 흘러갔다.

황제가 바뀌었지만 새로운 황제는 여전히 이종족 연합국을 동맹국으로 인정하였고, 인간들의 침입에서 자유로워진 이종족 연합국은 평화로운 나날을 보내고 있었다.

엘프 숲 또한 고요하였다. 조용한 엘프의 성격상 이따금 나렌샤가 사고를 치는 것 이외에는 별다른 일이 벌어지지 않았다.

그러나 오늘만큼은 엘프 숲이 소란스러웠다.

하이엘프 나렌샤가 이례적으로 세 명의 인간을 초대했던 것이다.

인간이 엘프 숲에 들어온 적은 거의 없었기에 엘프들 사이에서 논란이 되는 것은 당연했다. 하지만 진입하는 인간들이 모두 여성이라는 점과, 유리나라는 여인을 제외한 다른 여인들은 큰 위협이 되지 않는다는 사실을 듣고 그나마 걱정을 덜 수 있었다.

나렌샤가 자신의 권한을 발휘하여 페릴과 유리나, 에이미를 엘프 숲으로 초대한 이유는 간단했다.

그녀는 세 여인을 둘러보며 입을 열었다.

“편지에도 적었듯이 지금부터 어둠의 정령과 빛의 정령을 소환할 거예요.”

엘리멘탈 프로젝트의 원형은 엘프의 정령 소환술에서 비롯된 것.

황궁 대전 이후 엘프 숲으로 돌아온 나렌샤는 정령 소환진을 그리기 시작하였다.

슈미드와 플로리데는 각각 어둠의 정령과 빛의 정령이 되며 소멸되었다. 그들이 돌아올 수 있는 가능성이 있다면 그건 그들이 각각 정령이 되어 정령계에서 살아남았을 경우뿐이었다.

나렌샤는 그 가능성을 높게 두고 어둠의 정령과 빛의 정령을 소환하기 위해 부지런히 준비를 하였다.

페릴에게 말하여 필요한 물품을 준비하게 하였고, 그녀는 소환진을 그림과 동시에 세상에서 가장 풍부한 자연의 힘을 담고 있는 세계수의 가지를 준비하였다.

오 년이 넘는 시간 동안 부지런히 준비한 끝에 마침내 준비를 마친 것이다.

"이곳에 슈미드 님과 플로리데가 소환되면 성공한 것이고, 만약 실패하면…… 더 이상 그들을 볼 수 없을 거예요."

그녀의 말에 세 여인의 눈이 거세게 흔들렸다.

이 소환 결과에 따라 슈미드와 플로리데를 볼 수 있을지 없을지 결정되는 것이었으니까.

"……."

잠시 그녀들을 바라보던 나렌샤는 소환진에 마나를 불어넣기 시작했다.

우웅! 우우웅! 우우우웅!

웅혼하며 맑고 깨끗한 그녀의 마나가 소환진에 주입되자 소환진 전체가 푸른빛을 띠더니 찬란한 광채를 일으키기 시작하였다.

"태초에 생성된 빛과 어둠, 그대들을 소환하고 싶습니다. 중간계의 기둥이자, 모든 엘프의 어버이인 세계수의 대리자인 나, 나렌샤가 그대들을 부르고자 하니 내 목소리가 들리거든 이곳으로 와주시기 바랍니다."

쿠콰아아아아아!

나렌샤의 주문과 함께 찬란한 광채의 빛이 발산되기 시작하였다.

그와 동시에 빛이 소환진 위로 두둥실 떠오르기 시작하더니, 서서히 사람의 형태를 갖춰나가기 시작한다.

"……."

빛이 사람의 형태를 갖추는 걸 보면서 사람들은 긴장한 표정을 짓기 시작한다. 그리고 마침내 사람의 모습을 갖추었을 때, 전신을 휘감고 있던 빛이 허공에서 흩어지기 시작하였다.

그와 동시에 푸른색 머리를 지닌 아름다운 여인이 모습을 드러냈다.

너무나 익숙한 얼굴이다.

그 얼굴을 발견하는 순간 에이미가 외친다.

"공주 마마!"

"……오랜만이야, 에이미. 그리고 오랜만이에요, 나렌샤 님, 페릴 아가씨, 그리고 유리나 공녀님."

빛의 정령은 다름 아닌 플로리데였던 것이다. 자미에르 대제에게 자리하던 빛의 원천이 그녀에게 돌아감에 따라 그녀는 정령화되면서 완전한 빛의 정령이 되었다.

"오랜만이에요, 마마. 정말 오랜만이에요……."

플로리데에게 다가온 에이미가 눈물을 글썽이며 그녀를 반긴다.

"응. 오랜만이네."

그 모습에 플로리데는 빙그레 미소를 지었다.

하지만 두 사람은 한가롭게 만남을 즐기고 있을 수만은 없었다. 어느새 다가온 페릴과 유리나가 플로리데에게 따지듯 물어온 것이다.

"슈미드 오빠는 어떻게 되었죠?"

"슈미드 경은요?"

"그건……."

플로리데가 무어라 말을 하려 할 때였다.

소환진에서 짙은 어둠이 피어오르기 시작하더니, 강렬한 폭발과 함께 기세가 퍼져 나가기 시작하였다.

우웅! 쿠콰콰콰콰콰!

아무런 거부감 없이 생성되던 플로리데의 빛과는 전혀 다른 종류의 등장이었다.

모습을 드러낸 어둠은 허공에 넓게 퍼지며 가만히 자리하고 있었다.

나렌샤는 그것을 보고 긴장한 표정을 지으며 묻는다.

"당신이 어둠의 정령인가요?"

허공에 자리한 어둠이 살짝 일렁이는 것으로 대답을 대신한다.

그때, 플로리데에게 물음을 던지고 있던 유리나가 성큼 앞으로 나서더니 어둠을 향해 묻는다.

"슈미드 경?"

뒤이어 페릴이 나서면서 어둠에게 질문을 던졌다.

"슈미드 오빠?"

두 여인의 물음에 어둠은 살짝 일렁이더니 아무런 움직임도 보이지 않는다.

만약 어둠이 슈미드였다면 다른 종류의 반응을 보였으리라. 플로리데처럼 원래 자신의 모습을 갖추었던가, 아니면 대답을 했던가.

일렁이기만 하는 어둠을 보면서 두 여인은 슈미드가 잘못되었다는 것을 깨달을 수 있었다.

"역시 오빠는……."

"서, 설마……."

낙담하는 페릴과 달리 유리나는 눈에 눈물이 글썽거리고 있었다.

그 모습을 조용히 지켜보고 있던 플로리데는 고개를 절레절레 젓더니 작게 말한다.

"짓궂기는."

"그게 무슨……."

플로리데의 말을 들은 유리나가 질문을 던지려 할 때, 허공에 자리한 어둠이 변화를 일으키기 시작한다.

휘류류!

허공에서 강렬한 소용돌이를 일으키던 어둠이 이내 일직선으로 쭉 뻗더니 사람의 모습을 구성하기 시작한 것이다.

큰 키에 은발 머리를 지닌 청년의 모습을 하고 있는 그는 오년 전 황궁 대전에서 소멸되었던 슈미드였다.

그 모습을 조용히 바라보던 플로리데가 슈미드를 대신 소개한다.

"오 년 전, 기존의 암흑 정령들을 몰아내고 정령왕의 자리에 올라선 슈미드에요. 여전히 인간 시절의 짓궂은 장난기를 버리지 못하고 여러분께 장난을 친 것 같아요."

"오랜만이야, 잘 지냈지?"

결코 잘 지내지 못했다.

입가에 특유의 미소를 지으며 인사하는 그의 모습은 예전에 보았던 모습 그대로였다.

"……."

페릴은 아무 말도 하지 못한 채 슈미드를 바라보며 얼굴에 환희의 표정을 짓고 있었고, 유리나는 몸을 부들부들 떨고 있었다.

슈미드는 그녀를 바라보며 조용히 인사를 건넸다.

"오랜만이야, 유리나."

그의 말을 듣는 순간 유리나의 시선이 슈미드에게 향한다.

하지만 그보다 더욱 빠른 것이 있었다.

파앗!

"이 나쁜 놈아!"

일갈을 터뜨림과 동시에 유리나가 검을 뽑아들며 슈미드에게 달려들었던 것이다.

슈미드는 입가에 미소를 지으며 그녀가 휘두르는 검을 그대로 몸으로 받아낸다.

"……!"

몸으로 검을 받아내는 그의 모습에 유리나가 화들짝 놀란 표정을 짓는다. 설마 직접 몸으로 검을 받아내려 할 줄 몰랐던 것이다.

슈아악!

하지만 그녀의 걱정을 종식시키듯 유리나의 검은 몸을 스쳤지만 그대로 허공을 갈랐고, 유리나의 가냘픈 몸은 슈미드의 품 안에 쏙 들어온다.

그녀를 꽉 껴안은 슈미드가 작게 속삭인다.

"미안해, 유리나."

"……."

유리나는 아무 말도 하지 못한 채 눈물을 흘리고 있었다.

에필로그 2
또 다른 시작

Dark Blaze

마왕 페르네몬과 계약한 그라인은 황궁 감옥에서 벗어나지 못하는 처지가 되었다.

그는 연일 감옥 곳곳에 서려 있는 마이너스 에너지를 흡수하며 황궁 감옥 자체를 자신의 던전화시키는 데 여념이 없었다.

그러면서 황궁 감옥에 자리한 쥐들을 패밀리어로 등록하여 황궁 곳곳의 정보를 얻고 있었다.

『황제 녀석…… 죽어버리다니…….』

붉은 안광을 번뜩이면서 한편으로는 두려움을 느껴야만 했다.

설마 황제가 빛의 정령이 되어 불멸의 지배자가 되고자 할 줄이야.

마왕 중에서 중위권에 해당하는 클로라이네가 형편없이 밀리는 것을 보는 순간 그라인은 자신의 복수심을 접어두어야 했다.

그러다 슈미드에게 자미에르 대제가 소멸되고 뒤를 이어 율리센이 황제 자리에 즉위하자, 그라인은 복수 대상을 바꾸었다.

자미에르 대제에게 복수를 할 수 없다면 그의 아들인 율리센에게 하면 되리라.

『그 녀석의 사랑하는 여인에게 복수를 하면 되겠지. 그동안 축적한 나의 어둠의 마나가 얼마나 강력한지 알려주겠다. 크카카카카!』

기괴한 웃음을 터뜨리며 저주를 준비하는 그라인이었다.

비올라는 요즘 하루하루가 행복하였다.

사랑하는 남자 율리센이 황제의 자리에 올랐으며, 그녀는 후궁이 되었다.

정식 황후가 아니었지만 그녀는 실망하지 않았다. 몰락 귀족 출신인 자신이 후궁의 자리에 오른 것만으로도 만족하고 있었다.

율리센과 그녀는 진심으로 사랑하는 사이였고 비올라가 후궁이 되자, 그는 몰락한 그녀의 가문을 복원시켜주었다. 그리고 잡부로 일하던 그녀의 오빠에게 백작의 작위를 수여하였다.

이례적인 결정이었기에 비올라는 진심으로 기뻐하면서 율리센에 대한 사랑이 더욱 깊어지는 걸 느꼈다.

이제 사랑하는 그의 아들만 낳으면 자신은 죽어도 여한이 없을 듯하였다.

오늘도 그녀는 조용히 책을 읽으며 한가로이 시간을 보내고 있었다.

조용히 차를 들며 늘 독서를 하는 그녀는 자상하면서 꼼꼼한 성격으로 시녀들의 존경을 한몸에 받고 있었다.

"뭔가 이상한걸?"

음습한 기운이 느껴지자 몸을 부르르 떤 그녀는 주변을 둘러보다가 다시 독서에 집중하려 하였다.

하지만 몸에 오한이 드는지 계속해서 떨리는 몸은 그녀로 하여금 더 이상 독서를 이어가지 못하게 하였다.

"몸이 좋지 않은 건가? 좀 쉬어야겠네."

그렇게 생각하며 그녀가 막 책을 덮을 때였다.

파아아앗!

몰래 방에 진입한 쥐에게서 보랏빛 광채가 폭사되기 시작했다.

그와 동시에 서서히 응집하며 모습을 드러낸 것은 마왕의 힘을 받아 마침내 9단계 경지에 올라선 그라인의 아바타였다.

"누, 누구……."

『크카카카카! 나의 이름은 그라인. 전대 황제의 어리석은 판단이 낳은 비운의 마법사지.』

보랏빛 광채는 검은 로브를 둘러쓴 리치의 모습으로 변했다. 후드 안에 빛을 발하는 붉은 안광은 몸서리칠 정도로 섬뜩했다.

"어, 어떻게 이곳을……."

비올라는 몸을 바들바들 떨며 그라인에게 말했다.

『황궁의 모든 경비 마법은 내가 설치한 것이다. 이따위 마법들이 나의 움직임을 방해할 수 있을 것 같으냐?』

코웃음 치듯 말을 한 그라인이 형형한 붉은 안광으로 비올라를 노려본다.

심신을 옥죄는 그의 붉은 안광에 비올라는 숨 쉬는 것조차 잊은 채 몸을 웅크린다.

『마음 같아서는 네년과 황제 녀석을 당장에라도 죽여버리고 싶지만…… 그것만으로는 내키지가 않는군. 황제가 네년을 사랑하는 만큼 네년의 아이를 황제로 세우려 하겠지?』

아무래도 상관없다. 설사 그녀의 아이가 황제가 되지 않더라도. 가장 중요한 것은 황제가 가장 사랑하는 것이 바로 그녀라는 점이다.

화르르!

그라인의 손에 쥐어진 스태프에 어둠의 마나가 응집되더니 그대로 비올라에게 쇄도한다.

비올라는 피할 엄두조차 내지 못한 채 어둠의 마나를 몸으로 받아내야만 했다.

"아아악!"

끔찍한 고통이 전신을 휘감자 비올라는 몸을 뒤틀며 비명을 질렀다. 하지만 소리 차단 마법이 궁 전체에 걸려 있어 밖에 있던 기사들이나 시녀의 귀에 들리지 않았다.

고통에 몸부림치는 그 모습이 유쾌한지 그라인은 웃음을 터뜨린다.

『크카카카카! 네게 걸린 저주는 무려 9단계 흑마법이다. 과연 이 저주가 어떤 것일까? 말해주고 싶지만 나중을 위해 말하지 않도록 하지. 그럼 기대하도록 하겠다. 크카! 크카카카!』

휘류우!

기괴한 웃음소리와 함께 그라인의 몸이 검은 기류로 화하며 그대로 허공에서 흩어진다.

한참 동안 고통에 몸을 움찔움찔 떨던 비올라.

고통에서 벗어난 그녀는 자신도 모르게 손을 바라본다.

손등에는 난생처음 보는 검은색 기하학적인 무늬가 새겨져 있었다.

그렇다는 건 조금 전 자신이 겪은 일이 현실이라는 뜻.

그녀의 눈에서 굵은 눈물이 떨어지기 시작한다.

"……흑! 흑흑!"

행복한 나날에서 단숨에 나락으로 떨어진 비올라였다.

그라인의 저주는 새로운 이야기를 암시하고 있었다.

『다크 블레이즈』 완결

작가후기

짧지 않은 여정이 끝났습니다.

언제나 글을 쓰면서 느끼지만 아직 가야 할 길이 멀다는 것을 느낍니다. 이번 다크 블레이즈를 쓰면서 부족한 점과 더불어 제 글이 어떤 방향으로 나아가야 할지, 무엇을 반성해야 할지, 많은 것을 깨닫게 되었습니다. 이 모든 것들을 작가로서 한 단계 발전할 수 있는 계기로 삼고자 합니다.

책을 내주신 드림북스 직원분들에게 감사의 인사를 드리며 편집하느라 매권 고생하신 담당 편집자님께 진심으로 감사의 인사 전합니다.

다음 작품에서는 좀 더 발전된 모습을 보여 드리도록 노력하겠습니다.

B.J
비제이
백묘 판타지 장편소설
FANTASYSTORY & ADVENTURE
대상인의 동전에는 재물의 행운이,
농부의 쌀에는 풍농의 기운이 서려 있다!
백묘 판타지 장편소설 『비제이(B.J)』
리텐 제국의 신비로운 보물 트레저!
트레저의 봉인이 풀리는 순간, 세상은 혼란에 빠진다!
dream books
드림북스

이환 판타지 장편소
FANTASYSTORY & ADVENTU
숲의종족
클로네
『은빛마계왕』, 『정령왕 엘퀴네스』의 작가!
이환이 그려간 신비로운 숲의 종족 클로네!
태곳적부터 이어온 클로네와 마물족 간의 대결.
그리고 그에 얽힌 세계의 종말에 관한 비밀.
세계를 구하려면 클로네의 비밀을 찾아야 한다
운명의 아이, 세이가 그 끝 모를 모험에 뛰어든다
dream books
드림북스

SKT II
SWALLOW KNIGHTS TALES II
김철곤 글 · 김성규 그림
판타지 장편소설
FANTASY STORY
드래곤 레이디』, 『SKT』의 작가 김철곤.
초인기 FPS게임 'A.V.A'의 아트디렉터 김성규
최고의 두 스타일리스트가
혼신을 담아 그려간 판타지 대작!
전작을 뛰어넘는 웃음, 예측을 불허하는 반전!
뒤틀린 세계와 싸우는 그들의
마지막 이야기가 시작된다!
dream books
드림북스

『태극검해』,『화산검종』의 작가!
한성수 신무협 장편소설『절대검해』
마도의 후예 소진엽과 천마신교의 교주 담대광
두 괴짜의 만남이 무림에 풍랑을 부른다.
절대검해
dream books
드림북스